JOHANNA SPYRI · GRITLIS KINDER

Staunend schauen sich Elsli und Fani, die Geschwister aus den Schweizer Bergen, in ihrer neuen Heimat um. Was werden sie hier alles erleben?

JOHANNA SPYRI

GRITLIS KINDER

TEIL I

Wo Gritlis Kinder hingekommen sind

TEIL II

Gritlis Kinder kommen weiter

BOJE-VERLAG STUTTGART

7. Auflage 1972

Gesamtherstellung: Richterdruck Würzburg
Umschlag: Anton M. Kolnberger
Innenbilder: Herta Müller-Schönbrunn
Printed in Germany
ISBN 3 414 16190 7

ERSTER TEIL:

WO GRITLIS KINDER HINGEKOMMEN SIND

ERSTES KAPITEL

Das Landhaus am Rhein

Die Julisonne strahlte auf das schöne steinerne Haus nieder, an dem die eben aufgeblühten roten Rosen sich in Fülle emporrankten und ringsum einen süßen, würzigen Duft verbreiteten. Ihm mischte der frische Morgenwind von Zeit zu Zeit noch andere würzige Düfte bei, die er von dem üppigen Blumengarten am Haus emportrug und durch die offenen Fenster ins Haus hineinwehte. Mitten in dem großen Blumengarten lag ein weites Wasserbecken, von dem ein hoher Strahl zum blauen Himmel aufstieg und wieder in den schimmernden Teich zurückfiel. Bunte Schmetterlinge flogen in der blauen Luft umher und setzten sich da und dort auf die duftenden Blumen, und auf allen Zweigen der dichtbelaubten Bäume, die ringsum im Garten ihren Schatten über alte steinerne Plastiken oder über verborgene Ruheplätzchen breiteten, sangen und zwitscherten die Vögel und wiegten sich hin und her in der luftigen Höhe.

An einem der hohen Fenster des Hauses saß ein blasses Mädchen und schaute hinaus in den leuchtenden Morgen, aber es konnte all das Blühen und Duften des herrlichen Gartens nicht in sich aufnehmen, denn das Fenster war geschlossen. Mit verlangenden Blicken schaute das Kind durch die großen Scheiben auf die leuchtenden Blumen und auf die schimmernden Wellen des Rheines, der am Ende des Gartens, wo die Terrasse niederstieg, dahinzog und in dessen grünen Wellen sich die tief herunterhängenden Zweige der alten Lindenbäume badeten. Im kühlen Schatten der reichbelaubten Bäume unten am Wasser stand eine steinerne Bank, von der man gerade in die grünen Wellen hinuntersah und über die sich als schützendes Laubdach die

dichten, alten Äste breiteten, die bis in das schimmernde Wasser hineinhingen und eine Weile mit den Wellen dahinschwammen. Es war ein hübsches Plätzchen, wie geschaffen, an sonnigen Nachmittagen dort zu sitzen und träumend den vorübereilenden Wellen zuzuschauen. Das blasse Mädchen mußte es gut kennen, denn seine Augen blieben auf jener Stelle haften und nahmen einen immer verlangenderen Ausdruck an.

„O Mama", sagte es jetzt mit bittender Stimme, „kann ich bald in den Garten hinuntergehen? Kann ich heute bis zur Bank am Rhein und unter die Lindenbäume gehen?"

Schon seit einer Stunde, da die Mutter ihr krankes Kind in das Zimmer geführt und zu seinem Lieblingsplatz am Fenster gebracht hatte, waren ihre ängstlichen Blicke kaum von dem farblosen Gesichtchen gewichen, aus dem die zwei großen Augen so verlangend in den sonnigen Garten hinausblickten.

„Liebes Kind", sagte sie jetzt mit angstvoller Zärtlichkeit, „du weißt, du wirst am Morgen so müde; wir wollen bis zum Nachmittag warten, dann können wir vielleicht zum Rhein hinuntergehen. Nicht wahr, mein Kind, so ist dir's auch recht?"

„Ach ja", seufzte das Mädchen und schaute wieder schweigend auf die sonnenbeschienenen Blumen und leise sich wiegenden Baumwipfel hinaus.

„Oh, es ist so schön draußen; können wir nicht doch jetzt schon gehen, Mama?" bat das Kind nach einer Weile von neuem, und so verlangend folgten seine Augen den fortziehenden Wellen, daß die Mutter nicht widerstehen konnte. Sie stand auf.

In dem Augenblick trat eine ältere Frau ins Zimmer, die so sauber und ordentlich aussah, daß man hätte denken können, sie habe weiter nichts zu tun, als die schönen grauen Haare mit dem schneeweißen Häubchen darauf und den einfachen, tadellosen Anzug in Ordnung zu bringen; sie hatte aber das ganze Haus und die Dienerschaft zu leiten.

Kaum war sie eingetreten, als Mutter und Tochter ihr zugleich entgegenriefen: „O Klarissa, es ist gut, daß du kommst!" Und beide brachten nun ihr Anliegen vor, die Mutter ängstlich fragend, ob sie meine, ein Gang durch den Garten dürfte schon gewagt werden, das Töchterchen dringend bittend, sie möchte doch ja dazu sagen.

Die alte Klarissa war ein Mensch, bei dem jeder im ganzen Hause, von der Herrin bis hinunter zum jungen Laufburschen, in jeder Not und Verlegenheit Rat und Hilfe suchte. Wer auch nur einmal in die freundlichen, guten Augen der alten Frau blickte, der mußte gleich Vertrauen zu ihr fassen, denn jedes Menschenkind schaute sie so liebevoll wie eine Mutter an.

„Klarissa, sag, daß wir hinausgehen können!" bat das kranke Kind noch einmal inständig.

„Liebe Frau Stanhope, wollen wir es nicht versuchen?" sagte nun Klarissa, zu der Mutter gewandt. „Die Luft ist mild, und alle Vögel singen, als wollten sie uns hinausrufen."

„Nun, wenn du denn meinst, Klarissa, so wollen wir es tun", stimmte die Mutter bei. Jetzt wurde Friedrich geholt, der langjährige Bediente; er hatte das kranke Töchterchen die Treppe hinunterzutragen, damit es nicht schon ermüdet im Garten ankäme, denn seine Kräfte waren schnell erschöpft. Unten nahmen die beiden Frauen das Kind in ihre Mitte und führten es durch den sonnigen Garten. Auf allen Zweigen zwitscherten lustige Vöglein, die Rosen dufteten, und ganze Scharen von bunten Schmetterlingen flatterten in der blauen Luft umher.

„Nora, fühlst du dich wohl hier?" fragte die besorgte Mutter.

„O ja, es ist schön", entgegnete das Kind, „aber ich möchte so gern zu der steinernen Bank hinunter und in die Wellen schauen."

Der Weg wurde fortgesetzt, die grünen Rasenterrassen hinab bis unter die alten Lindenbäume, wo die steinerne Bank stand. Die Bäume standen in Blüte und füllten ringsum die Luft mit süßem Duft. Nora saß nun auf der Bank und schaute still den Zweigen im Wasser und den forteilenden Wellen zu.

„Wenn ich doch auch so fortziehen könnte, Mama; aber ich bin immer müde. Ich möchte auch so flink umherhüpfen und so fröhlich singen wie die Vögel da oben in den Linden! Ach, es ist so schön dort."

„Liebes Kind, du wirst ja kräftig werden", tröstete die Mutter; aber sie sah so aus dabei, als habe sie selbst einen Trost am nötigsten. „Heute kommt auch der Arzt, und wir fragen ihn, was wir im Sommer zu deiner Stärkung tun sollen. Jetzt müssen wir wohl wieder ins Haus zurückkehren; du bist so bleich geworden, Nora, was ist dir?"

Nora versicherte, daß sie nur müde sei. Es war auch immer so, nach jeder größeren Anstrengung kam auf ihr blutleeres Gesichtchen eine noch tiefere Blässe. Sie erreichte auch nur mit Mühe das Haus, und nachdem sie von Friedrich die Treppen hinaufgetragen worden war, wurde sie auf das Sofa gelegt, wo sie eine Zeitlang ganz still und ohne Regung lag, um von der Anstrengung auszuruhen.

Gegen Mittag kam der erwartete Arzt. Auf der Mutter eingehenden Bericht über die überhandnehmende Kraftlosigkeit ihres Töchterchens erklärte er, Nora müsse Luftveränderung haben, und zwar wären für sie die Berge am besten. Nach einigem Nachsinnen fügte der Doktor hinzu, er werde sich gleich schriftlich an einen Studienfreund wenden, der in der Schweiz lebe, und ihn um Rat fragen, denn zu hoch hinauf dürfe die junge Kranke auch nicht gebracht werden. Sobald er Antwort von seinem Freunde erhalte, würde er wiederkommen, um mit Frau Stanhope alles Weitere zu besprechen. Damit verabschiedete sich der Arzt.

Gegen Abend saß Nora wieder in ihrem Lehnstuhl am Fenster und schaute mit müden Blicken hinaus, wo die Abendsonne goldene Streifen über den grünen Rasen warf und die Rosenblätter durchleuchtete, die hier und da von den Strahlen getroffen wurden. Die alte Klarissa hob von Zeit zu Zeit den Kopf von der Arbeit und folgte den Blicken des kranken Kindes.

„Klarissa", sagte Nora jetzt, „sag mir einmal wieder das alte Lied vom Paradies auf."

Klarissa legte die Arbeit weg. „Wenn du wieder etwas kräftiger sein wirst, wollen wir es zusammen singen, Kind; jetzt will ich dir's sagen", und sie legte ihre Hände ineinander und begann:

„Es fließt ein Strom kristallen klar
durch immergrüne Auen,
da glänzt der Lilien weiße Schar
im Duft, dem himmelblauen.

Und Rosen duften, Rosen glühn
auf sonnengoldner Wiese,
und Vögel jauchzen laut im Grün:
Wir sind im Paradiese!

Und immer milde Lüfte wehn
auf all den Blumenwegen,
und Menschen wie im Traume gehn
und kommen sich entgegen.

Und grüßen sich allüberall
in Staunen und in Wonne.
Sie kommen aus dem dunklen Tal
ins Land der ew'gen Sonne.

Und ziehen selig hin und her
und wissen nichts von Leide,
die kennen keine Tränen mehr,
die kennen lauter Freude."

Als Klarissa geendet hatte, war eine Zeitlang alles still; Nora schien in Gedanken versunken zu sein.

„Klarissa", sagte sie nach einer Weile, „das ist so schön und macht mir so große Lust, zu gehen."

„Geh nur gern, liebes Kind, ja, geh nur gern", sagte Klarissa ruhig, „dann bist du immer unter den leuchtenden Blumen und kannst singen:

Wir kennen keine Tränen mehr,
wir kennen lauter Freude.

Und wir kommen dir bald nach, erst ich und dann die Mama."

In diesem Augenblick trat die Mutter herein. Klarissa stockte, sie wußte ja, Frau Stanhope konnte den Gedanken nicht ertragen, daß Nora sie verlassen und in den Himmel gehen könnte. Aber die Mutter hatte die letzten Worte Klarissas wohl verstanden und schaute mit erneuter Sorge auf ihr Kind. Und Nora sah wirklich so blaß und müde aus, daß die Mutter gleich darauf drang, sie solle zur Ruhe gebracht werden.

Als die Mutter am späten Abend mit der alten Freundin allein im Zimmer saß, begann sie ängstlich zu fragen, was denn Klarissa dazu gebracht habe, mit Nora solche Gespräche zu führen; das Kind sei doch nicht so krank, daß man an das Allertraurigste denken müsse, und warum denn davon reden?

„Nora wollte gern mein altes Lied hören", entgegnete Klarissa, „und, liebe Frau Stanhope, lassen Sie mich nur eins sagen: Wenn unser liebes Kind so einsam und kraftlos fortleben sollte, was hätte es dann von diesem Leben? Nicht das geringste von allen reichen Gütern, die es umgeben, wird ihm zur Freude, ja nicht einmal einen kurzen Gang durch den Garten kann es genießen; alles wird ihm vergällt und verwandelt sich dem armen Kinde in Schmerz und Leid. Sollten wir ihm nicht die Heimkehr gönnen in ein schönes Land, wo kein Leid und keine Schmerzen mehr sind?"

„Ich kann es nicht hören, Klarissa, ich kann es nicht ertragen, daran zu denken, es darf nicht sein. Kann denn nicht alles noch ganz anders werden und unsere Nora neue Kräfte bekommen?" jammerte die Mutter, und so schmerzlich wurde sie von diesen Gedanken erregt, daß sie nicht weitersprechen konnte. Sie zog sich zurück, und mit schwerem Herzen ging auch die treue Klarissa nach ihrem Gemach. Bald stand das schöne steinerne Haus in dem herrlichen Garten still und lichtlos da; aber von oben leuchtete der Mond darauf, und wer so die hohen, weißen Säulen durch die dunklen Bäume schimmern sah, der dachte: Dort drinnen muß es herrlich sein; denn den Kummer, der dort wohnte, konnte keiner sehen.

Frau Stanhope bewohnte ihr väterliches Haus am Rhein. Sie hatte sich sehr jung nach England verheiratet und dort nach wenigen Jahren ihren Mann verloren. So war sie mit ihren zwei kleinen Kindern, dem braunäugigen Philo und der zarten, blondlockigen Nora, in ihr väterliches Haus zurückgekehrt, das einsam und verlassen dastand, denn ihre Eltern waren unterdessen beide gestorben, und Geschwister hatte sie nicht.

Überallhin hatte die treue Klarissa, die Pflegerin ihrer Kindheit, sie begleitet, und wie eine Mutter hatte sie ihr im fremden Land über alles Neue und Ungewohnte hinweggeholfen und stand ihr nun wieder im vereinsamten Vaterhaus als sorgende Mutter und Pflegerin ihrer Kinder zur Seite. Mehrere Jahre waren so für die friedliche Familie in dem schönen Landhaus in Freuden und Sorgen dahingegangen, denn die zarten Kinder ließen keine ungestörte Fröhlichkeit aufkommen. Nun waren es bald zwei Jahre her, daß auf das Haus ein tiefer Schatten gefallen war: der kleine Philo hatte seine fröhlichen braunen Augen für immer geschlossen und lag unter den weißen Rosen unten im Garten bei den alten Lindenbäumen begraben. Philo, der Bruder, war der ältere gewesen, doch nur um ein Jahr der Nora voran, die jetzt in ihrem elften Jahr stand. —

Etwas mehr als eine Woche mochte seit dem sonnigen Tag vergangen sein, als der Arzt wieder erschien. Er hatte die gewünschte Auskunft erhalten. Sein Freund selbst bewohnte eine waldumgrenzte, gesunde Berggegend. Er wollte den geeigneten Ort ausfindig machen, wo Frau Stanhope mit ihrem Töchterchen in seiner Nähe den Sommer zubringen konnte. Er war sicher, etwas Passendes zu finden; Frau Stanhope konnte also ihre Reise sofort antreten.

Gleich an den folgenden Tagen wurden die Vorbereitungen zur Reise getroffen. Klarissa sollte dableiben und das Haus verwalten; nur das junge Zimmermädchen sollte mit auf die Reise genommen werden, und schon acht Tage nachher saß Frau Stanhope mit ihrem Töchterchen im Wagen, um die Reise nach der Schweiz anzutreten, begleitet von den tausend Glück- und Segenswünschen, welche die sorgliche Klarissa immer und immer noch einmal in den Wagen rief. Jetzt rollte dieser die weiße Straße entlang, und Klarissa trocknete sich die Tränen, die sie im letzten Augenblick nicht mehr zurückzuhalten vermocht hatte. Mit gefalteten Händen trat sie wieder in das stille Haus, und leise sagte sie vor sich hin:

„Die kennen keine Tränen mehr,
die kennen lauter Freude."

ZWEITES KAPITEL

Im Haus des Arztes

Die Abendsonne schien warm auf die hellgrünen Blättchen der jungen Gemüse, welche in den zwei großen Beeten, die an den Blumengarten grenzten, emporkeimten und eine besondere Freude der Hausfrau waren. Wenn sie auch mit größerem Vergnügen zwischen all den duftenden Blumen des Gartens hin- und herging, so schaute sie doch immer zum Schluß mit einer besonderen Teilnahme nach den grünen Kräutchen, die sie alle selbst gesät und vom ersten zarten Keim an bewahrt und gepflegt hatte. Der Blumenkohl schien in diesem Jahr besonders gut geraten zu wollen, denn mit großem Wohlgefallen schaute die Besitzerin auf ihre junge Pflanzung, die weiterhin frisch und unberührt dastand; nirgends waren die verderblichen Spuren gefräßiger Raupen zu sehen.

„Guten Abend, Frau Doktor", tönte es jetzt vom Weg herüber, der durch die eine Hecke von den Beeten getrennt war, „Sie haben doch immer das schönste Gemüse; man sieht, daß es gepflegt wird."

Die Frau des Arztes war an die Hecke getreten, und über diese herein streckte jetzt der Tagelöhner Heiri seine schwielige Hand, denn er war ein alter Bekannter und wußte wohl, daß er das Recht zu einem guten Händedruck hatte. Er war ja schon mit der Frau Doktor zur Schule gegangen, und wie oft war er seitdem bei ihr eingekehrt, um Trost und Rat von ihr zu empfangen!

Sie erwiderte freundlich seinen Gruß und fragte dann teilnehmend: „Und wie geht's denn, Heiri? Immer viel Arbeit? Ist alles wohl zu Hause, Frau und Kinder?"

„Ja, ja, gottlob!" entgegnete Heiri, indem er die schweren Werkzeuge, die er auf der Schulter trug, auf den Boden legte, „Arbeit gibt's immer, ich muß mit dem Zeug noch in die Schmiede. Aber ich brauche auch Arbeit, der Haushalt wächst."

„Eure drei kleinen Buben sehen gut aus; ich habe sie gestern wieder gesehen mit dem Elsli", fuhr die Doktorsfrau mit freundlicher Teilnahme fort. „Aber das Kind, das Elsli, ist gar so bleich und schmächtig. Ihr vergeßt doch nicht, woran seine Mutter gestorben ist, Heiri? Man darf das Kind gewiß nicht überanstrengen, es ist zu zart und jetzt im stärksten Wachstum. Ihr müßt beizeiten achtgeben, Heiri, Ihr habt's erfahren, wie bald es mit einem jungen Leben aus sein kann."

„Ja, ja, das hab' ich, und das vergess' ich auch nicht, wie's war! Ich konnte es nicht mit ansehen, wie sie Gritli in die Erde legten, so jung noch, so jung! Die Marget ist eine brave, tapfere Frau, aber Gritli kann ich doch nicht vergessen." Heiri wischte mit seiner Hand ein paar Tränen weg.

Der mitfühlenden Frau kamen auch die Tränen in die Augen. „Ich vergesse es auch nicht, Heiri; wie gern wäre das arme Gritli noch bei Euch und seinen zwei kleinen Kindern geblieben. Es ging auch so unerwartet schnell mit ihm. Freilich sah es ja immer dünn und schmächtig aus, und ich kann sein Kind, das kleine, gute Elsli, nie sehen, ohne daß es mir Sorge macht, ob es auch nicht überanstrengt wird; es kann nicht viel aushalten, das ist wohl zu sehen."

„Ja, es ist schon ein Schmales und Mageres", stimmte Heiri zu, „aber sonst schlägt es mehr mir nach, es ist nicht gerade das Hurtigste und eher bedächtig. Der Bub ist mehr wie Gritli und hat immer etwas im Kopf und sitzt nicht gern still, und dann kann er's nicht leiden, wenn die kleinen Buben nicht gerade besonders sauber sind, und sagt manchmal, man müsse sie alle drei unter die Brunnenröhre stellen, denn darin ist er unnachgiebig wie einst seine Mutter; Unordnung und Unsauberkeit kann er nicht leiden. Aber dann fangen die Buben an zu rufen und zu schreien, bis die Marget kommt, und dann gibt's noch mehr Spektakel, und so komm' ich fast nie heim am Abend, ohne daß mir die Marget sagt, ich müsse dem großen Buben Ohrfeigen geben, weil er die Kleinen immer plage und sie, Marget, dadurch von der Arbeit abhalte. Aber wenn der Bub dann so vor mir steht und mich akkurat mit seinen Augen ansieht, wie das Gritli tat, so kann ich ihm keine Ohrfeige geben; das macht dann die Marget bös, und sie gibt scharfe Worte, und mir ist es auch nicht recht, weil sie sonst eine brave und fleißige Frau ist. Ich habe schon manchmal gedacht, wenn Sie ihr vielleicht über die Ohrfeigen ein Wort sagen wollten, Frau Doktor, so wäre ich froh; sie würde eher auf Ihre Worte hören, und Sie haben ja auch Buben aufzuziehen und wissen, was man mit ihnen machen muß. Sie würden ihr gewiß einmal ein Wörtlein sagen, wenn sie vorbeikommt, nicht wahr, Frau Doktor?"

„Ja, das will ich schon gern tun; und wie ist es denn mit dem Elsli, steht sich die Mutter gut mit ihm?"

„Ja, sehen Sie, das ist so", und der Heiri kam, um sich recht verständlich zu machen, noch ein wenig näher an die Hecke heran, „das Kind ist mehr so wie ich und gibt nach und hat nicht so seine eigenen Sachen im Kopf und seinen Eigenwillen wie Gritli. Es tut genau, was die Marget will, und widerspricht nicht und klagt nie, und wenn es auch von dem Augenblick an, da es aus der Schule kommt, bis zum Schlafengehen immer zu helfen hat und die Buben hüten und das Kleine herumtragen muß."

„Nur auch nicht zuviel, Heiri", mahnte die Frau des Arztes bekümmert, „es ist mir eine rechte Sorge mit dem Kind. Schickt mir die Marget bald einmal vorbei, ich möchte auch darüber ein Wort mit ihr reden; sagt ihr, ich habe ihr für die Kinder ein paar Sachen zu geben."

„Das will ich gern tun, und nun will ich, denk' ich, wieder weiter. So schlafen Sie wohl, Frau Doktor, und nichts für ungut, und ich wünsche nur, daß alles wieder gedeihe im Gemüsegarten."

„Danke! Gute Nacht, Heiri!" Noch einmal wurde über die Hecke hin ein Händedruck gewechselt, dann zog Heiri seine Straße weiter.

Die Arztfrau blieb sinnend zwischen den Gemüsebeeten stehen; aber ihre Gedanken waren nicht mehr mit den grünen Kräutlein beschäftigt, auf die ihre Augen niederschauten. Das Gespräch mit Heiri hatte die Erinnerung an frühere Tage in ihr wachgerufen. Sie sah ein fröhliches Kindergesicht mit großen blauen Augen neben sich und schaute eben mit Verwunderung zu, wie zwei gewandte Hände ein Vergißmeinnicht vorn ins Röckchen und nun noch eins ins Haar steckten und wie gut das aussah. Das Kind war das Gritli, das neben ihr am Bache saß, wo sie beide eben die blauen Blumen in Fülle gepflückt hatten und sie nun zu Sträußen banden. Gritli war armer Leute Kind, aber immer sah es gut und außerordentlich sauber und glatt gekämmt aus, und immer hatte es da und dort ein Blümchen oder ein Schleifchen angesteckt, und immer sah es aus, als sei es zu einem kleinen Fest geschmückt, wenn es auch noch so einfache Kleider trug. Viele schalten das Gritli darum, und andere verlachten es; das änderte aber nichts: Gritli hatte das tiefe Bedürfnis, etwas Schönes an sich zu haben, und was auch die Leute sagten, unausgesetzt ging Gritli mit einem Blümchen oder Bändchen geschmückt einher und sah aus, als komme es eben vom Maler, der es zurechtgeputzt hatte, um ein Bildchen von ihm zu machen.

Mit achtzehn Jahren heiratete es den gutmütigen Heiri, der das Gritli gern mochte und ihm oftmals gesagt hatte, er wolle für beide arbeiten, wenn es nur seine Frau werde. Schon nach fünf Jahren welkte das zartgebaute Gritli an der Schwindsucht dahin. Seine beiden Kinder, der vierjährige Stephan und das dreijährige Elsli, waren von der guten Mutter vom ersten Augenblick an so schmuck und sauber gehalten worden, daß es den Kindern tief eingeprägt blieb. Der Heiri mußte aber für seine zwei kleinen Kinder wieder eine Mutter haben, und die Leute sagten ihm, er solle die Marget zur Frau nehmen, denn sie werde ihm gut helfen in aller Arbeit. So wurde die Marget seine Frau und war tüchtig und fest in jeder Arbeit; aber von Schmuck und Blumen hielt sie nichts, und besondere Sauberkeit sah sie für unnötig und als eine Zeitvergeudung an, und so bekam Heiris Haushalt einen anderen Charakter. Die drei kleinen Buben und das Kleine in der Wiege sahen nicht aus, wie der Fani und Elsli als kleine Kinder ausgesehen hatten und jetzt noch aussahen.

Aus diesen Gedanken, die so einer nach dem anderen in der sinnenden Frau aufgestiegen waren, wurde sie durch ein fürchterliches Geschrei aufgeschreckt, das vom Hause her ertönte. Jetzt stürzte, fortwährend aus vollem Halse schreiend, das achtjährige Rikli, um die Ecke kommend, auf sie los, hinterher der Bruder Fred, ein großes Buch unter dem rechten Arm, den linken mit geschlossener Faust ausstreckend.

„Rikli, nicht so maßlos", mahnte die Mutter, „komm doch zu dir. Was ist denn geschehen?"

Rikli schrie fort und steckte ihren Kopf ins Kleid der Mutter hinein.

„Jetzt sieh doch, Mama, warum das vernunftlose Wesen sich so gebärdet", berichtete der herbeieilende Fred, „hier sieh, dieses niedliche Fröschlein habe ich gefangen und dem Rikli unter die Augen gehalten, daß es das Tierlein bewundern könne, und nun will ich dir gleich vorlesen, welch ein merkwürdiges Exemplar es ist. Sieh nur, sieh!" Fred hielt seine offene Hand hin, aus der ein grüner Frosch glotzte.

„Rikli, nun sei ganz still, es ist genug", gebot die Mutter dem noch immer schreienden Kind, „und du, Fred, weißt doch, daß das Kind sich vor deinen Tieren fürchtet; warum mußt du sie gerade ihm unter die Augen halten?"

„Es war mir am nächsten", erklärte Fred, „und hör nur, wie interessant die Beschreibung ist, Mama!" Fred hatte sein Buch aufgemacht und las: „Der grüne oder Wasserfrosch, *esculenta,* ist gegen drei Zoll lang, grasgrün mit schwarzen Flecken. Seine Augen haben einen Goldglanz, die Zehen der Hinterfüße eine Schwimmhaut. Seine Stimme, die er besonders in warmen Sommernächten hören läßt, lautet: Brekekekex! Den Winter bringt er im Schlamm zu. Er nährt sich —"

In diesem Augenblick kam ein Wagen angefahren.

„Es ist die Dame mit dem kranken Mädchen, laß mich, Fred, laß mich", sagte die Mutter eilig, den Fred etwas beiseite schiebend, der ihr den Weg versperrte. Er rannte ihr aber nach: „Mama, so hör nur noch, du weißt ja noch nicht, womit er sich ernährt, er ernährt sich von —"

Der Wagen war schon da. Aus dem Stall kam der Hans, aus der Küche die Kathri gelaufen in einer sauberen weißen Schürze; denn man hatte ihr gesagt, wenn ein Wagen vorfahre, habe sie herauszukommen, um ein krankes Mädchen die Treppe hinaufzutragen. Fred und Rikli waren ein wenig zurückgetreten und standen jetzt mäuschenstill an der Hecke, mit gespannter Erwartung dem Weiteren entgegensehend.

Erst trat eine Dame aus dem Wagen und winkte Kathri heran. Dann hob diese eine weiße, zarte, fast durchsichtige Gestalt aus dem Wagen heraus und trug sie die Treppe hinauf ins Haus. Die beiden Frauen folgten gleich nach.

„Das Kind ist viel größer als du, wenn auch die Mama gemeint hat, es sei nur acht oder neun Jahre alt", erklärte jetzt Fred seiner Schwester Rikli. „Das gibt eine Freundin für Emmi, und man kann ihm auch ansehen, daß es sich für ein Geschrei bedanken würde, wie du es machst."

„Ja, ja, es hat auch nicht immer Frösche und Spinnen und Raupen in der Tasche wie du", wehrte sich Rikli und wollte eben noch einiges beifügen, das die Berechtigung ihres Geschreies beweisen sollte, als Fred die Hand aufmachte, um nach seinem Frosch zu sehen, und dieser mit einem großen Satz gegen das Rikli hin entsprang.

Mit einem durchdringenden Geschrei rannte das Kind ins Haus hinein, wo es aber nicht weit vordringen konnte, denn die Kathri schoß ihm mit einem überwältigenden „Psch! Psch!" entgegen. „Wenn ein Krankes drinnen ist, so zu tun!"

„Wo ist die Tante?" fragte Rikli; eine Frage, welche die Kathri beantwortete, bevor sie recht ausgesprochen war, denn sie kannte diese Frage, die des Tages viele hundert Male in dem Hause gehört wurde.

„In der andern Stube; hier drinnen ist die Kranke, geh nicht da hinein, die Mama hat's verboten; und das Schreien wie von einem angestochenen Spanferkelchen ist auch nicht erlaubt im Hause drinnen", fügte die Kathri aus eigener Beurteilung hinzu.

Rikli eilte in die andere Stube, um der Tante die Geschichte mit dem Frosch zu klagen, denn es konnte nicht darüber wegkommen, daß er ihm fast ins Gesicht gesprungen war. Aber die Tante war schon in Anspruch genommen: Oskar, der älteste Bruder, saß neben ihr, in ein ernsthaftes Gespräch vertieft.

„Weißt du was, Tante? Wenn der Feklitus nicht nachgibt, so könnte man beide Sprüche zusammensetzen; dann wäre doch der unsere da, und die anderen hätten den ihrigen auch, meinst du nicht?"

„Ja, das könnte man tun", stimmte die Tante zu, „so ist allen geholfen, und die Verse sind gedankenreich, wie es bei solchen Gelegenheiten sein muß."

„Hilf du dann auch der Emmi beim Sticken, Tante", bat Oskar, „weißt du, sie macht sonst die Fahne nie fertig, sie läuft gewiß hundertmal davon weg, etwas anderem nach."

Die Tante versprach ihre Mithilfe. Hocherfreut sprang Oskar auf und davon, denn er mußte seinen Freunden schnell noch Mitteilung über den glücklich gefundenen Ausweg mit den Sprüchen und das erfreuliche Versprechen der Tante machen. Bevor aber Rikli noch zu

Wort kam mit seiner Froschgeschichte, war schon die ältere Schwester Emmi hereingestürzt und rief in großer Aufregung: „Tante! Tante! Sie gehen alle in die Erdbeeren, ein ganzer Trupp; darf ich mit? Sag doch schnell ja, ich kann nicht zur Mama, und es hat Eile."

„Einmal in die Veilchen und einmal in die Erdbeeren und einmal in die Heidelbeeren und immer in etwas, so ist's bei dir, Emmi. So geh, aber komm nicht spät heim!"

Emmi war schon draußen.

„Ich auch! Ich auch!" schrie Rikli und lief der Forteilenden nach. Aber Emmi war in zwei Sätzen die Treppe hinunter und rief zurück: „Nichts! Nichts! Du kannst nicht mit, im Walde gibt's Käfer und rote Schnecken." Rikli kehrte schleunigst um, aber zum Ersatz wollte es wenigstens seine bedauerliche Geschichte erzählen.

Doch jetzt kam Fred hereingelaufen mit seinem Buch unterm Arm. Er setzte sich sogleich so nah wie möglich zu der Tante hin und schlug das Buch auf. „Das ist gut, daß du da bist, Tante, die Mama hat gar nicht zu Ende hören können, und es ist ein gar merkwürdiges Tier, ich hatte ein prachtvolles Exemplar gefangen. Aber du sollst nicht zu kurz kommen, Tante, morgen such' ich wieder einen und bring' ihn dir."

„Nein, nein!" schrie Rikli auf; „sag nein, Tante, er springt einem fast ins Gesicht und hat gelbe Augen wie ein Drachen und –"

Fred hatte aus seiner leeren Hand eine Faust gemacht, hielt diese plötzlich Rikli vor das Gesicht und schnellte sie aus. Mit lautem Geschrei sprang das Kind weg und zur Tür hinaus. „So, jetzt kann man doch ruhig lesen", sagte Fred, befriedigt über die Wirkung, legte seine Hand auf das Buch und begann: „Der grüne oder Wasserfrosch, *esculenta* –"

In diesem Augenblick ging drüben die Tür auf, man hörte Schritte und Stimmen.

„Komm", sagte die Tante, „wir müssen das kranke Kind abfahren sehen, wir kehren nachher zum Frosch zurück."

Sie ging ans Fenster. Auf das Gesicht der Tante kam ein trauriger Ausdruck, als sie sah, wie das Kind in den Wagen gehoben wurde.

„Oh, wie blaß und krank sieht das Gesichtchen aus! Armes Kind! Nein, arme Mutter!" verbesserte sie sich, als ihr Blick auf die Dame fiel, die der Hausfrau herzlich die Hand drückte, während ihr große Tränen die Wangen hinabflossen. „Ach Gott!" seufzte die Tante noch einmal. Der Wagen rollte fort.

Fred hatte sein Buch wieder ergriffen; aber die Geschichte des Frosches konnte nicht mehr aufgenommen werden, denn jetzt kam die Mutter herein und war sehr erregt von dem eben Erlebten. Sie mußte gleich der Tante Mitteilung davon machen, hatte diese doch von jeher alles mit ihr durchlebt, was sie in Freud und Leid bewegte. Die Tante gehörte auch so ganz und gar zu ihrem Haus, daß die Kinder sich ein Haus ohne Tante eigentlich gar nicht vorstellen konnten, denn sie war doch so notwendig da wie ein Papa und eine Mama. Fred nahm schnell der Tante das Versprechen ab, vor dem Schlafengehen noch die Lebensweise des Frosches anzuhören; dann befolgte er die Anweisung der Mutter, ein wenig hinauszugehen.

Die Mutter erzählte nun, wie sehr sie die fremde Dame, Frau Stanhope, und ihr krankes Töchterchen bedauere. Sie fand, das zarte Geschöpfchen mit den großen blauen Augen und dem feinen, farblosen Gesichtchen sehe aus, als ob es nur noch halb der Erde angehöre. Die arme Mutter aber könne offensichtlich diesen Gedanken nicht ertragen, denn schon beim ersten Wort der herzlichen Teilnahme, das sie, die Doktorsfrau, ihr ausgesprochen habe, sei sie in Tränen ausgebrochen und habe versucht, sich selbst mit dem Trost zu täuschen, die Reise habe ihre Nora so sehr angegriffen, daß sie nun ganz blaß und durchsichtig aussehe. Jetzt, in der frischen Bergluft, werde es gewiß bald anders werden, darauf habe sie ihre ganze Hoffnung gesetzt.

So weit hatte die Mutter berichtet, als sie den Hufschlag eines Pferdes vernahm; sie wußte, es war ihr Mann, der von seinen ärztlichen Besuchen heimkehrte. Augenblicklich ging sie ihm entgegen und benachrichtigte ihn davon, daß die erwartete Dame mit dem kranken Kind angekommen sei. Der Doktor machte sich also, nachdem er vom Pferde gestiegen, gleich wieder auf den Weg, um seinen ersten Besuch bei der neuen Patientin zu machen. Er hatte eine Wohnung gefunden, die, soweit es überhaupt in dieser ländlichen Gegend möglich war, den Wünschen entsprach, welche sein Freund, der Arzt am Rhein, für die Kranke und ihre Mutter geäußert hatte.

Erst spät am Abend kehrte der Doktor wieder zurück, als die Kinder schon verschwunden waren, nicht ohne daß Fred noch seinen Zweck erreicht hatte. Die letzte halbe Stunde lang war er mit seinem Buch unterm Arm der Tante auf Schritt und Tritt nachgegangen, um einen geeigneten Augenblick zum Vorlesen wahrzunehmen. Das erforderte heute, wie schon öfter, längere Zeit, denn die Tante war wieder einmal von allen Geschwistern zugleich in Anspruch genommen, während auf der einen Seite die Mutter und auf der anderen die Kathri ebenfalls noch einen Rat von ihr begehrten. Aber Fred hatte viel Beharrlichkeit, und er konnte sich auch heute beruhigt niederlegen, denn er hatte die Tante trotz allem noch mit sämtlichen Lebensbedingungen des Wasserfrosches bekannt gemacht.

Der Doktor hatte sich jetzt zu seinem Nachtessen gesetzt. Mutter und Tante saßen neben ihm und erwarteten mit Spannung seinen Bericht über die junge Kranke: wie er ihren Zustand gefunden habe und ob er Hoffnung hege, der Sommeraufenthalt werde die gewünschte Genesung bringen. Aber der Doktor schüttelte den Kopf.

„Da ist wenig zu hoffen", sagte er, „es ist keine Lebenskraft in dem Pflänzchen. Es handelt sich nicht um heruntergekommene Kräfte, sondern um deren völligen Mangel von Anfang an. Ob unsere Bergluft Wunder tun kann, wollen wir sehen; ohne ein solches gibt es keine Hilfe."

Diese Nachricht stimmte die Frauen sehr traurig; sie hatten ja beide gesehen, wie schwer der armen Mutter die Trennung von ihrem Kinde werden würde. Sie hielten beide noch an der Hoffnung fest, die stärkere Luft werde ihre wohltuende Wirkung auf das kranke Kind um so eher ausüben, als sie ihm ganz neu und ungewohnt war.

„Emmi soll das Kind besuchen und es unterhalten und aufheitern", sagte der Doktor, „sie hat ja immer zuviel Zeug im Kopf, da kann sie etwas ablagern und stiftet unterdessen keine ihrer beliebten Unternehmungen an, die alle in irgendein Unheil auslaufen. Dieses Wesen wird sie höchstens zum Erstaunen bringen, aber gewiß nicht zur Mitwirkung hinreißen; so ist es für beide gut, wenn sie recht oft hingeht."

Die Mutter stimmte bei, Emmi sollte so oft wie möglich die kranke Nora besuchen; der Gedanke war der Mutter selbst sehr lieb; sie zweifelte nicht daran, daß zwischen den Kindern ein Freundschaftsverhältnis entstehen werde, das für beide sehr wohltätig sein würde. Die stille, zarte Nora könnte einen besänftigenden Einfluß auf das rasche und stürmische Wesen ihrer Emmi ausüben, und diese mit ihrer frischen, lebendigen Weise müßte neue, frohe Gedanken und Erheiterung in das einförmige Leben der jungen Kranken bringen.

Als später der Doktor auf seiner Stube noch allerlei Vorbereitungen für den folgenden Tag traf, saßen Mutter und Tante wie gewöhnlich beim großen Flickkorb zusammen, besprachen die Ereignisse des Tages und erzählten sich gegenseitig alle Erlebnisse, die sie heute mit den Kindern gehabt, und alle Beobachtungen, die sie an ihnen gemacht hatten. Dies war für die Schwestern die einzige Zeit des Tages, da sie zu einem ruhigen Aussprechen kamen, und das war ihnen ein großes Bedürfnis; denn es gab so viele Angelegenheiten, für die sie gemeinschaftlich lebten und handelten. Vor allem die Kinder mit all ihren Freuden und Schmerzen, ihren Wünschen und Bedürfnissen, dann die Kranken, die von nah und fern ins Haus kamen, und endlich alle Trost- und Hilfsbedürftigen der ganzen Umgebung, die mit ihren Bedrängnissen dahin kamen, wo sie einer warmen Teilnahme und der Unterstützung mit Rat und Tat allezeit sicher waren.

So hatten Mutter und Tante an diesem wie an jedem anderen Abend so viele Dinge zu verhandeln und zu besprechen, daß unter ihren fleißigen Händen die Haufen der ausbesserungsbedürftigen Strümpfe im großen Flickkorb unbemerkt zusammenschmolzen und die Frauen sich endlich eines späten, aber wohlverdienten Feierabends freuen konnten.

DRITTES KAPITEL

Im Dorf und in der Schule von Buchberg

Das Dorf Buchberg bestand aus vielen verstreuten Bauernhöfen und größeren und kleineren Gruppen von Häusern und Häuschen, die da und dort hinter den reichbelaubten Obstbäumen hervorguckten. In der Nähe der Kirche standen nur einige Häuser: das Schulhaus, die Küsterwohnung, das feste alte Haus des Gemeindevorstehers und einige kleinere Bauernhäuser. Für sich allein in einiger Entfernung, der waldigen Anhöhe zu, stand das Haus des Arztes. Die größten Gebäude von Buchberg aber standen unten an der großen Landstraße: die riesige Fabrik und daneben das geräumige Haus des Fabrikbesitzers, der beide Gebäude selbst hatte errichten lassen. Zwischen der Landstraße und dem Wohnhaus lag ein sehr sonnenreicher Garten; da war kein Baum noch Busch hineingepflanzt, denn so hätte man ja das schöne Haus von der Straße aus nicht recht sehen können.

Der Besitzer dieses Hauses und der Fabrik war der reiche Herr Bickel, der mit seiner Frau und dem einzigen Sohn die unteren Räume des Wohnhauses bewohnte, indes die Fenster der oberen sechs großen, prächtigen Zimmer ständig durch grüne Fensterläden verschlossen waren. Auch kam niemals ein Mensch hinein, außer Frau Bickel, die dort ab und zu den Staub von den schönen Möbeln wischte und sie bei diesem Anlaß mit stiller Feierlichkeit bewunderte. In solchen Augenblicken durfte auch das Söhnchen manchmal eintreten, nachdem es seine Schuhe vor der Tür hatte ausziehen müssen, und so stand es dann in dem Halbdunkel mit einer Art andächtigen Schauers und starrte die unentweihten Sessel und Kommoden an.

Herr Bickel war ein sehr angesehener Mann in der Gemeinde, denn in seiner Fabrik fanden viele große und kleine Leute Arbeit, welche Herr Bickel wiederum sehr wohl zu beschäftigen wußte. Er war auch so eifrig in seinem Geschäft, daß er jeden Menschen darauf ansah, ob er in seiner Fabrik zu brauchen wäre oder nicht, und ihn je nach dieser Eigenschaft oder deren Mangel schätzte. Auch wenn in Buchberg ein Kind auf die Welt kam, berechnete er gleich, in welchem Jahr es unter die Zahl seiner Arbeiter aufgenommen werden könnte. Fast alle Kinder in Buchberg wußten auch, daß sie einmal unter Herrn Bickels Herrschaft kommen würden, und wichen immer scheu und respektvoll zur Seite, wenn er mit dem dicken Stock daherkam, auf dem ein großer goldener Knopf saß, und mit der massiven, weithin glänzenden goldenen Uhrkette, an der ein ungeheures Petschaft majestätisch hin und her baumelte.

Aus dem schönen Hause trat jeden Morgen Herrn Bickels Sohn, der junge Feklitus, und wanderte die Straße hinauf, der Schule zu. Auf seinem Rücken trug er einen Ledertornister mit wundervollem Deckel, auf dem, mitten unter schönen Rosengirlanden, groß und ins Auge stechend die Buchstaben F. B. zu sehen waren. Diesen Deckel hatte Frau Bickel dem Sohn zu Weihnachten verzieren lassen.

Zu seinem etwas ungewohnten Namen Feklitus war er folgendermaßen gekommen: Sein Großvater war ein Schneider gewesen, und da er klein von Statur war und sich niemals auch nur in einer ähnlichen Stellung befand, wie einst sein Sohn sie einnehmen sollte, sondern ein blutarmes Schneiderchen war, das sich kaum durchbringen konnte, so hieß er allgemein das Schneiderli. Als er nun seinem Sohn in der Taufe den Namen Felix gab, wurde dieser gleich nach der Sitte der Gegend zu einem Fekli und hieß nun fortan zur näheren Bezeichnung: der Schneider-Fekli. Diesem aber, der früh ein Vorgefühl seiner einstigen Bedeutung hatte, war dieser Name anstößig und wurde ihm immer mehr zuwider, je höher er in Reichtum und Ansehen stieg. Aber die Buchberger waren nicht davon abzubringen: wenn sie einmal an einen Namen gewohnt waren, so blieben sie unveränderlich dabei und übertrugen ihn von einem Geschlecht aufs andere. So noch zur Stunde. Obschon jeder, der mit Herrn Bickel zusammentraf, wohl sagte: „Guten Tag, Herr Bickel!" — so nannte ihn doch kein einziger, wenn er von ihm redete, anders als: der Schneider-Fekli. Das wußte Herr Bickel, und die Sache war ihm sehr peinlich. Als er nun schon ein großer Herr war und mit Frau Bickel in dem neuen, schönen Haus wohnte und ihm dann ein Söhnlein geschenkt wurde, da konnte er sich sehr lange nicht entschließen, es taufen zu lassen, denn er suchte und suchte und fand immer den Namen nicht, der zu gleicher Zeit die Stellung und alle Aussichten dieses Sohnes andeuten und auch das Übertragen des verhaßten Namens unmöglich machen würde. Nun hatte Herr Bickel um diese Zeit als Schulvorsteher dem Examen in Buchberg beizuwohnen. Da traf es sich, daß der Lehrer den Kindern eben die Bedeutung des Namens Fortunatus auseinandersetzte. Freudestrahlend kam Herr Bickel nach Hause.

„Der Name ist gefunden, jetzt wird getauft", rief er seiner Frau entgegen; und so geschah es. Das Söhnchen wurde von Vater und Mutter Fortunatus genannt, und jedesmal geschah es mit besonderem Genuß, denn der Name entsprach vollkommen seiner Stellung im Leben, und Herr Bickel war überzeugt, er habe damit den alten, ihm anstößigen Namen ausgerottet. Sobald aber sein Söhnchen in die Schule eintrat, fand es sich, daß der Name Fortunatus den Kindern zu schwierig war; sofort wurde er in „Tus" abgekürzt, und gleich darauf zur näheren Bezeichnung wurde der Schneider-Fekli-Tus daraus. Dieser lange Name ging dann mit der Zeit in „Fekli-Tus" über, und dabei blieb man. Schließlich glaubte jedermann in Buchberg, der Name heiße wirklich Feklitus, und fand es natürlich, um der Abstammung willen.

Feklitus saß mit Oskar auf der Schulbank der sechsten Klasse, das heißt, sie saßen auf zwei Schulbänken in derselben Klasse. Als sie nämlich vor sechs Jahren miteinander in die Schule eintraten, setzte sich Oskar gleich nach vorn, denn er war ein herrschsüchtiges Bürschchen, das allenthalben gern regieren wollte. Aber Feklitus blieb neben ihm stehen und sagte: „Das ist mein Platz", denn er war mit dem Bewußtsein seiner Stellung in die Schule gekommen, und sein Vater hatte ihm auch gesagt: „Du gehörst nach vorn."

Aber der Lehrer war ein unparteiischer Mann; er untersuchte die Sache genau, und da es sich fand, daß Oskar zwei Tage älter war als Feklitus, so bekam jener den ersten Platz. Um keinen Preis aber hätte der Feklitus den zweiten eingenommen, sondern er setzte sich auf den ersten der zweiten Bank, und da die Klasse so groß war, daß sie beide Bänke in Anspruch nahm, ließ ihn der Lehrer gewähren. So war es denn durch alle Klassen bis zur sechsten hinauf geblieben, denn die Zahl der Schüler hatte sich nicht verändert.

Oskar war diese Einrichtung eben recht, kam doch dadurch der lustige Fani, des Tagelöhners Heiri Sohn, neben ihn zu sitzen, der jederzeit zu allen Unternehmungen aufgelegt war, die Oskar nur erfinden konnte, zu den gewagtesten am allerliebsten. Daneben hatte die äußere Erscheinung dieses Buben etwas Ansprechenderes für den Oskar als die des breitschultrigen Feklitus, der stets in einem Tuchwams mit hohem Kragen steckte, in einer Weise, daß von seinem Hals, der ohnehin kurz war, gar nichts mehr gesehen wurde und der ganze Feklitus aussah, als habe man ihn in ein Futteral gesteckt, in dem er sich nicht mehr recht bewegen konnte.

Fani war schmal und gewandt wie eine Eidechse, und trug er auch den ganzen Sommer nichts als sein Hemd und seine leinenen Höschen, so stellte er sich so leicht und gefällig hin, daß jeder vergaß, wie spärlich er gekleidet war. Strich er seine langen dunklen Haare, die weiterwuchsen, weil niemand sie ihm abschnitt, mit seinen beiden Händen über die Stirn zurück und schaute dann mit den großen, glänzenden Augen erwartungsvoll um sich, dann fiel dem Oskar gleich ein neuer Plan zur Gründung irgendeiner Gesellschaft ein; denn der Fani wäre zu so manchem zu brauchen, wie er bemerkte, z. B. als Künstler oder als edler Räuberhauptmann oder als Schauspieler. Das war für den Oskar besonders ansprechend, denn er war immer entweder mit dem Gedanken beschäftigt, etwas Großartiges zu gründen, Vereine, Verbindungen, Gesellschaften, und dazu brauchte er gerade Leute wie Fani; oder er hatte eben etwas gegründet und hatte alle Hände voll zu tun mit der Durchführung der Sache — da war Fani wieder der rechte Mann zur Hilfe, überall brauchbar, weil immer willig und mit einem Verstand begabt wie kein zweiter in der Klasse.

Die meisten Schwierigkeiten bereitete Oskar bei allen seinen Plänen Feklitus, der immer erst dann auf die Sache einging, wenn ihm dabei eine Hauptrolle zuteil wurde oder wenn es so aussah, als habe er an dem Plan geradesoviel erfunden wie Oskar. Feklitus aber mußte für die Dinge gewonnen werden, sonst machte seine ganze Partei nicht mit, und die Pläne fielen ins Wasser, denn die Klasse war in zwei fast gleichgroße Parteien gespalten; ja so durchgängig hatte dieses Parteiwesen um sich gegriffen, daß eigentlich alle Klassen, bis zu den harmlosen Erstklässlern hinunter, in zwei verschiedene Heere geteilt waren, die Oskarianer und die Feklitusianer.

Oskar hatte alle unabhängigen Leute für sich, alle gutgestellten Bauernsöhne, alle Handwerkersöhne, die in die Fußstapfen der Väter zu treten gedachten, und alle diejenigen, die einen bestimmten Weg im Sinne hatten, vom Fuhrknecht bis hinauf zum künftigen Lehrer. Alle anderen waren Anhänger des Feklitus; denn dieser hatte ein Schreckenswort, das viele Unschlüssige sogleich unter seine Fahne brachte, wenn er es ertönen ließ: „Warte nur, bis du in die Fabrik kommst!" drohte Feklitus, sobald er sah, daß einer unschlüssig war, wohin er sich wenden sollte. Das brachte denn auch manchen auf seine Seite, der sonst nicht zu ihm gehalten hätte. Aber je weniger man wußte, was einem dann begegnen konnte, wenn man in die Fabrik kam, desto unheimlicher klang die dunkle Drohung.

Nur dem Fani war alles Drohen und alle Aussicht auf unbestimmte schreckliche Dinge ganz einerlei. Er war entschieden der Fabrik verfallen, und zwar schon kommende Ostern, wenn seine Schulzeit zu Ende ging, das wußte er sehr gut; aber er hielt immer zu Oskar, und wenn Feklitus ihm in seinem Ärger darüber etwa entgegenrief: „Wart du nur, bis du in die Fabrik kommst!", so drehte sich Fani lachend herum und rief zurück: „Ja, ja, ich warte schon, es eilt mir nicht." Dafür hatte aber Feklitus auch eine ziemliche Wut auf den Fani und dachte entschieden daran, ihm allerhand Schwierigkeiten zu bereiten, sobald er drüben in der Fabrik arbeiten würde. Meistens fanden sich aber die Parteien doch befriedigt zusammen, denn es lag Oskar daran, Feklitus gut zu stimmen, da er zum Gedeihen seiner Gründungen vieler Leute bedurfte und daher für die Eintracht war.

Gerade jetzt herrschten ungestörter Friede und Übereinstimmung. Oskar hatte einen großartigen, allgemeinen Sängerverein gegründet. Aus allen Klassen sollte daran teilnehmen, wer nur Lust hatte, und vor allem wurden nun gleich alle Vorbereitungen für das große Sängerfest getroffen, das ja infolge der Gründung des Vereins kommen mußte. Er hatte den Feklitus gleich für diese Unternehmung gewonnen, indem er ihn zum Mitarbeiter an den Zurüstungen für den großen Tag ernannte. Eine Fahne stand auch fest in Aussicht — denn die Tante hatte ja versprochen, mitzumachen; das war eine ganz andere Sicherheit, als nur Emmi für die Sache gewonnen zu haben! Fani sollte Fahnenträger werden. Heute mußte aber eine Sitzung stattfinden, kündigte Oskar an, als eben am Schluß der Schulstunden sechs bis acht Jungen auf einmal sich zur Tür hinausdrängen wollten; dadurch verzögerte sich das Herauskommen merklich, so daß die Aufforderung zu der Sitzung gleich noch nach allen Richtungen hin verbreitet werden konnte.

Draußen auf dem freien Platz wand sich die Masse der Buben sofort in einen Knäuel zusammen; so fanden bei ihnen die Sitzungen statt. Oskar teilte der Versammlung mit, daß noch kein Spruch für die Fahne gewählt worden sei, daß er aber einen sehr schönen wisse, der zu dieser Gelegenheit passe, nämlich:

„Gesang verschönt das Leben und macht den Menschen froh."

Feklitus aber war nicht einverstanden. Er sagte, er habe schon oft solche Feste gesehen und viel schönere Sprüche da gefunden als diesen; er wisse einen, der töne ganz anders, den müsse man annehmen:

„Das Vaterland soll leben, die Freiheit lebe hoch!"

Oskar sagte, dieser Spruch passe nicht zu ihrem Fest; aber Feklitus blieb bei seiner Ansicht und rief seine Getreuen auf, sie sollten ihm helfen, und nun entstand ein betäubender Tumult, und Oskarianer und Feklitusianer schrien so grimmig durcheinander, daß keiner den anderen mehr verstand.

Jetzt packte Oskar den Feklitus am Arm und zog ihn auf die Seite, bis dahin, wo man wieder etwas verstehen konnte, und sagte mit Entrüstung: „Weißt du, Ruhestörer, daß du das Geschrei hervorgerufen hast und daß das ganz miserabel von dir ist? Was gewinnst du dadurch? Nichts! Was verdirbst du? Alles! Damit du aber siehst, daß ich nicht einer bin wie du, so will ich dir jetzt einen Vorschlag machen. Wir wollen unsere Sprüche beide nehmen, und es ist gut, daß sie sich sogar aufeinander reimen; dann heißt die Inschrift so:

Gesang verschönt das Leben und macht den Menschen froh;
das Vaterland soll leben, die Freiheit lebe hoch!'"

Jetzt war Feklitus einverstanden; aber um keinen Preis hätte er den schönen Gedanken aufgegeben, den er selbst gefunden hatte. Nun wurde den anderen die Übereinkunft verkündigt, die Sitzung war geschlossen. Mit einemmal stob der ganze Knäuel in hohen Luftsprüngen auseinander, und nach allen Richtungen hin erscholl durch den Sommerabend die Freude des überstandenen Tagewerks.

Oskar allein ging still und mit einer großen Falte auf der Stirn nach Hause, denn er trug einen Ärger mit sich. Wieder war der Fani gleich nach der Schule verschwunden, und er hatte doch gehört, daß noch eine wichtige Besprechung stattfinden sollte. Das nahm Fani alles viel zu leicht; es war der einzige große Fehler, den Oskar an ihm kannte: Fani ging zu leicht von einer Sache zu einer anderen über, und Oskar wußte jemand, der den Fani darin sehr unterstützte und ganz war wie er, das war seine Schwester Emmi. Eigentlich war diese noch ärger, denn sie brachte den Fani immer wieder auf etwas Neues und stiftete ihn immer zu irgend etwas an. Das kannte Oskar gut an ihr. Gewiß hatte sie ihn auch heute abend zu irgend etwas verleitet, und er war gleich darauf eingegangen, da er so bald verschwunden war. Das verdroß den Oskar sehr.

Bei seiner Ankunft zu Hause traf er auf Fred, der beim Gemüsebeet auf dem Boden kauerte und mit beiden Händen wie ein gieriger Schatzgräber in der Erde herumwühlte.

„Wo ist Emmi?" rief ihm Oskar entgegen; „aber rühre mich nicht an mit deinen Händen!"

„Du wirst wohl kein Samenkäfer sein, nach dem ich mit meinen Händen herumsuche", war die Antwort. „Wo Emmi ist, weiß ich nicht; aber das weiß ich, daß eines von euch, du oder Emmi, schon wieder alles Papier genommen hat, so daß kein Mensch seine Aufgaben machen kann, wenn er noch so gern wollte."

„Ich habe gar keins gebraucht", erklärte Oskar; „daß Emmi wieder etwas angestiftet hat, das weiß ich nun schon, und das Papier hat sie auch gebraucht, und was sie noch alles anstellt, das wird sich zeigen, wenn man ihr nicht bald das Handwerk legt." Mit dieser Prophezeiung trat Oskar ins Haus.

VIERTES KAPITEL

Von weiteren Zuständen in Buchberg

Oskar hatte richtig geraten: durch die geöffnete Schulzimmertür war der gewandte Fani unter den ersten hinausgeschlüpft, und Emmi, die auch überall durchkam und schon draußen stand, belegte ihn gleich mit Beschlag. „Komm schnell, Fani, ich weiß einen prachtvollen Baum, den du zeichnen kannst, und Papier habe ich schon und alles."

Fani ging mit großer Freude auf den Vorschlag ein, und sofort rannten die beiden davon, erst den Weg hinunter und dann dem grünen Hügel zu, an dem ein schmaler Fußweg zwischen den blumenreichen Wiesen emporführte. Hier beim langsamen Bergansteigen besprachen die Kinder nun ihr Vorhaben, und Emmi erklärte dem Gefährten, wohin sie ihn führen wolle. Sie hatten nämlich heute früh Zeichenstunde gehabt, welche die beiden obersten Klassen immer zusammen erhielten. In der fünften Klasse saßen Emmi und Elsli sowie auch der studienbeflissene Fred, der zwar ein Jahr zu jung war für diese Klasse, aber der Lehrer hatte ihn dahin versetzt, weil er sämtlichen Viertkläßlern weit voraus war, ja sogar in der fünften Klasse war er noch weitaus der Geschickteste. Nur im Zeichnen nicht, da war Fani allen anderen so weit überlegen, daß der Lehrer öfter bemerken mußte, wenn er seine Zeichnungen ansah: „Siehst du, Fani, wie du's kannst, wenn du willst! Du könntest auch anderes noch besser machen, wenn du dich mehr anstrengtest und nicht so gleichgültig und leichtsinnig wärest!"

Heute nun hatte der Lehrer bemerkt, es wäre ihm recht, wenn die Kinder hier und da etwas nach der Natur abzeichneten, einen Baum oder eine Blume, und hatte den Fani noch besonders darauf aufmerksam gemacht, wie gut er die Bäume zu machen verstehe, er solle sich einen schönen aussuchen. Das war nun der Emmi gerade recht, so etwas ausfindig zu machen, denn an Fanis Zeichnungen hatte sie schon immer eine besondere Freude gehabt. Er hatte ihr auch schon allerhand gezeichnet: Rosen und Erdbeeren und einen Fischer, mit einer Angelrute unter einem Baum am Wasser sitzend; diese Bildchen konnte man so schön als Buchzeichen brauchen.

Jetzt erzählte ihm Emmi, daß sie auf der Stelle nachgedacht habe, welchen Baum er zeichnen könne; da sei ihr auf einmal die große Eiche in den Sinn gekommen, die sehe so prächtig aus; noch vor wenigen Tagen habe sie sie gesehen, denn sie sei mit der Mutter auf dem Eichenrain gewesen, der fremden Damen wegen. Unter diesen Gesprächen waren die Kinder nun auf dem Hügel angekommen, welcher um des schönen alten Baumes willen der Eichenrain hieß. Der reichbelaubte Baum stand am Abhang des Hügels und warf seinen Schatten weithin über das kurze Gras des Weidebodens. Fani schaute verwundert in das dichte Gezweig hinauf.

„Ach, wie schön", sagte er, „ich bin froh, daß du dich an diesen Baum erinnert hast, Emmi, der ist prächtig zum Zeichnen! Ich will gleich anfangen, aber ein wenig weiter weg, da oben." Fani entfernte sich den Hügel hinan Schritt für Schritt von dem Baum, bis er den richtigen Blick zu haben glaubte. Hier setzte er sich auf den Boden, Emmi gleich darauf neben ihn, indem sie anfing, aus ihrer großen Schultasche einen ziemlichen Reichtum an Papier und Bleistiften herauszukramen.

„Oh, da kann man viel zeichnen mit so viel Papier und Bleistiften", sagte Fani und schaute mit sehnsüchtiger Bewunderung auf all das schöne Material.

„Ich gebe dir dann noch etwas mit heim davon", versprach Emmi; „ich habe schon daran gedacht, daß du dann wieder ändern mußt und vielleicht noch einmal anfangen, aber komm, da suche dir selbst einen Bleistift aus!"

Mit Wonne tat Fani, wie ihm geheißen. So reichliches Material zu haben, daß man so drauflos zeichnen konnte, wie man wollte, schien dem Fani das Höchste zu sein. Nachdem er noch ein paarmal seinen neuen Bleistift und sein weißes Papier mit Wohlgefallen angeschaut hatte, setzte er sich zurecht und begann seine Arbeit. Emmi war nun ganz still und schaute aufmerksam dem Entstehen des Baumes zu.

„Oh, oh! Jetzt ist die Eiche schon zu erkennen! Nein, was du für schöne Zweige und niedliche Blättchen machen kannst!" rief Emmi jetzt ganz entzückt aus; „nein, so schön hast du gewiß noch nie einen Baum gemacht! Du wirst sehen, was der Lehrer sagt; gewiß hast du die allerschönste Zeichnung von allen. Wie machst du das denn nur, Fani? So etwas könnte ich nie!"

„Ich mache es nur nach", sagte Fani, dessen Augen beständig hin- und hergingen, jetzt zu dem Baum hinauf und jetzt wieder auf das Papier zurück, und dessen Gesicht vor Eifer glühte. „Sieh nur die kräftigen Zweige, die er hat, und die prächtigen Blätter; kein Blatt ist so schön wie das Eichenblatt. Oh, und sieh nur oben, wie das so prachtvoll rundum geht, gerade als hätte man die Zweiglein so gemacht, daß es die schöne Form gibt. Wenn ich nur den ganzen Tag hier sitzen und immerfort an dem Baum zeichnen könnte! Es gibt gar nichts Schöneres auf der Welt!"

„Jetzt weiß ich etwas", rief Emmi aus, als habe sie auf einmal einen großen Fund getan; „du mußt Maler werden, Fani. So fängt es an, wenn einer Maler werden muß, das weiß ich bestimmt; sonst könntest du gar nicht sagen, das Schönste auf der Welt wäre, einen ganzen Tag vor einem Baum zu sitzen und zu zeichnen; das wäre doch jedem anderen furchtbar langweilig."

„Ja, du hast gut reden", entgegnete Fani mit einem Seufzer; „im nächsten Frühling komm' ich aus der Schule, und dann muß ich in die Fabrik und muß den ganzen Tag vom Morgen bis zum Abend spulen. Da kannst du dann Maler werden — ich wüßte nur gern, wie?"

„Aber wolltest du denn nicht gern alles tun, um Maler zu werden, Fani? Denk nur, wie herrlich! Wenn du doch selbst sagst, es wäre das Schönste auf der Welt, da würdest du doch bestimmt alles wagen, wenn du nur dazu kommen könntest, oder nicht?"

„Freilich wollt' ich, gewiß, aber da ist ja gar nichts zu wagen, was könnte ich denn tun?"

„Wart du jetzt nur, Fani, ich will schon anfangen zu überlegen, was du machen könntest. O denk nur, wenn du dann ein ganz geschickter Maler würdest und gar nichts anderes mehr tun müßtest als bloß immer zeichnen und malen, da hättest du doch nur noch Freude, dein Leben lang; Fani, glaubst du nicht?"

Emmi war jetzt so in Feuer geraten durch alle die Pläne und Aussichten, die ihr jetzt schon vorschwebten, daß sie auch den Fani angezündet hatte.

Sein Stift war ihm aus der Hand gefallen, seine Augen waren nicht mehr forschend auf die Eichenzweige gerichtet, sondern rollten hin und her, als suchten sie da und dort etwas, was nicht zu sehen war.

„Glaubst du's sicher, Emmi, glaubst du gewiß, das könnte sein?" fragte er jetzt in großer Aufregung. „Was, meinst du, könnte ich denn tun? Ich wollte es am liebsten auf der Stelle tun. Aber was?

„Das weiß ich jetzt noch nicht, aber es kommt mir dann schon in den Sinn; du mußt nur ein wenig warten, vielleicht kann ich dir's morgen schon in der Schule sagen. Aber komm, mach noch deinen Baum fertig, und das Papier und die Bleistifte darfst du dann mitnehmen, damit du noch andere Bäume zeichnen kannst. Weißt du, sie werden dann im Examen gezeigt, und weil du sonst nur so graues Papier hast und doch die allerschönsten Zeichnungen machst, so wäre es ja schade darum."

Fani war sehr erfreut, denn oft schon hätte er zu Hause gern eine Zeichnung gemacht, aber da war nichts zu finden, was man dazu brauchte; so war ihm das schöne weiße Papier samt den zwei Bleistiften ein wahrer Schatz. Er ging nun noch einmal an seine Arbeit, und Emmi schaute zu und lobte und bewunderte. Unterdessen war aber die Sonne untergegangen, und leise kam die Dämmerung heran und erinnerte die Kinder daran, daß die Zeit zur Heimkehr gekommen sei.

Fred hatte schon seit einiger Zeit seine Suche nach Samenkäfern aufgegeben. Jetzt stand er auf dem Weg außerhalb der Hecke, die den Garten einfaßte, und schaute mit Spannung nach der Schwester Emmi aus, die doch endlich einmal heimkommen mußte und mit der er Abrechnung zu halten gedachte. Innerhalb der Hecke, im Garten, lief Oskar mit demselben Vorhaben hin und her, nur in viel größerer Aufregung, denn den ganzen Nachmittag hatte er vergebens nach Fani herumgesucht. Dieser war völlig verschwunden, und kein Mensch wußte, wohin, und da waren noch so viele wichtige Dinge zu besprechen, bevor das Sängerfest stattfinden konnte. Mit dem Feklitus waren solche Besprechungen unmöglich, er begriff zu langsam und hatte nie einen Gedanken. Da war Fani ein ganz anderer, schneller und erfindungsreicher Genosse. Sicher hatte Emmi den wieder abgefangen, um ihn zu etwas anzustiften, denn dafür war sie bekannt; aber er wollte schon dahinterkommen, was sie heute ausgeführt hatte, und ihr Tun ein wenig beschneiden, denn das paßte ihm nicht, daß Emmi den Fani so für sich in Anspruch nahm. Durch diese Gedanken nahm die Aufregung bei Oskar ständig zu, und in immer größeren Schritten ging er im Garten auf und ab.

Jetzt sah draußen der lauernde Fred etwas den Weg heraufkommen; das konnte aber eigentlich nicht Emmi sein, denn es war eine ziemlich breite Masse, die fast den ganzen Weg von einer Seite zur anderen ausfüllte; in der Mitte war sie ein wenig höher als an beiden Enden. Fred staunte; er konnte nicht erraten, was sich dort heranbewegte, es konnte aber eine naturgeschichtliche Merkwürdigkeit sein; er lief also dem Ungeheuer schnell ein wenig entgegen. In der Nähe erkannte er das Elsli, dem auf der einen Seite der vierjährige Rudi am Röckchen hing, auf der anderen der dreijährige Heirli; auf dem Arm saß ihm der zweijährige Hanseli mit dem dicken Kopf und den festen Armen und Beinen. So keuchte das Elsli mit den drei Brüderchen heran, denn das Gewicht von allen dreien hing schwer an ihm.

„Stell doch diesen dicken Hans auf den Boden, du mußt ja fast ersticken", sagte Fred, indem er die Anstrengungen der drei Brüder, das Elsli umzureißen, mißbilligend betrachtete.

„Ich darf nicht, er fängt gleich an zu schreien und wird bös", entgegnete Elsli fast ohne Atem und schleppte sich vorwärts, den Weg hinauf.

„Willst du zu uns?" fragte Fred.

„Ja, etwas holen, da hinein!" Das Elsli hob seinen Arm ein wenig in die Höhe, an dem ihm noch ein großer Sack hing.

„Du kannst ja nichts mehr tragen; stell doch jetzt einmal den Dicken auf den Boden, er drückt dich ja fast zusammen", sagte Fred voller Ärger.

Sie waren nun oben angekommen und standen am Haus.

„Ja, einen Augenblick muß ich ihn gewiß niederstellen, nur bis mir der Arm nicht mehr so weh tut."

Mit diesen Worten stellte das Elsli den Hanseli hin, der augenblicklich in ein so durchdringendes Zetergeschrei ausbrach, daß aus der Stube Mutter und Tante und aus der Küche die Kathri herbeieilten.

„Dich wollt' ich lehren!" bemerkte diese mit einer schwingenden Bewegung der flachen Hand und zog sich wieder zurück. In großem Schrecken hatte das Elsli den Buben gleich wieder auf den Arm genommen; er schrie aber noch eine Weile fort über das Unrecht, das ihm geschehen war.

„Mama, sag doch dem Schreihals, daß er auf dem Boden stehen soll, er drückt ja das Elsli ganz zusammen", rief Fred zornig aus.

Auf diesen Ausspruch hin schrie der Hanseli noch viel ärger und preßte nun seinen Kopf noch so schwer gegen Elslis Schulter, daß es sich kaum mehr aufrecht halten konnte.

„Du darfst ihn wirklich auf den Boden stellen, Elsli", sagte die Mutter hier; „er wird sich wohl zufriedengeben, komm!" Und die Mutter wollte helfen, den kleinen Hans von dem Kinde abzulösen und auf den Boden zu stellen; aber das war nicht leicht: er hielt sich mit Armen und Beinen fest und zappelte und schlug mit den Füßen aus. Endlich aber stand er doch unten; nun aber erhob er wieder ein so wütendes Geschrei und riß so heftig an dem Elsli herum, daß es ihn schnell wieder auf den Arm nahm; und mit Ergebung in sein Schicksal sagte es:

„Er will nicht, er wird immer bös, wenn ich ihn nur einen Augenblick hinstelle, und wenn ich aus der Schule heimkomme, so muß ich ihn auf der Stelle auf den Arm nehmen, sonst fängt er gleich so zu brüllen an."

„Aber der schwere Hans ist ja längst zwei Jahre alt, er muß ganz gut gehen, nicht nur stehen können", sagte nun die Mutter, ein wenig unwillig über den kleinen Tyrannen, „und dann ist ja das Kleine noch da, das wirst du auch herumtragen müssen. Wie machst du das denn, Elsli?"

„Ja, da wird er noch viel böser, wenn er sieht, daß ich das Kleine nehme; dann schlägt er drein und stößt mit den Füßen und schreit so furchtbar, daß es die Mutter überall hört, und es macht sie böse. Dann ruft sie gleich, ich solle machen, daß der Lärm aufhöre, ich werde doch wohl den kleinen Buben noch zum Schweigen bringen können. Aber er hört nie auf zu schreien, bis ich das Kleine in die Wiege zurücklege und ihn auf den Arm nehme; dann stoß' ich eben die Wiege hin und her, so lange, bis das Kleine wieder gut ist und einschläft."

„Komm einen Augenblick herein, Elsli, du siehst ja so müde aus", sagte die Mutter teilnehmend; „und du, Hanseli, stehst jetzt auf deinen Füßen und wanderst selbst hinein, das kannst du ganz gut, und drinnen liegt ein schönes Stück Brot und ein Apfel, die bekommst du."

„Wenn du aber nicht gehen willst", fügte die Tante hinzu, „so lassen wir dich hier stehen, aber Rudi und Heirli kommen gern mit und holen sich Brot und Äpfel, nicht wahr? Und das können sie auch ganz gut tun, ohne das Elsli halb umzureißen; kommt mit mir!"

Die beiden liefen gleich der Tante nach, und der kleine eigensinnige Hans hatte den Sinn der Rede auch erfaßt; er war ganz still, als das Elsli ihn nun wieder vom Arm heruntergleiten ließ, und wackelte ohne Widerrede an der Hand der Schwester neben der Frau Doktor her ins Haus. Hinterdrein kam Fred und schwang ein Weidenrütchen in der Hand, als wollte er damit andeuten, daß es ein Mittel gebe, widerspenstige Buben zum Marschieren zu bringen.

Drinnen in der Stube angekommen, sperrten die drei Buben ganz weit die Augen auf, denn sofort ging die Mutter an den Schrank und holte den großen Brotkorb heraus und schnitt vier riesige Stücke von dem mächtigen Laib herunter; auf jedes legte sie einen schönen roten Apfel, den sie ebenfalls aus dem Schrank herausholte; da lagen sie wohl schon für die eigenen Kinder bereit. Jetzt wurde jedem der Buben und auch Elsli sein Stück mit dem Apfel gereicht, und Fred sagte: „Nun frisch, beißt einmal los!" Augenblicklich gehorchten alle drei und knackten und knusperten drauflos, daß es jedem Lust gemacht hätte, mitzuhalten.

Das Elsli sagte nun, warum es gekommen sei, und zeigte seinen Sack. Die Mutter hatte es geschickt, die Sachen, welche ihr die Frau Doktorin versprochen hatte, in dem Sack abzuholen.

„Nein, Kind, davon ist keine Rede", sagte diese bestimmt; „wie könntest du noch einen Sack mit Kleidern tragen! Sag deiner Mutter, daß sie selbst einmal kommen solle; ich muß auch sonst mir ihr reden, dann kann sie die Sachen mitnehmen."

„Elsli, hast du denn gar keine Lust zu deinem Apfel? Und magst du auch kein Bröckchen Brot essen?" fragte die Tante, die gesehen hatte, wie das Kind sorgfältig seinen Apfel in die Tasche gesteckt hatte, während es das Brot unberührt in der Hand hielt.

Das Elsli wurde ein wenig rot, als habe es etwas getan, das vielleicht nicht erlaubt war, und sagte schüchtern: „Ich möchte nur gern mit dem Fani teilen, er bekommt doch heute nichts mehr."

„Das darfst du schon sagen, Elsli, daß du dem Fani davon geben willst, das ist ganz recht", sagte die Tante freundlich; „aber warum bekommt denn der Fani heut' nichts mehr?"

„Wir haben nun schon Abendbrot gegessen, gerade eh' wir kamen, und der Fani ist wieder nicht heimgekommen, wie schon manchmal, und dann ißt man die saure Milch alle auf und auch die Erdäpfel, weil es sowieso nicht viel ist, und der Vater sagt: ‚Wer nicht da ist, hat keinen Hunger.' Aber der Fani hat freilich Hunger; ich weiß schon, er vergißt nur, daß es Zeit ist."

„Wo ist er denn aber? Muß er dir am Abend nicht helfen, die kleinen Buben zu hüten?" fragte die Tante weiter.

„Nein, nein, das kann er nicht. Die Mutter sagt, sie sind noch ungezogener, wenn er dabei ist, er solle nur laufen; und so kommt er manchmal um sein Abendbrot, und ich kann ihm nichts aufheben, und doch ist er immer so gut zu mir. Wenn er dann heimkommt, macht er mir immer meine Aufgaben mit den seinigen, weil ich das nie kann; ich habe zu tun, bis die Mutter das Licht nimmt und ich ins Bett muß."

„Der Fani kommt eigentlich nur aus Leichtsinn um sein Abendessen, das könnte er ja anders haben, und von den Aufgaben, die du nicht selbst machst, wirst du auch nicht viel profitieren, Elsli", sagte die Tante.

Das Elsli wurde ganz rot, und seine sanften blauen Augen füllten sich mit großen Tränen.

„Ich weiß schon", sagte es zaghaft; „darum bin ich auch so ungeschickt in der Schule, fast die Ungeschickteste in der ganzen Klasse."

„Nein, nein, das bist du noch lange nicht", fiel Fred beschützend ein, „du kannst nur nie, was wir auswendig lernen müssen und nachlesen; jetzt weiß ich aber, warum, und wenn dich noch ein einziges Mal einer auslacht, so will ich ihm zeigen, mit wem er es zu tun hat."

Auf dem Elsli lag so viel, das ihm das Leben schwer machte und ihm weh tat, daß es fast nie recht froh und lustig aussah wie die anderen Kinder. Auch jetzt schaute es wohl dankbar den Fred an, aber es kam keine Fröhlichkeit auf sein schmales Gesichtchen; und wie es nun aufstand und seine Bürde wieder auf sich lud — denn der Hanseli hatte schon lange an ihm gerissen, um zu verstehen zu geben, daß er wieder auf den Arm wolle —, da sah das Kind so matt und müde aus, daß es den Frauen recht zu Herzen ging. Sie schauten ihm nach, wie es mühsam die Treppe hinunter und über den Platz ging, Rudi und Heirli auf beiden Seiten an ihm hängend, der schwere Hanseli auf ihm liegend.

„Ach Gott, wenn doch ein Sonnenschein in dieses freudlose Kinderleben fallen wollte!" seufzte die Mutter, und die Tante wollte eben mitfühlend einstimmen, als ein auffallender Lärm ertönte und immer lauter herankam. Emmi war eben den Weg heraufgekommen, und beide Brüder waren sofort auf sie eingedrungen und schrien nun gegenseitig auf sie los, immer einer den anderen überschreiend. „Warum hast du den Fani gefangen?" — „Was hast du wieder mit allem Papier gemacht?" — „Wozu hast du ihn wieder angestiftet?" — „So kann ja kein Mensch seine Aufgaben machen, und daran bist du schuld!" — „Sag, wo du ihn hingelockt hast, daß er sein Versprechen nicht hielt, zur Sitzung zu kommen?" — „Sag, wo das Papier ist, so kann man endlich etwas tun!"

Die Schreienden, mit Emmi in ihrer Mitte, waren nun an der Haustreppe angekommen. Die Mutter war eben abgerufen worden; die Tante trat zu den Kindern heran.

„Still, still! Nicht solchen Lärm machen!" wehrte sie. „Emmi kann euch ja nicht einmal Rechenschaft geben, wenn ihr unaufhörlich beide miteinander auf sie losschreit."

Emmi rettete sich augenblicklich zur Tante und flüsterte ihr ins Ohr, wozu sie das Papier gebraucht habe, und bat dringend: „Hilf mir doch, Tante, bitte! bitte! Du weißt ja, sonst wird der Oskar noch heftiger!"

Die Tante fand die Anwendung des Papieres nicht so schlimm und erklärte, sie werde gleich anderes Papier herbeischaffen, und nun sollten alle hereinkommen und an die Aufgaben gehen, und es solle Ruhe herrschen; und um ihren Worten Nachdruck zu geben, fügte sie hinzu: „Gleich wird auch der Papa nach Hause kommen; ihr wißt, daß er keinen Lärm hören will!"

Das wirkte besänftigend. Alle traten ins Haus, und bald darauf saßen die vier Kinder, schweigend und eifrig arbeitend, um den Tisch herum, denn die Tante hatte neues Papier herbeigeschafft und auch dem Oskar erklärt, daß Fani um seiner Schularbeiten willen verschwunden sei. Nun schien der Abend in Frieden und Stille zu Ende gehen zu wollen. Aber auf einmal erhob Rikli ein Mark und Bein durchdringendes Geschrei, warf seinen Sessel zurück und stürzte durch die ganze Stube und weit in den Gang hinaus, nicht anders, als liefe ein Ungeheuer hinter ihm her. Alle Köpfe hoben sich, und mit Schrecken schaute jeder um sich, die Ursache des Wehgeschreis zu entdecken.

„Hier! Hier!" sagte Emmi und wies mit ihrem Zeigefinger auf den Tisch. Da spazierte ganz gravitätisch ein grünschimmernder Goldkäfer über das weiße Papier hin, der soeben der Tasche des unermüdlichen Sammlers entstiegen war.

„Aber Fred, in der Tasche trägt man doch nicht lebendige Käfer umher", mahnte die Mutter, „dafür hast du doch Behälter. Bedenke nur, welchen Unannehmlichkeiten alle deine Nachbarn, auch du und die armen Tiere selbst, ausgesetzt sind!"

„Fred war schon immer ein wandernder Menageriekäfig, dem kein ordentlicher Mensch nahe kommen darf", bemerkte Oskar über sein Buch hin.

„Ja, aber meine Sammlungen fallen nicht alle Augenblicke in nichts zusammen wie deine Vereine", warf Fred zurück, „und siehst du, Mama, es ist ein schönes und nützliches Tier, ich will dir nur gleich vorlesen, was darüber geschrieben steht", und Fred langte schnell nach seinem Buch, das er immer in der Nähe hatte. „Der Goldkäfer, *auratus*, mit gewölbten Flügeldecken und starken Freßzangen, nährt sich von Raupen, Larven und anderem Ungeziefer, wodurch er sehr nützlich wird. Statt, wie er verdient, geschont zu werden, wird er überall vom Unverstand verfolgt und zertreten. — Siehst du wohl, Mama?"

„Wir wollen ja deine Käfer gar nicht mit Unverstand verfolgen, nur gehört er anderswohin als in deine Tasche und auf den Tisch; trag ihn weg", befahl die Mutter.

„Und du, Rikli", winkte die Tante durch die offene Tür, „komm du wieder herein und gebärde dich nicht, als ob ein Käferchen dich gleich umbringen könnte. Sieh, wenn du fortwährend um solcher Kleinigkeiten willen ein so furchtbares Geschrei erhebst, so wirst du einmal gestraft werden, denn jeder wird denken, wenn er dich hört: Das hat nichts zu bedeuten, und man sieht nicht nach dir, wenn dir auch wirklich einmal so etwas begegnen sollte, daß du mit allem Grund schreien könntest."

Rikli kam herein, und Fred wollte eben mit seinem Käfer hinausgehen; in der Tür trafen sie zusammen. Fred sagte im Vorbeigehen: „Auf dich will ich einmal ein Gedicht machen, weil du so schöne Töne von dir gibst; du hast auch noch einen Bruder in der Kunst."

„Ja, ja, Fred", eiferte das Rikli, „man kann auch ein Gedicht darauf machen, wie die gräßlichen Käfer aus deiner Tasche kommen und mit so dünnen, furchtbaren Beinen über den Tisch kriechen."

„Das kann man", bestätigte Fred und ging, seinen Käfer in eine Schachtel einzusperren.

Als die Kinder zusammenpackten, um sich zurückzuziehen, sagte die Mutter: „Morgen nachmittag habt ihr frei, da darfst du die kranke Nora besuchen, Emmi, und so immer an den freien Nachmittagen und am Sonntag; sie freut sich auf deinen Besuch."

„Das ist doch ein Glück, daß Emmi endlich eine Freundin bekommt; so hört sie einmal auf, anderer Leute Freunde für sich in Anspruch zu nehmen", sagte Oskar mit Befriedigung.

Emmi erwiderte nichts, sondern ging ganz ruhig ihrer Wege, sie hatte aber nicht im leisesten im Sinn, etwas von ihrer Freundschaft mit Fani abzugeben.

Als der Zug sich die Treppe hinauf nach den Schlafzimmern bewegte, voran Oskar, dann Emmi, dann die Tante und zuletzt die beiden Jüngsten nebeneinander, sagte Fred, zu seiner Nachbarin gewandt: „So, jetzt paß einmal recht auf, Rikli!" Dann sang er mit lauter Stimme nach selbstgemachter Melodie:

„Das Rikli und der Hanseli
sind ganz wie zwei Geschwister;
sie singen wie die Amseli,
nur unerhört viel wüster."

Eben wollte das Rikli mit klagendem Geschrei die vergleichende Dichtung beantworten, als die Tante sich umkehrte und es bei der Hand nahm.

„Nein, Rikli, heute nicht mehr", sagte sie bestimmt, „und lieber gar nicht wieder! Zeig dem Fred, daß er völlig unrecht hat mit seinem Vergleich."

Wenn die Mutter nicht, wie es oft geschah, um diese Zeit zu dem heimgekehrten Vater oder zu Krankenbetten oder zu anderen Hilfsbedürftigen abgerufen wurde, so machte sie die Wanderung zu den oberen Räumen mit, und die Kinder konnten sich dann in Mutter und Tante teilen, um am Schluß des Tages noch alles, was ihnen auf dem Herzen lag, bei der einen oder anderen abzulegen. War aber die Mutter abwesend und die Tante allein zur Begleitung da, so hatte sie sehr aufzupassen, daß es zu keinem Kampf kam, denn jedes meinte, das andere habe die Tante länger an seinem Bett festgehalten.

Heute kam es aber dem Fred gar zu arg vor, wie lange erst die Schwestern drüben und nun noch Oskar die Tante für sich behielten, und als sie endlich zu ihm herantrat, sagte er: „Am liebsten wollte ich, Tante, man könnte dich in zwei Hälften teilen und dann mit vier multiplizieren, dann gäbe es für jeden zwei Tanten; so käme man doch einmal zu seinem Recht.“ Die Tante wollte auch dem Fred sein Recht noch werden lassen, aber schon rief unten die Kathri mit solcher Dringlichkeit nach ihr, daß sie aufbrechen mußte, nicht ohne dem Fred zu versprechen, morgen abend zuallererst an sein Bett zu kommen.

FÜNFTES KAPITEL

Auf dem Eichenrain

Als der Arzt vom Rhein seinem Freund in Buchberg geschrieben hatte, er möchte für die kranke Nora eine geeignete Wohnung auf den gesunden Höhen seines Heimatortes suchen, damit sie den Sommer zu ihrer Stärkung dort zubringen könnte, hatte dieser die Sache gleich seiner Frau übergeben, die sofort mit der Tante zu beraten begann.

Ihr erster Gedanke war das große Haus des Herrn Bickel gewesen, wo sich so viele unbewohnte Zimmer befanden, und sogleich war die Frau Doktor hingegangen; aber sie war nicht gut angekommen. Frau Bickel hatte erklärt, es sei ganz unmöglich, daß sie einige von ihren Zimmern hergeben könnten, sie brauchten sie selbst; sie hatte auch kaum die Entrüstung verbergen können über ein solches Ansinnen, daß in den Zimmern, wo nie ein Mensch hineinkam, jetzt auf einmal ganz fremde Leute wohnen sollten.

Die Frau Doktor hatte sanftmütig gesagt, Frau Bickel möge es ihr nicht übelnehmen, es sei nur eine Anfrage gewesen, es sei sehr schwer, eine Wohnung mit mehreren Zimmern zu finden. Frau Bickel hatte sich aber noch lange nicht beruhigen können und nachher noch von Zeit zu Zeit zu Herrn Bickel gesagt: „Es nimmt mich nur wunder, was die Frau Doktor eigentlich meint; wir werden wohl unser Haus nicht für andere Leute gebaut haben!"

Herr Bickel war auch gleich ihrer Ansicht gewesen und fügte zu diesen Bemerkungen immer hinzu: „Und dann noch für Leute, von denen man nicht einmal weiß, ob sie auch etwas haben oder gar nichts. Da könnte man schön ankommen!"

Der Frau Doktor war dann auf einmal ein Gedanke gekommen: auf dem Eichenrain stand seit dem Frühjahr ein neues Häuschen fertig, dessen ersten Stock der Bauer bezogen hatte, dem es gehörte; den oberen Stock sollte sein Sohn beziehen, der im Herbst seinen eigenen Haushalt gründen wollte; so standen die Zimmer noch leer. Das Haus stand auf der Höhe des Rains und hatte eine wundervolle Aussicht hinüber auf die grünen Hügel mit den Schneebergen dahinter und gen Westen hinunter auf das rauschende Flüßchen im waldigen Talgrund. Augenblicklich war die Frau Doktor nach dem Eichenrain hinaufgegangen, und zu ihrer Freude hatte sie in der kürzesten Zeit mit den willigen Bauersleuten alles geregelt; wenige Tage nachher sahen durch ihre Beisteuer an Betten und Möbeln die sauberen, hellen Stübchen ganz wohnlich und einladend aus und standen zum Empfang der Fremden bereit.

Jetzt waren schon einige Tage vergangen, seit Frau Stanhope mit ihrem kranken Töchterchen eingezogen war, und nur der Herr Doktor und einmal auch seine Frau waren dagewesen, denn Nora war von der Reise angegriffen, so daß sie noch keinen Besuch hatte empfangen dürfen. Aber für heute war ihr Emmis Besuch von deren Vater versprochen worden, und nun saß Nora an dem Fenster, das gegen Abend ging und an dem ihr Lieblingsplätzchen war. Von dort konnte sie auf die hellen, schäumenden, rastlos wandernden Wellen des Bergflusses sehen, und gegen Sonnenuntergang schaute sie so gern nach dem leuchtenden Abendhimmel und den golden schimmernden Hügeln davor.

Jetzt erblickte Nora ein Mädchen, das den Hügel herauf ihrem Hause zueilte. Sollte das die Emmi sein? Mit größter Verwunderung sah Nora, wie das Kind, ohne abzusetzen, in Sprüngen den ganzen Rain heraufgerannt kam. Das war ihr unbegreiflich; sie meinte, nun müsse es umfallen vor Erschöpfung. Aber im nächsten Augenblick klopfte es, und hereingelaufen kam dasselbe Kind mit glühendroten Wangen und einem großen Strauß von roten und blauen Blumen in der Hand, den ein dicker, runder Arm sofort der blassen Nora entgegenstreckte.

Die Eintretende war Emmi. Frau Stanhope begrüßte sie freundlich und hieß sie sich zu Nora setzen, die dankend den Strauß in Empfang genommen hatte. Die beiden Kinder boten einen sehr verschiedenen Anblick, wie sie so einander gegenübersaßen. Die rotbackige Emmi mit ihren vollen, runden Armen und dem ungestümen Leben in jeder Bewegung ließ die zarte, schmächtige Nora noch schmaler und durchsichtiger erscheinen, als könnte ein leiser Windhauch sie wegnehmen wie ein zartes Rosenblättchen. Frau Stanhope schaute eine kleine Weile auf die Kinder, dann wurden ihre Augen naß, und sie ging in das anstoßende Zimmer hinüber.

„Wo hast du die frischen Blumen geholt?" fragte jetzt Nora ihren Gast.

„Auf der Wiese, jetzt im Herkommen", entgegnete Emmi; „jetzt gibt es so viele rote Margeriten und Glitzerblumen und blaue Vergißmeinnicht, oh, so viele, du solltest nur sehen, ganze Büsche! Sobald du gesund bist, gehen wir miteinander in die Vergißmeinnicht und dann in die Erdbeeren und nachher in die Heidelbeeren."

Nora schüttelte den Kopf, und mit großen, ernsten Augen sagte sie: „Darauf kann ich mich nicht freuen."

Emmi war sehr erstaunt, denn sie kannte nichts Herrlicheres; doch jetzt kam ihr ein erklärender Gedanke.

„Das kennst du gewiß alles gar nicht, Nora, vielleicht gibt es bei euch keine Vergißmeinnicht und Erdbeeren, aber wart nur, bis du mitkommen kannst, da wirst du dich einmal freuen! Du begreifst nicht, wie es dann zugeht; man kann fast nicht mehr heim, so schön ist's dann immer."

„Ach, man meint nur immer, es ist so schön draußen", sagte Nora nachdenklich, „aber wenn man draußen ist, wird man gleich so müde, so schrecklich müde, und alle Freude ist aus."

Emmi schaute so verwundert auf Nora, als spreche diese auf einmal eine Sprache, die ihr völlig unverständlich war. Emmi war niemals müde; jeden Abend war ihr größtes Leid, daß der Tag schon wieder zu Ende war und sie nicht noch dahin und dorthin rennen konnte, auch wenn sie schon den ganzen Tag umhergerannt war. In ihrer großen Verwunderung schaute sie Nora eine ganze Weile an. Da mußte ihr denn bei ihrem Anblick ein Gedanke gekommen sein; auf einmal sagte sie ganz erleichtert: „Oh, jetzt weiß ich schon, warum du das meinst; weißt du, du bist nun krank, aber wart nur, bis du wieder gesund bist, dann kommt's ganz anders, dann hast du's wie ich und wirst gar nicht müde."

Aber Nora schüttelte wieder den Kopf: „Das war nie so bei mir, ich war immer müde, ich kann mich gar nicht darauf freuen, daß es so werde wie bei dir; es kommt doch nicht."

Der Emmi wurde es ganz angst. „Ja, aber du mußt dich doch auf etwas freuen können, man muß doch jeden Abend an etwas denken, worauf man sich freuen kann für den folgenden Tag; und darum mußt du es glauben, daß dich mein Papa ganz gesund machen wird, sonst kannst du dich ja auf gar nichts freuen, und dann wirst du immer trauriger."

„Ich freue mich schon auf etwas, und immer, wenn ich so müde bin und die anderen so lustig springen sehe wie dich eben den Berg hinauf, denk' ich daran und freue mich darauf, wie es dann im Himmel ist, noch viel schöner als hier; so schöne Blumen sind dort, Rosen und Lilien, die gar nicht welken, und alle Menschen sind froh und gesund für immer. Freust du dich nicht auch, in den Himmel zu gehen?"

Emmi wußte nicht recht, was sagen, sie glaubte schon, daß es im Himmel so schön sei, aber sie wollte eigentlich doch lieber dableiben; da gab es ja so vieles für sie, sich daran zu freuen, daß sie gar nicht darüber hinauskam. Nora schaute sie erwartend an, sie verlangte sichtlich nach ihrer Antwort. Endlich sagte Emmi: „Ich habe noch nie daran gedacht."

Enttäuscht schaute Nora auf ihre neue Freundin.

„Das ist schade", sagte sie mit einem Ton großer Niedergeschlagenheit, „nun kann ich mit dir nicht von dem schönen Leben im Himmel reden, von dem mir Klarissa so viel erzählt hat, weil es dich nicht freut, und mit gar niemand kann ich davon reden, denn Klarissa kommt nicht hierher, und zu Mama darf ich nicht davon sprechen; wenn ich nur ein Wort vom Himmel sage, so muß sie gleich weinen und wird so traurig, daß ich nichts mehr sagen darf. Dann habe ich gedacht, mit dir könnte ich ganz fröhlich darüber reden, wie mit der Klarissa, aber nun hast du keine Freude daran."

Emmi antwortete nicht gleich. Sie grübelte sichtlich nach, wie da ein Mittel zum Ausgleich zu finden wäre. Auf einmal rief sie hocherfreut aus: „Jetzt weiß ich etwas, und darauf kannst du dich auch freuen.

Nun währt es gar nicht mehr lange, so fängt man an zu heuen; dann liegen die schönen, trockenen Heuhäufchen auf der Wiese herum, und man kann gehen und sich hineinlegen; da kannst du gar nicht müde werden, und wir gehen alle Tage miteinander ins Heu."

Aber Nora schüttelte ungläubig den Kopf und sagte nichts mehr.

Nach einer kleinen Weile stand Emmi auf und schickte sich zum Fortgehen an. Unterdessen war Frau Stanhope wieder eingetreten, und als sie nun das Kind zum Weggehen gerüstet sah, meinte sie, damit habe es doch noch keine Eile; die Mutter wisse ja schon, wo Emmi sei, sie solle sich doch noch ein wenig niederlassen. Nora blieb ganz still und unterstützte das Gesuch der Mutter nicht, und Emmi schien es eilig zu haben; sie behauptete ein wenig unsicher, es sei doch schon ziemlich spät, und hatte kaum mehr Zeit, recht Abschied zu nehmen.

Draußen vor der Tür nahm sie einen großen Anlauf und rannte dann ohne Aufenthalt bergab und wieder bergan und langte so bald darauf keuchend daheim an der Haustreppe an. Hier kam ihr in den Sinn, daß sie eigentlich viel früher wieder da sei, als sie und alle anderen im Haus erwartet hatten, und daß gewiß die Brüder einige Bemerkungen über die schnelle Rückkehr machen würden, die sie gar nicht wünschte. Sie überlegte, wie sie sich am besten aus der Sache ziehen könne.

„Die Tante suchen", kam ihr gleich als hilfreiches Mittel in den Sinn. Ihr wollte sie alles erzählen, wie der Besuch abgelaufen war — eigentlich nicht so, wie sie ihn sich vorgestellt hatte — und wie sie so gegen das Ende nicht mehr recht gewußt hatte, was sie mit der Nora reden sollte. Die Tante würde gewiß gleich verstehen, wie es war, und dann die Sache schon zurechtlegen, so daß die Brüder nicht spotten konnten. Sie sprang also die Treppe hinauf, stieß aber gleich darauf mit Fred zusammen, der von oben heruntergerannt kam.

„Aha, da hat's was gegeben mit der neuen Freundin, sonst wärst du noch lang' nicht da", rief Fred im Vorüberrennen.

Emmi gab keine Antwort und lief auf die Stube zu. Eben trat die Mutter heraus, denn sie war in die Küche gerufen worden, und drinnen im Zimmer saß die Tante allein am Nähtisch. Eilig drückte sich Emmi an ihre Seite, damit nicht eins der Geschwister komme und ihr den Platz raube, bevor sie ihre Angelegenheit bei der Tante niedergelegt hatte.

Draußen in der Küche stand die Marget; die Doktorsfrau stellte ihr einen Stuhl hin und schaute nach, ob sich nicht noch ein wenig Kaffee vorfinde, und da sie noch welchen fand, setzte sie Marget eine Tasse vor, setzte sich dann zu ihr und sagte: „Nehmt Euch einen Augenblick Zeit, Marget; ich hätte schon lange gern einmal mit Euch geredet. Es ist nicht nur um der Sachen willen, daß ich Euch habe herkommen lassen, es ist wegen Elsli. Das Kind liegt mir recht am Herzen; es sieht gar zu zart und bleich aus, und immer sehe ich es mit dem schweren Hanseli auf dem Arm, und die anderen kleinen Brüder hängen daneben noch so an ihm, daß sie es fast zu Boden reißen. Das kann das zarte Kind gewiß nicht lange aushalten; seht es nur auch an, es ist ja zum Umblasen dünn und schmächtig. Ihr müßt wirklich zusehen, daß das Kind den kleinen Buben nicht mehr immer auf dem Arm halten und die anderen beiden noch dazu fortschleppen muß."

„Ja, ja, Frau Doktor, das ist bald gesagt", fiel jetzt die Marget ein, „aber was kann denn unsereins machen? Ich habe alle Hände voll zu tun vom Morgen bis in die Nacht hinein, daß nur auch jedes täglich etwas auf den Leib und etwas auf den Löffel hat; da kann ich nicht noch alle die kleinen Schreihälse auf mir haben; wie sollte ich dann arbeiten? Da ist aber niemand als das Elsli, der mir mit ihnen helfen kann; wer sollte es tun? Der Fani könnte ihm manchmal helfen, aber er vergißt's; er ist nicht bösartig, aber er denkt nicht dran und ist nie da. Das Kind hat es ein wenig schwer, ich weiß schon, aber es muß sich halt daran gewöhnen, es wird ja später erst recht nicht leichter."

„Aber, Marget", nahm die Frau Doktor den Faden wieder auf, „das Kind ist nicht so kräftig wie jedes andere, es hält diese Lebensart nicht aus, und wenn es krank wird, was habt Ihr dann?"

„Ja, dann in Gottes Namen, ich weiß nicht, was dann; unsereins hat genug an dem, was jetzt gerade zu tragen ist, und kann nicht noch für das sorgen, was kommen kann. Ich weiß nur, daß ich dem Elsli nichts ersparen kann, daß es jetzt dran muß, und je älter es wird, je schwerer wird's kommen, denn sobald es einen Batzen verdienen kann, muß es in die Fabrik; das ist keine leichtere Arbeit, als die Buben zu hüten. Da kommt aber zuerst der Fani dran; der Vetter Fekli hat den schon im Aug' für Ostern, er hat mir schon zwei=, dreimal gesagt, er wolle so bald wie möglich an dem Buben etwas tun und ihn in die Fabrik nehmen. Freilich, wenn der Schneider=Fekli nicht seinen Profit absähe bei der Arbeit des Buben, so nähm' er ihn nicht, das weiß ich schon; ohne Profit tut der Vetter Fekli nichts."

„Seid Ihr wirklich verwandt mit dem Herrn Bickel, Marget?" fragte die Doktorsfrau.

„Freilich", gab Marget zurück, „vom Großvater her. Er hat es jetzt ein wenig vergessen, seit er ein Herr ist; aber das ist mir ganz gleich, ich tue, wie ich's gewohnt bin, und wenn ich ihn sehe, so sage ich: ‚Guten Tag, Vetter!' Und wenn er sich dann ein wenig umkehrt, so, als habe er nicht gehört, und nachher mich so begrüßt, als wisse er kaum recht, wie ich heiße, so ist das seine Sache. Mir ist's recht, daß er den Fani so gut kennt und ihn im Auge hat; so kann man bald auf einen Batzen bares Geld hoffen, es ist gewiß notwendig."

Jetzt holte die Frau Doktor den Sack herbei, den das Elsli da=gelassen und in den die verschiedenen Kleidungsstücke gesteckt wor=den waren, und übergab ihn der Frau.

„Aber denkt doch daran, Marget", sagte sie, als diese sich zum Weggehen anschickte, „schont das Kind, wo Ihr könnt; versprecht es mir, ich helfe Euch ja auch gern, wo ich kann."

„Soviel ich's kann, will ich's schon tun", versprach die Marget, setzte aber gleich hinzu: „Sie müssen aber ja wohl begreifen, daß ich meiner Arbeit nach muß, und das Kind muß eben mit den Buben fertig werden, wie es kann. Jetzt sind wir alle gesund, und doch braucht's alle Hände, daß jedes sein bißchen Essen bekommt jeden Tag. Was kann ich da viel erleichtern? Kommt einmal wieder Krank=heit ins Haus, wie früher schon, da muß ja jedes noch ganz anders dran. Kann ich das ändern? Mich trifft's zuerst. Es weiß eben kein Mensch, wie die Armut tut, der nicht durchgegangen ist, und ich muß manchmal denken, unserem Herrgott sind seine Kinder nicht alle gleich lieb."

„Nein, Marget, das müßt Ihr nicht denken", sagte die Frau Doktor in sanftem Ton, denn das schwere Leben der armen Leute ging ihr sehr zu Herzen. „Es gibt noch viele andere Leiden außer der Armut, die noch bitterer weh tun können. Der liebe Gott muß wissen, warum er sie uns schickt. Aber ich weiß auch, daß die Armut bitter ist, und es ist mir schwer genug, daß ich nicht überall helfen kann."

Die Marget nahm nun ihren Sack zusammen und ging.

Mit schwerem Herzen trat die Mutter in die Stube zurück; sie fühlte wohl, daß nach wie vor das Elsli seine Last herumzuschleppen hatte und daß das Kind mit dem schmächtigen Körperchen das nicht lange aushalten würde. Sie setzte sich seufzend neben die Tante, um sich ihren Kummer von der Seele zu reden. Die Tante hatte ja auch immer irgendeinen tröstlichen Gedanken und eine erheiternde Aussicht in allen schwierigen Lagen des Lebens.

Aber bevor Emmis immer noch strömender Redefluß gedämmt war und die Mutter beginnen konnte, steckte Kathri den Kopf zur Tür herein und rief: „Frau Doktor, Sie müssen herauskommen, es ist schon wieder eine da!"

„Eine! Wer denn, Kathri?" fragte die Doktorsfrau mit leisem Vorwurf. „Wer ist es denn?"

„Ja, wenn ein Mensch solche Namen behalten könnte!" gab die Kathri zurück.

„Ist es etwa Frau Stanhope, die Ihr so draußen stehen laßt?" fragte die Tante.

„Gerade die ist's", bestätigte die Kathri und fuhr ärgerlich fort: „Wenn sie Hopfenstange hieße, so könnte man sich doch noch etwas denken dabei; aber so auf den Kopf gestellt, kann kein Mensch einen Namen behalten." Von dem Augenblick an wußte aber die Kathri den Namen der Dame ganz genau, denn das Bild von der Hopfenstange, die auf dem Kopf steht, kam ihr nun immer gleich in den Sinn.

Die Mutter war hinausgegangen und hatte Frau Stanhope ins gute Zimmer geführt. Diese kam, um die Frau Doktor zu fragen, ob sie ihr nicht einen jungen Boten verschaffen könnte, der ihr die vielen Kleinigkeiten, deren man immer bedürfe, täglich ein paarmal zu besorgen käme, da das Dienstmädchen unmöglich so viel auf der Straße sein könne. Es wäre ja vielleicht ein Kind zu finden, das zwischen den Schulstunden Zeit zu dieser Tätigkeit hätte.

Augenblicklich stand das bleiche Elsli vor den Augen der Frau Doktor, und sie überdachte gleich, wieviel besser es für das Kind sein würde, eine Zeitlang leicht und frei herumlaufen zu können, anstatt immerfort unter seiner Bürde zu bleiben; und wenn dadurch täglich etwas Geld in die Hände der Marget gelangte, würde diese wohl suchen, die Sache möglich zu machen

„Ich wüßte ein sehr nettes, anständiges kleines Mädchen, das Ihnen gefallen würde", sagte jetzt die Doktorsfrau; „nur bin ich nicht ganz sicher, ob die Mutter ihre Einwilligung dazu gibt, sie kann selbst das Kind gut brauchen daheim."

„Versprechen Sie ihr einen guten Lohn", sagte Frau Stanhope erfreut, „am allerliebsten möchte ich ein solches Mädchen haben; es soll die Mutter nicht gereuen, sie soll nur sagen, was sie haben will."

Diese Aussicht für das Elsli erfreute das eben noch so bekümmerte Herz der Frau Doktor so sehr, daß sie gleich selbst noch zu der Marget hingehen und womöglich die Sache in Ordnung bringen wollte. Sie begleitete denn auch Frau Stanhope ein gutes Stück Weges und lenkte in den Feldweg ein, der zum Häuschen des Tagelöhners Heiri führte.

Die Marget war allein zu Hause und stand am Waschtrog. Die Doktorsfrau stellte sich neben sie und fing an, die Sache mit ihr zu besprechen. Es ging nicht lange, so waren die Frauen einig, denn die Marget fand bald, ein wenig bares Geld, das ihr ja immer mangelte, helfe ihr in manchem nach und sie könne dann selber eher manchmal nach den Kindern sehen; auch sei ja das Elsli damit nicht aus der Welt, meinte sie. So wurde festgesetzt, gleich am folgenden Tag sollte sich das Elsli nach der Schule um elf Uhr bei der Frau Stanhope einfinden, um seine neue Tätigkeit anzutreten.

Am späten Abend, als Mutter und Tante noch beieinandersaßen und die Strümpfe stopften, erkundigte sich die Mutter, was Emmi so eifrig erzählt habe, und vernahm nun, daß der Besuch bei der kranken Nora ganz fehlgeschlagen sei, daß Emmi fest überzeugt sei, die Nora wolle nicht, daß sie wiederkomme, daß ihr selbst das aber im geringsten nichts ausmache, sondern daß sie froh sei darüber, denn sie habe gar nichts mehr zu reden gewußt mit der Kranken, und diese habe auch nichts mehr gesagt. Das war nun ein ganz neuer Fall für die Mutter und setzte sie sehr in Erstaunen, denn bis jetzt war der Emmi noch nie das Wort ausgegangen, in keinerlei Gesellschaft, und die Sache war der Mutter nicht recht, denn sie hatte sich in den Gedanken eingelebt, Emmi könnte der armen Kranken manche fröhliche Stunde bereiten, und wiederum könnte der Umgang der feinen Nora auf das etwas laute und unruhige Wesen Emmis einen sehr heilsamen Einfluß ausüben.

Fürs erste konnte da nun nichts getan werden, die Sache zu ändern; doch meinte die Mutter, es könne ja von selbst noch ganz anders kommen: Kinder schlössen wohl manchmal auf der Stelle Freundschaft, andere Male müßten sie sich auch erst eine Zeitlang aneinander gewöhnen.

Die Tante schüttelte zwar den Kopf zu dieser Hoffnung, denn was ihr Emmi erzählt hatte, machte ihr den Eindruck, als gingen diese zwei Wesen in allen ihren Anlagen und Bestrebungen, ihren Freuden und Sorgen so weit auseinander, daß sie nie zusammenkommen könnten. Dann besprachen die Schwestern noch Elslis neue Aussichten, und die Mutter war ganz glücklich bei dem Gedanken, daß sie ein paar Wochen lang nicht mehr den schweren Hanseli auf dem Arm des fast zusammenbrechenden Kindes werde erblicken müssen.

SECHSTES KAPITEL

Die Tante wird neuerdings in Anspruch genommen

Am folgenden Tag trat das Elsli nach elf Uhr ganz leise in das Haus auf dem Eichenrain ein. Die Tür des Wohnzimmers stand offen, und Nora, die in ihrem Sessel saß, schaute eben zur offenen Tür und erblickte auf einmal das Elsli; hereintreten hatte sie es nicht hören. Nora schaute erstaunt auf das kleine Mädchen. Elsli sah anmutig aus; es hatte sich heute sorgsam sein hellbraunes Haar glattgestrichen, nur um die Stirn herum kräuselte es sich leicht. Die Mutter hatte auch ein sauberes Schürzchen und ein Tüchlein um den Hals erlaubt, weil es zu der Herrschaft gehen mußte. Das schmale Gesichtchen war blaß und sah ernsthaft aus, schüchtern schauten die sanften blauen Augen zu Nora hin. Sie konnte sehen, das Kind wußte nicht, ob es in das Zimmer eintreten dürfe oder nicht.

„Komm", winkte ihm Nora, und als nun das Elsli vor sie getreten war, ebenso leise, wie es gekommen, fragte sie: „Bist du das Mädchen, das die Besorgungen für uns machen soll?"

Das Elsli bejahte es. Seine Stimme hatte einen leisen, weichen Ton, und das ganze Elsli hatte etwas Leises, Zartes an sich, das der Nora gefallen mußte. Auf einmal streckte sie ihm ihre Hand entgegen und sagte: „Komm, setz dich her zu mir, wir wollen ein wenig miteinander reden."

Das Elsli gehorchte.

„Nicht wahr, du heißt Elsli?" fing Nora wieder an. „Die Mama hat dich kommen lassen, damit du einiges für mich besorgst. Aber jetzt kannst du schon noch ein wenig hier bei mir bleiben; oder wirst du dann etwa zu müde, wenn du noch einkaufen mußt vor Mittag?"

„O nein, davon werde ich nicht müde", entgegnete das Elsli, „daheim würde ich viel müder werden, denn ich müßte gleich mit den Buben hinaus und den Hanseli auf den Arm nehmen."

„Oh, dann weißt du gewiß gut, wie es ist, wenn man müde ist, so recht müde, nicht wahr?" fragte Nora ganz gespannt.

„Ja, das weiß ich schon", versicherte das Elsli. „Ich bin fast immer müde, manchmal sogar so stark, daß ich mich am liebsten hinlegen und gar nicht mehr aufstehen wollte. Der Hanseli wird jetzt so furchtbar schwer, daß ich ihn fast nicht mehr tragen kann; aber er will nicht auf den Boden, er will auf meinem Arm sein, sonst schreit er ganz laut und wird richtig bös."

„Ach, Elsli, so weißt du gut, wie es ist, so schrecklich müde zu sein!" rief Nora aus, ganz erfreut über das Verständnis, das sie gefunden hatte. „Oh, ich bin so froh, jetzt kann ich mit dir von allem reden, denn du weißt ja, wie es ist. Ja, nicht wahr, man möchte sich nur niederlegen und gar nicht mehr aufstehen, bis etwas ganz anderes käme, etwas ganz Neues, und man nicht mehr müde wäre, nicht wahr, Elsli?"

„Es käme nichts Neues, zuletzt müßte man doch wieder aufstehen", meint das Elsli.

„Nein, das meine ich nicht; ich meine, niederlegen und sterben. Möchtest du nicht auch gern sterben, Elsli?"

„Nein, lieber nicht, ich habe nie daran gedacht. Warum meinst du?"

„Oh, du weißt nur nicht, wie es dann sein wird. Die Klarissa hat mir alles so schön erzählt, und wir haben immer miteinander davon geredet. Aber mit Mama darf ich nie davon sprechen, sie weint gleich so schrecklich und wird traurig für viele Tage. Aber dir will ich nun alles erzählen, und du wirst sehen, wie du dich freuen wirst, in den Himmel zu gehen, und das schöne Lied von der Klarissa will ich dich auch lehren; soll ich dir's gleich jetzt sagen?"

Elsli war ganz bereit, das Lied anzuhören; aber jetzt trat Frau Stanhope ins Zimmer und begrüßte das Kind mit einigem Staunen, denn sie konnte sich nicht erklären, wie es kam, daß die beiden Kinder so nah zusammensaßen und so vertraut miteinander redeten, als hätten sie sich schon lange gekannt. Noch mehr aber mußte sie sich verwundern, als Nora gleich sagte: „Mama, nicht wahr, mit der Seide kannst du noch warten, und die Bleistifte brauch' ich gewiß heute nicht, und auf die Eier habe ich auch schon keinen Appetit mehr, und das andere kann ja wohl nachher das Küchenmädchen besorgen; ich wollte so gern, daß Elsli jetzt bei mir bliebe."

„Gewiß soll das Kind bei dir bleiben, wenn es dir Freude macht", sagte die Mutter, selbst erfreut, daß die gewöhnlich teilnahmslose Nora einmal wieder mit Lebhaftigkeit nach etwas verlangte. „Überdies", fügte sie hinzu, „kommt das Kind am Abend wieder, da bleibt immer noch Zeit zum Ausgehen."

Diese Mitteilung ließ die Augen der beiden Kinder zu gleicher Zeit aufleuchten. Nora sah die langen, bangen Stunden des Tages durch eine neue, herzerwünschte Abwechslung belebt; dem Elsli kam es vor wie ein großes Fest, so in Ruhe und Stille neben der Nora sitzen zu dürfen, die so freundlich zu ihm war. Da die Mutter aber dablieb, fing Nora nicht mehr von ihrem Lied zu reden an; sie wußte ja so gut, was die Mutter betrübte, und vermied, ihr von diesen Dingen zu sprechen. Das machte aber die Nora oft stiller, als die Mutter wünschte, denn in seinen Gedanken bewegte das Kind immer wieder alles, was die gute Klarissa schon seit langer Zeit mit den lebendigsten Farben in sein Herz einzuprägen versucht hatte. Klarissa war erfahren in vielen Dingen; sie hatte den Zustand der hinschwindenden Nora wohl erkannt und wollte dem Kind das Land, in das es ging, so lieb machen, daß es ihm nicht schwer werden sollte, von der Erde wegzugehen. Und da die Liebe und Hoffnung zu jenem Lande das Leben Klarissas selbst erfüllten, war es ihr nicht schwer geworden, sie auch in dem empfänglichen Herzen Noras wachzurufen.

Elsli sollte nun von seinem Leben daheim und von seinen Geschwistern erzählen, und dadurch kam es denn gleich auf seinen Bruder Fani zu sprechen und hörte gar nicht wieder auf damit, solange es überhaupt erzählen mußte. Für den Fani empfand Elsli eine solche Liebe und Bewunderung, daß es nie genug bekam, zu schildern, wie gut und nett und wie geschickt der Fani sei und wie er ihm bei den Schularbeiten beistehe und daß es gar nicht wüßte, wie es ohne den Fani leben sollte. Es könnte dann auch gewiß nie mehr fröhlich sein; aber wenn es noch so müde und traurig sei, der

Fani könne es gleich wieder froh machen, weil er selber immer so sei und so schöne Sachen vor sich sehe in der Zukunft und so voller Freude und Erwartung davon reden könne, daß es auch gleich das Vertrauen ins Herz bekomme, wenn es auch gerade noch gedacht habe, es könne nie, nie mehr froh werden und es müsse immer Angst und Sorge haben und so müde sein.

Frau Stanhope hörte gern zu, wie das Elsli mit seiner leisen Stimme und dem sanften Ausdruck der tiefblauen Augen von seinem Leben erzählte.

Nora folgte gespannt jedem Wort, das Elsli sprach; sie hing sichtlich den Worten viel länger nach, als es das Elsli selbst tat, und man konnte sehen, daß sie mit dem größten Interesse und Wohlgefallen Elslis Bericht anhörte. Als Frau Stanhope zuletzt sagte: „Du kannst nun nach Hause gehen, Kind, nach vier Uhr erwarten wir dich wieder", da fügte Nora gleich hinzu: „Komm dann auch bald, Elsli, und sag deiner Mutter, daß du erst um acht Uhr heimkommst!"

Das Elsli versprach, gehorsam alles zu tun, und ging mit frohem Herzen davon; es hatte erwartet, die fremde Kranke würde kaum mit ihm reden und es müßte nur allerlei Sachen herbeiholen. Nun war das kranke Kind so freundlich zu ihm gewesen, und die Dame, vor der es sich ein wenig fürchtete, auch, so daß es große Dankbarkeit empfand. Um vier Uhr verließ Elsli schleunigst das Schulhaus und sagte nicht einmal der Emmi Lebewohl, aus Furcht, es könnte noch aufgehalten werden, und es hatte ja versprochen, sogleich nach dem Eichenrain zu kommen. Die Befürchtung war auch nicht umsonst: es hörte, wie jemand ihm mit aller Macht nachrannte und seinen Namen rief. Es war Feklitus; Elsli kannte seine Stimme wohl.

„Wart! Wart! Wirst du wohl warten, wenn ich etwas von dir will!" rief er befehlend hinter ihm her.

„Nein, nein, ich kann nicht", rief das Elsli zurück, „ich habe etwas versprochen", und es rannte davon wie ein Reh.

Eine Zeitlang rannte der Feklitus nach, sichtlich in großem Zorn, denn er rief Elsli fortwährend Drohworte nach; doch erschwerte das nur seinen Lauf. Keuchend und zornglühend stand er endlich still und erkannte nun, daß er das dahinfliegende Elsli doch nicht erreichen würde. Nun kehrte er grollend um; er hatte sichtlich einen besonders triftigen Grund gehabt, dem Mädchen nachzulaufen, um so mehr war er über die vereitelte Bemühung ergrimmt.

Das Elsli mußte erst lange Atem holen, ehe es in das Haus auf dem Eichenrain eintreten konnte; denn es war ohne Aufenthalt mit aller Kraft gelaufen, aus Angst, der Feklitus komme ihm nach und wolle es zwingen, etwas anderes zu tun.

Nora hatte schon lange am Fenster nach ihm ausgeschaut. Als sie es heranrennen und nun stillstehen sah, rief sie ihm voller Verlangen zu: „Komm, Elsli, komm, du kannst schon hier oben ausruhen, du brauchst nicht mehr wegzugehen."

Das Elsli gehorchte. Nora war ganz allein oben im Zimmer und hieß Elsli voller Freude willkommen. Es mußte sich gleich wieder zu ihr hinsetzen, und sie erklärte ihm nun, daß es gar nicht ausgehen müsse, sie habe die Mutter gebeten, daß es bei ihr bleiben dürfe den ganzen Abend, und die Mutter habe es gern erlaubt; sie sei nun sogar selbst ein wenig fortgegangen, was sie sonst nie tun wolle, wenn Nora allein sei.

„Jetzt habe ich dir auch so viel zu sagen, Elsli", fuhr Nora fort, „du hast wohl noch gar nicht daran gedacht, wie es dann sein wird, wenn wir von der Erde weggehen und in den Himmel kommen?"

Das Elsli schüttelte den Kopf. „Nein, das habe ich nicht."

„Oh, oh!" fuhr Nora ganz belebt fort, und während des Sprechens wurde sie immer lebendiger: „Da weißt du vielleicht gar nicht, wie schön es dann sein wird? Viel schöner als alles, was du bis jetzt gesehen hast, und gar keine kranken Menschen gibt es mehr da, nicht einen, und keiner ist mehr müde, alle sind so glücklich, und hier und da am Strom unter den Blumen treffen sie sich und freuen sich — aber wart, ich will dir das Lied von Klarissa sagen, du wirst sehen, wie schön da alles ist."

Die großen Augen Noras wurden immer glänzender, und ein tieferes Rot kam auf ihre sonst so blassen Wangen, während sie ihr Lied sagte:

„Es fließt ein Strom kristallen klar
durch immergrüne Auen,
da glänzt der Lilien weiße Schar
im Duft, dem himmelblauen.

Und Rosen duften, Rosen glühn
auf sonnengoldner Wiese,
und Vögel jauchzen laut im Grün:
Wir sind im Paradiese!

Und immer milde Lüfte wehn
auf allen Blumenwegen,
und Menschen wie im Traume gehn
und kommen sich entgegen.

Und grüßen sich allüberall
in Staunen und in Wonne.
Sie kommen aus dem dunklen Tal
ins Land der ew'gen Sonne.

Und ziehen selig hin und her
und wissen nichts von Leide,
die kennen keine Tränen mehr,
die kennen lauter Freude."

Elsli schaute immer verwunderter auf Nora, die ganz verändert aussah mit ihren glänzenden Augen und dem so ungewohnt belebten Gesicht. Dazu war Nora so von dem erfüllt, was sie durch die Worte ihres Liedes vor sich sah, daß ihre Stimme vor innerer Bewegung zitterte. Elsli blieb stumm und regungslos sitzen vor Staunen; sie war von all dem Neuen zutiefst beeindruckt.

„Gefällt dir denn das Lied nicht, Elsli?" fragte Nora nach einer längeren Pause.

„O doch, gewiß", versicherte das staunende Kind.

„Würdest du denn nun nicht auch gern mit mir dorthin gehen, wo es so schön ist?" fragte Nora weiter.

„Gehst du denn?" fragte Elsli seinerseits etwas unsicher.

„Ja, ich gehe", entgegnete Nora ganz zuversichtlich, „Klarissa hat mir schon lange davon erzählt, wie Philo gegangen ist und ich dann bald auch gehen werde. Oh, und so viel hat sie mir noch erzählt, wie schön es dann sein wird und wie alle Müden sich freuen und herum=

gehen am Strom und durch die Blumen und nie, nie mehr müde werden. Das erzähl' ich dir dann alles nach und nach, und noch so vieles! Nicht wahr, Elsli, du siehst nun, wie es ist, und du willst auch am allerliebsten mit mir gehen, wenn ich gehe?"

„Ja, ich möchte wohl", sagte das Elsli, mehr und mehr von den beglückenden Hoffnungen hingerissen, die in Noras Augen leuchteten; „aber glaubst du denn, wir können gehen, wann wir wollen?"

„O nein! So ist es nicht, Elsli; der liebe Gott ruft jedes, wenn es kommen soll. Ich wollte nur wissen, ob du auch so gern gehen willst wie ich, daß wir so recht miteinander davon reden können; und vielleicht ruft uns der liebe Gott gleich beide miteinander, weil du ja auch so müde bist. Klarissa hat mir gesagt, darum wisse sie, daß der liebe Gott mich bald zu sich rufen wolle. Denk, Elsli, wie schön, wenn wir beide zusammen gingen und miteinander in den Himmel kämen und da so froh und ganz gesund immer zusammen umhergehen könnten durch die Rosen und Lilien an dem glänzenden Strom und nie, nie mehr müde würden!"

Auch Elslis Augen wurden jetzt immer größer, denn immer lebendiger sah es das Land in seiner Herrlichkeit vor sich, von dem Nora immer weitersprach und so viele schöne, herzerfreuende Dinge zu erzählen wußte, daß dem gespannt lauschenden Elsli eine ganz neue Welt aufging und den Kindern die Stunden verrannen, daß sie es gar nicht merkten.

Während die zwei so in der Stille zusammensaßen, ging es im Hause des Arztes ziemlich laut und lebendig zu. Nach der Schule waren Oskar, Emmi und Fred sofort auseinandergestoben und nach drei verschiedenen Richtungen gerannt; jeder mußte einen eigenen Zweck im Auge haben. Fred lief nach Hause, er hatte schon den ganzen Tag im Sinn gehabt, der Tante eine höchst spannende Darstellung von einem wenig bekannten Tier vorzulesen, und war nie dazu gekommen. Nun er die beiden Ältesten davonrennen sah, war er sehr erfreut und lief mit aller Kraft, um die Lage auszunutzen. Als er auf dem Wiesenweg den Feklitus erblickte, wie er mit Rufen und Drohen hinter dem fliehenden Elsli dreinsprengte, rief ihm Fred mit pfiffigem Lächeln nach: „Feklitus, gelt, es ist gut, daß es ein Elsli gibt, vor dem man sich nicht genieren muß?" Denn der Fred hatte herausgefunden, daß der Feklitus immer, wenn er in der Stunde etwas nicht verstanden hatte, nachher gleich dem Elsli nachsetzte; daraus zog er den Schluß, daß der Feklitus eine Aufklärung suchte, aber vor den Großen der Schule nicht zeigen wollte, daß er sie brauchte. Dann stürzte Fred weiter und langte in der kürzesten Zeit daheim im Hausflur an, von wo er durch die offene Küchentür die Tante erblickte, die dort am Tisch stand und in einem Puddingteig herumrührte.

Sie las eben aufmerksam in dem kleinen Zettel, der vor ihr auf dem Tisch lag: „Nimm vier große Eier, zwei Löffel Mehl und eine Zitronenschale —" und fuhr sehr erschrocken zusammen, als Fred plötzlich mit einem lauten Freudenschrei auf sie zustürzte, weil er das Feld ganz leer fand und die Tante völlig für sich in Anspruch nehmen konnte. „Oh, wie herrlich! Jetzt hör nur, Tante", rief er aus und setzte sich gleich ganz bequem auf den Küchenschemel, das geliebte Buch auf seinen Knien ausbreitend. „Du weißt doch, daß Papa einmal eine Rohrdommel gefangen hatte? Jetzt hör ihre Geschichte und ihr Leben! Eben bin ich darauf gekommen: Rohrdommel, *stellaris* — Hörst du auch zu, Tante?"

„Ja, ja, ich höre schon, nur weiter!"

„... ist rotgelb mit schwarzen Querflecken, die Federn am Hals kragenartig. Wohnt im gemäßigten Europa, ist trübsinnig und mürrisch, stößt nachts ein eigentümliches Gebrüll aus. Die gewöhnliche Stimme lautet: Krauy! krauy! Jenes Gebrüll aber: Üprumb! üprumb! Gegen Verfolger wird sie heftig. Das Weibchen legt vier große Eier — Hörst du auch zu, Tante? Weißt du, was ich zuletzt gelesen habe?"

„Ja, jawohl, das Weibchen legt vier große Eier, zwei Löffel Mehl und eine Zitronenschale", sagte die Tante, unversehens ihre Gedanken verfolgend.

Fred schaute mit weit aufgerissenen Augen sehr erschrocken zu der Tante empor, denn sie hatte ohne allen Spaß so geredet.

„Ach so", fiel die Tante gleich wieder ein, die so viel auf einmal zu bewältigen hatte und nun ihren Irrtum gewahr wurde, „ich bin nur in das Rezept hineingekommen, fahr nur fort."

„Ja so, das ist etwas anderes", bemerkte Fred beruhigt, „denn du wirst doch nicht meinen, Tante, daß Vögel Zitronenschalen legen. Jetzt weiter: Das Fleisch schmeckt nach —"

Hier wurde die Vorlesung unterbrochen. Im Sturmschritt kam Oskar zur Tür herein, und gleich hinter ihm her stürzte Emmi herbei, und während sich Oskar auf die rechte Seite der Tante stellte, so nah wie möglich, um sich ihr recht verständlich zu machen, drängte die Emmi von links heran, so daß die arbeitende Tante ihre Kelle fast nicht mehr in der Schüssel herumbewegen konnte.

Oskar war in großer Aufregung: „Denk, Tante, denk nur", rief er laut, während auf der anderen Seite Emmi der Tante direkt ins Ohr hineinflüsterte, um auch verstanden zu werden — „nun will Feklitus

auf einmal den alten Vers nicht mehr auf die Fahne, weil er einen anderen gehört hat; der gefällt ihm besser, und den will er durchaus auch auf unsere Fahne haben! Was meinst du nun, Tante? Was muß man denn machen? Du weißt nicht, wie störrisch der Feklitus ist, wenn er etwas erzwingen will, und wenn man nicht nachgibt, so macht er gleich nicht mehr mit."

„Emmi, sei einen Augenblick still, ich komme dann auch zu dir", sagte die Tante abwehrend. „Nun, Oskar, sag einmal den Vers, so können wir sehen, ob er schön ist."

„So heißt er:

Freiheit, Gleichheit, Brüderschaft,
Liederklang und Rebensaft!"

berichtete Oskar weiter.

„Ist das alles?" fragte die Tante.

Oskar bejahte.

„Das wird nun jedenfalls nicht auf die Fahne gestickt", versicherte die Tante. „Sag dem Feklitus, es sei ja nicht einmal ein Zeitwort in dem Satz; den könne man nicht brauchen, er solle nur den Herrn Lehrer fragen. Und weißt du was, Oskar, wenn der Feklitus durchaus einen geistigen Beitrag zu dem Fest liefern will, so fordere du ihn auf, die Festrede zu halten!"

Das war ein herrlicher Gedanke! Oskar ergriff ihn mit großer Begeisterung. Eine Festrede! Daran hatte er noch gar nicht gedacht. Gleich schoß er auf und davon, denn noch heute abend mußte er alles in Gang bringen.

„Nicht wahr, Tante, nicht wahr?" wiederholte Emmi dringend ein=mal ums andere, nun Oskar fort war und sie Gehör finden konnte.

„Ich weiß nicht recht, was du mir gesagt hast; ich konnte nicht auf beiden Seiten zugleich hören", erwiderte jetzt die Tante. „Was mein=test du eigentlich, Emmi?"

„Ich meinte — und gelt, Tante, das meinst du doch gewiß auch? —, daß es furchtbar schade wäre, wenn der Fani in die Fabrik gehen müßte und gar keine Zeit zum Zeichnen mehr hätte. Er sollte doch gewiß Maler werden, Tante, nicht wahr, Fani sollte Maler werden, so schnell wie möglich, daß er nicht in die Fabrik eintreten muß und dann nie mehr herauskommt und alles zu spät ist?"

„Das geht nicht so leicht, Emmi, so ein Maler und Künstler zu werden. Auch weiß man gar nicht, ob der Fani wirklich genug Talent dazu hätte; es genügt nicht, in der Schule ordentlich zeichnen zu können."

„Ja, aber, Tante, ich wollte nur gern von dir hören, daß du auch so denkst, daß der Fani lieber Maler werden als in die Fabrik gehen soll, wenn er kann. Nicht wahr, das ist doch ganz gewiß deine Ansicht, Tante?" Emmi war so dringend, als hätte die Tante die Frage gerade jetzt zu entscheiden.

Begütigend sagte sie: „Wenn Fani wirklich Aussicht hätte, Maler zu werden, so wäre ich schon dafür und möchte es ihm herzlich gönnen; aber davon ist ja doch keine Rede, Emmi."

„Kann ich endlich fortfahren, Tante? Emmi schwatzt ja nur unnützes Zeug", fiel der Fred hier ein. Aber Emmi ließ ihn noch nicht aufkommen.

„Tante, erklär mir nur noch ein Wort", bat sie dringend, „was heißt das: Dekoration?"

„Das heißt Verzierung, Emmi. Was hast du mit Dekoration zu schaffen?" fragte die Tante.

„Es heißt auch Bühnenbild", ergänzte Fred.

„Oh, das ist recht!" rief Emmi erfreut aus und rannte sehr unternehmend davon.

Einen Augenblick saß Fred nachdenklich da, dann sagte er forschend: „Tante, hast du nicht gemerkt, daß Emmi etwas im Sinn hat? Glaubst du, sie will mit einer Theatergruppe fortgehen?"

„Nein, Fred, das glaube ich nun wirklich nicht", entgegnete die Tante ohne Unruhe über diese Aussicht, „solches Zeug hat Emmi denn doch nicht im Kopf."

„Tante, glaub mir", sagte Fred ernsthaft, wie einer, der seine Erfahrungen gemacht hat, „die Emmi hat etwas im Sinn, denn es ist ihr ganz gleich, was die Worte bedeuten, wenn sie nicht etwas damit machen will; die Emmi ist nicht wißbegierig. Siehst du wohl, wie es ist, Tante?"

Die Tante konnte nicht mehr antworten, denn jetzt ertönte draußen von der Treppe her ein nicht unbekanntes, aber fürchterliches Geschrei: „Eine Schlange! Eine Schlange! Eine Schlange!" Augenblicklich griff Fred in seine Tasche, dann stürzte er hinaus.

Die Tante atmete auf. Endlich konnte sie mit freien Armen und mit gesammelten Gedanken ihren Pudding bereiten, und es war die höchste Zeit. Aber nein! Das Geschrei auf der Treppe nahm einen so schreckenerregenden Grad an, daß sie Schüssel und Kelle von sich stieß und hinauseilte. Draußen, in der Mitte der Treppe, stand auf einer Stufe das Rikli, mit Zetergeschrei auf die folgende Stufe blikkend, wo ein zierliches grünes Eidechschen in höchster Geschwindigkeit sich hin und her schlängelte. Noch eine Stufe höher saß beschaulich der Fred und wartete ab, was des Geschreies Ende sein würde.

„Aber wie einfältig, Rikli!" sagte die Tante sanftmütig, „wenn du solche Angst vor diesem Tierchen hast, so kehr doch um und lauf fort!"

„Es läuft mir nach, es läuft mir nach, es ist eine Schlange!" schrie Rikli und zappelte ängstlich auf demselben Fleck herum.

„Fred, nimm die Eidechse weg, du siehst ja, wie das Kind sich aufregt", sagte die Tante, „sie wird wohl auch irgendwie von dir herstammen."

„Gewiß, Tante", bestätigte Fred, „ich hatte sie in meine Tasche gesteckt; sie muß sich, während ich vorlas, davongeschlichen haben. Aber dieses Rikli sollte doch zu einem vernünftigen Wesen erzogen werden; darum wollte ich warten, bis der Schrecken in eine Freundschaft für die Eidechse übergegangen wäre."

Die Tante war einverstanden, das Rikli müsse wirklich noch erzogen werden; aber der Versuch, den Fred unternommen, führe nur endloses Geschrei herbei. Man müsse an eine ernstliche Kur denken, durch welche das Rikli geheilt werden könne; jetzt aber solle es die Treppe hinaufsteigen und Fred mit seiner Eidechse hinunter, damit der Lärm aufhöre. Dann ging die Tante in die Küche zurück und konnte endlich den Pudding vollenden.

SIEBENTES KAPITEL

Was der Oskar gründet und die Emmi anstiftet

Der Feklitus hatte mit Genugtuung die Festrede übernommen und zu Hause von dem bevorstehenden Ereignis erzählt. Diese Mitteilung machte großen Eindruck auf Herrn Bickel und seine Frau, und sie beschlossen, dem Fest beizuwohnen, denn sie wollten doch den Feklitus hören, wenn er zum ersten Male öffentlich spräche. Es wurde auch sofort für den Redner ein nagelneuer Anzug bestellt, der dem Anlaß entsprechen sollte, und noch an demselben Abend wurde der Schuhmacher geholt, und neue Stiefel wurden angemessen.

Den Feklitus sah man seit dem Tage schweigend und tiefsinnig umhergehen, und man konnte wohl erkennen, daß er mit außerordentlichen Gedanken beschäftigt war.

Eben war er aus der Schule gekommen, und zwar mit einem großen, unfreiwilligen Satz, denn die Nachfolgenden drängten so ungestüm, daß die vorderen einen Luftsprung machen mußten. Aber man konnte gut sehen, daß der Feklitus nicht gestimmt war, fröhliche Sprünge zu machen, denn er kam mit großen Runzeln auf der Stirn unten an und rannte nicht wie die anderen mit dem Siegesgeschrei erprobter Krieger davon, sondern langsam und stumm ging er um die Ecke des Schulhauses herum und stellte sich da auf die Lauer. Als nun alle Buben vorbeigerannt waren, kamen die Mädchen dahergelaufen, einmal zwei und wieder zwei und dann eine ganze Gruppe, und dann kam allein und ganz eilig das Elsli. Es hatte sich schon ein wenig verspätet, denn es hatte noch sehr genau seine Schulaufgaben für morgen aufgeschrieben. Plötzlich wurde es von hinten festgehalten und auf die Seite gezogen.

„Laß mich gehen, Feklitus, ich muß schnell zur Nora, sie erwartet mich", sagte es, als es nun sah, daß es der Feklitus war, der es gepackt und mit einem starken Ruck hinter das Schulhaus gezogen hatte.

„Ich will dich zuerst etwas fragen, dann kannst du gehen", entgegnete er gebieterisch und hielt das Elsli an seinem Röckchen fest.

„So mach geschwind, ich muß gehen."

„Sag einmal", hob jetzt der Feklitus forschend an, „wenn du bei einem Sängerfest eine Rede halten müßtest, wie würdest du dann anfangen?"

„So eine dumme Frage; das muß ich ja mein Lebtag nicht", rief das Elsli und riß an seinem Rock, um fort zu können. Aber der Feklitus hatte eine feste Faust, es half nichts.

„Ich habe nicht gesagt, daß du es einmal müssest", fuhr er fort, „ich habe nur gesagt: wenn, wenn — und wenn kann man zu allem sagen. Jetzt antworte: Wie würdest du anfangen, wenn du beim Sängerfest eine Rede halten müßtest?"

„Das weiß ich doch nicht, von dem weiß ich gar nichts, ich habe ja nie an so etwas gedacht", und das Elsli riß wieder.

„So denk jetzt daran! Du mußt sagen, wie du anfangen würdest, oder ich lasse dich nicht los, bis es dunkle Nacht ist", und Feklitus hielt das Röckchen immer fester. „Ich will dir's jetzt noch leichter machen und anfangen, dann aber fahr fort — oder dann wart nur! So fängt's an: Hochgeehrte Herren und Brüder! Jetzt fahr fort!"

„Laß mich los, ich muß wirklich gehen", bat Elsli, „ich kann ja doch nichts Rechtes sagen."

„Du halsstarriges Elsli du", brach jetzt der Feklitus zornig los, „wart nur, du sollst deinen Lohn schon haben! Wart du nur, bis du in die Fabrik kommst, es geht jetzt nicht mehr lange, dann wirst du's erfahren, wart nur!"

Unbestimmte Schrecken stiegen in Elslis Einbildung auf; es riß nicht mehr, ganz folgsam stand es da und besann sich. Nach einer kleinen Weile sagte es: „So würde ich dann so anfangen: ‚Hochgeehrte Herren und Brüder! Da wir nun so schön gesungen haben, so wollen wir uns drüber freuen und ein großes, langes Fest feiern."

Wie ein Pfeil schoß hier das Elsli davon, denn es hatte wahrge=

nommen, daß der Feklitus im Eifer des Zuhörens seine Faust aufgemacht hatte.

Er schaute dem Elsli grimmig nach, es war aber schon zu weit weg, als daß er es noch hätte einholen können. So ging er endlich nachdenklich seiner Wege.

Am Sonntag sollte das große Sängerfest stattfinden, denn bis dahin hatte die Tante versprochen, die Fahne fertigzumachen. Vorher sollte aber eine Probe abgehalten werden, um zu hören, wie die

Rede lauten würde, und auch, um die Bewegung des Zuges zu ordnen. Statt der Fahne könnte dabei ein Tischtuch an der Stange befestigt werden; die Tante würde schon eins liefern. Am Samstagnachmittag sollte die Probe stattfinden, so hatte Oskar mit seiner Gesellschaft festgesetzt.

Am Samstag war denn auch kaum das nötige Essen am Mittagstisch hinuntergeschluckt, als Oskar schon unruhig umherschaute, ob er wohl bald aufstehen und sich entfernen dürfe. Noch unruhiger gebärdete sich Emmi, die schon von Anfang an ihre Gedanken ganz woanders als bei ihrer jetzigen Beschäftigung hatte; denn alles schluckte sie wie im Fieber hinunter, schaute alle Augenblicke nach der Wanduhr und gab ein ums andere Mal verkehrte Antworten. Sobald der letzte Bissen von des Vaters Teller verschwunden war, fragte sie dringlich: „Kann ich gehen, Mama?"

„Ich auch, Mama?" fiel Oskar blitzschnell ein. Es wurde erlaubt.

„Was müssen denn die beiden wieder gründen und stiften, daß sie's so eilig haben?" fragte der Vater.

Emmi war schon zur Tür hinaus.

„Morgen wirst du's schon sehen, Papa", sagte Oskar mit vielversprechender Miene, „heute wird die Rednertribüne errichtet und der Festumzug geordnet. Du wirst gewiß erstaunen. Willst du auch die Festrede von Feklitus hören, Papa?"

„Danke bestens! Am Abend werde ich dann mit Mutter und Tante auf dem Festplatz erscheinen. Gehörst du auch zu den Festfeiernden, Fred?" fragte der Vater.

„Nein, ich habe Nützlicheres zu tun", entgegnete Fred ernsthaft. „Es ist nützlicher, den geringsten Sumpffrosch zu finden und kennenzulernen, als tausend Sängerfeste zu feiern."

Das Rikli rückte schnell ein wenig von Fred weg: vielleicht wollte er gleich einen von den Fröschen als Muster zeigen. Oskar warf dem Bruder einen mitleidigen Blick zu und ging.

Friedlich saßen am Nachmittag Mutter und Tante im Garten; vor ihnen auf dem Tisch stand der große Flickkorb, und während die fleißigen Hände die Schäden all der großen und kleinen Strümpfe gutmachten, besprachen sie die Ereignisse des Tages und das Leben und Wesen der Kinder.

„Es ist merkwürdig, wie die Dinge sich wiederholen in diesem Leben", sagte die Mutter. „Wenn die Kinder so erzählen, wie der Feklitus dem Elsli nachrennt, ohne daß einer begreift, warum, stehen mir immer die längstvergangenen Zeiten vor Augen. Du weißt doch noch, wie Elslis Mutter, das lebensfrohe Gritli, beständig von dem kurzen, dicken Fekli verfolgt wurde, und wie sie ihm dabei immer zurief:

‚Faß mich ab! Faß mich ab,
Fekli mit dem Bärentrab!'"

Die Tante erinnerte sich dieser Szene sehr gut; sie mußte herzlich lachen, als sie ihr wieder so deutlich vor die Augen trat. „Gritli hatte freilich seinen Vers nicht selbst gedichtet", fügte sie hinzu, „unser Bruder hatte ihm den vorgesagt; du erinnerst dich doch, wie er sich an diesen vergeblichen Jagden ergötzte?"

Die Mutter konnte nicht weiter antworten, denn in diesem Augenblick erhob sich ein so Mark und Bein durchdringendes Geschrei, daß die beiden Frauen zusammenschraken.

„Es ist wieder das Rikli, das ist ganz sicher", sagte die Mutter, die erst samt der Tante aufgesprungen war, sich nun aber wieder hinsetzte und die Tante auch dazu aufforderte. „Wir müssen wirklich dableiben", fuhr sie fort, „das Kind soll nicht meinen, daß es wegen jedes Käferchens einen solchen Lärm anschlagen darf und uns so zu seiner Hilfe herbeizwingen kann; es muß wissen, daß sein Geschrei um nichts keine Teilnahme mehr erweckt."

„Gewiß hält ihm der Fred wieder irgendeinen großäugigen Frosch unter die Augen, der es unbarmherzig erschreckt", sagte die Tante mitleidig. „Aber du hast schon recht, das Zetergeschrei muß es zu überwinden suchen."

Da ertönte ganz von der anderen Seite her ein Gesang, der an Lärm mit dem fortdauernden Schreien wetteiferte. Es war unverkennbar Freds Stimme, die, dem Kreischen antwortend, sang:

„Das Rikli und der Hanseli
sind ganz wie zwei Geschwister;
sie singen wie die Amseli,
nur unerhört viel wüster."

„Fred kann es nicht sein, der das Kind erschreckt, er singt ja auf einer ganz anderen Seite", sagte die Mutter, sichtlich ein wenig erschüttert in ihrem Vorsatz, Rikli einmal schreien zu lassen, ohne ihm zu Hilfe zu kommen. Jetzt nahm das Geschrei aber einen so unverkennbaren Ausdruck von Verzweiflung an, daß Mutter und Tante zugleich aufsprangen und dem Orte zustürzten.

Erst erblickten sie gar nichts, obschon das Wehgeschrei dicht vor ihnen ertönte. Aber jetzt, vor ihnen im Graben da, lag das ver=

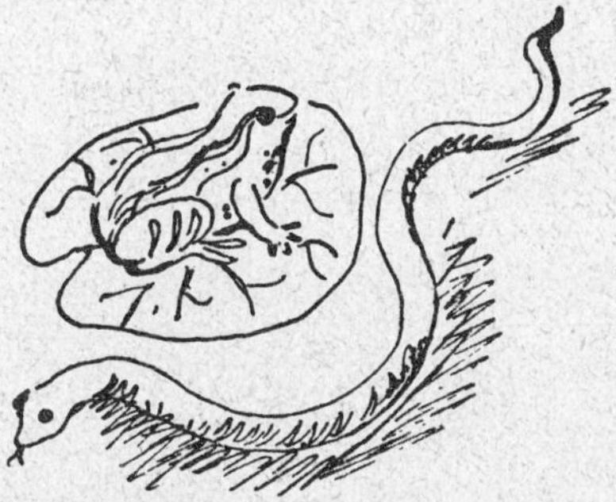

zweiflungsvoll schreiende Rikli in einem wirklich jämmerlichen Zustand. Fast bis an den Hals hinauf stak es in dem grünen Schlammwasser; die Arme streckte es krampfhaft empor, wie um sie vor der Berührung mit den kleinen grünen Fröschen zu schützen, die hier und da lustig in dem Sumpfwasser herumplätscherten.

Die Tante war zuerst beim Graben. Rasch stieg sie einige Tritte hinunter, erfaßte das Kind bei den Armen und zog es mit einiger Anstrengung heraus.

Als sich nun das Rikli von zärtlicher Besorgnis umgeben fühlte und auf die überstandenen Schrecken zurückschaute, fing es erst recht kläglich zu weinen und zu jammern an, und ein ums andere Mal stöhnte es: „Oh, warum seid ihr auch nicht gekommen?"

Aber da wurde nicht viel Antwort gegeben; der Zustand erforderte ein schnelles Eingreifen. Mutter und Tante faßten das Kind je an einer Hand und eilten mit ihm dem Hause zu, wo das schlamm=

überzogene Rikli ohne Verzögerung in die Badewanne gesteckt wurde.

Die Mutter war abgerufen worden, die Tante aber setzte sich neben das badende Kind und sagte: „So, jetzt will ich dir auf deine Frage antworten." Und nun erklärte ihm die Tante die Sache und sagte zu ihm, daß es schon so oft dasselbe fürchterliche Geschrei ausgestoßen habe, wenn der Fred mit einem harmlosen Käferchen oder kleinen Frosch sich ihm nur genaht habe, daß weder sie noch die Mutter dieses Gebaren unterstützen und ihm mehr zu Hilfe kommen wollte. Einzig Freds Gesang hätte es gerettet, der bewies, daß er nicht bei dem Rikli sei; sonst wäre niemand zu seiner Hilfe gekommen, und es hätte noch lange, lange Zeit in dem Schlammwasser stecken können. Dann ermahnte die Tante das Rikli ernstlich, an diese Erfahrung zu denken, denn sonst könnte es noch einmal auf viel längere Zeit und noch schrecklichere Weise unter die Frösche versetzt werden.

Das Rikli hörte die Worte aufmerksam an, und diesmal machten sie mehr Eindruck, als ähnliche Ermahnungen gemacht hatten, bevor es etwas so Grauenvolles erlebt hatte, wie ganz verlassen und ungehört mitten unter den Fröschen im Sumpf zu stecken.

Während dieser Zeit hatte Oskar seine Schar versammelt und war mit ihr auf den Festplatz gezogen. Hier sollte zuerst die Festrede als Probe abgehalten werden, dann sollten der große Umzug und die Schlußfestlichkeiten mit Bankett folgen, heute nur als Probe, morgen aber mit richtigem Johannisbeersaft und Lebkuchen; das hatte die Tante samt der Fahne zu liefern versprochen. Die Rednerbühne war aus vier in die Erde gesteckten Holzpfosten und vier darübergelegten Brettern kunstvoll errichtet. Jetzt bestieg sie der Feklitus und begann:

„Hochgeehrte Herren und Brüder! Da wir nun so schön gesungen haben, wollen wir uns darüber freuen und ein großes, langes Fest feiern und mit den Gläsern anstoßen."

Der Feklitus kam von der Bühne herunter.

„Mach doch fort!" schrien ihm die nächsten Zuhörer zu.

„Die Rede ist fertig, nachher stößt man mit den Gläsern an", sagte Feklitus, befriedigt von seiner Leistung und davon, daß sie

vorüber war. Aber unter der Versammlung erhob sich ein großer Lärm, denn die meisten fanden die Rede zu kurz und wollten den Feklitus zur Fortsetzung wieder auf die Bühne hinaufdrängen. Nur Oskar, der doch sonst alles regierte, stand so dumm und verblüfft da, als hätte er etwas ganz Besonderes vernommen. Die Worte hatten ihm auch wirklich großen Eindruck gemacht. Wie konnte nur der Feklitus zu einem Gedanken gekommen sein, der ihm selbst gar nicht eingefallen und der doch von solcher Wichtigkeit war für das Fest, das sie zu feiern hatten! Es mußte ja doch gesungen werden, damit man merken konnte, es sei ein Sängerfest.

Nachdem Oskar den ersten Ärger darüber verschluckt hatte, daß er nicht der Urheber des Gedankens war, stürzte er sich mit einem Male in die lärmende Menge und rief aus vollen Kräften: „Still! Jetzt muß man vor allem wissen, wer singen kann; wir müssen nun ein schönes Lied einstudieren."

Aber da fand es sich denn, daß keiner von ihnen singen konnte, auch der Feklitus nicht; der behauptete aber, das sei gar nicht nötig. Oskar selbst konnte keine Note richtig nachsingen, das wußte er wohl; aber er hatte erkannt, daß gesungen werden mußte, und er rief nun mit Heftigkeit nach dem Fani, und die anderen schrien mit, denn es kam den meisten in den Sinn, daß der Fani singen konnte. Er war aber nicht zu finden, er war entschieden nicht bei der Schar, und auf einmal lief Oskar in gestrecktem Galopp davon, alle anderen nach, und jeder lief nach seiner Seite hin, so daß in einem Nu der ganze Festplatz leer stand und die Rednerbühne einsam darauf emporragte.

Oskar stürzte nach Hause; er war in der größten Aufregung: Was sollte nun aus seinem laut verkündeten Fest werden? Denn das war ihm nun ganz klar, vor allem mußte gesungen werden beim Sängerfest, und das mußte er zustande bringen! Wie würde der Papa über seine Gründung spotten! Wie würde der Fred sticheln und sich überheben mit seinen stets durchdachten Handlungen! — Nein, das konnte nicht sein; der Fani mußte auf den Platz, der konnte vorsingen, dann sängen die andern schon nach. Zu Hause angekommen, rannte er auf die Stube zu, in die er eben die Emmi eintreten sah.

„Wo ist der Fani, Emmi?" rief er ihr aufgeregt zu. „Hast du ihn wieder angestiftet, uns untreu zu werden und mit dir auszuziehen?"

Emmi wurde ein wenig rot, sagte aber nichts; sie tat so, als höre sie nicht recht, was er wolle.

In diesem Augenblick steckte die Kathri den Kopf zur Tür herein. „Die Marget ist draußen; sie fragt, ob niemand wisse, wo der Fani sei, sie suche ihn allenthalben, es eile", rief sie in einem Atemzug herein und verschwand wieder.

Jetzt wurde Emmi dunkelrot bis unter die Haare und fing an, ängstlich an der Tante zu zupfen. Diese merkte auch gleich, daß etwas nicht stimmte; sie nahm Emmi an der Hand und ging zur Tür hinaus. Die Mutter folgte, um nachzusehen, was die Marget so eilig hergeführt habe. Diese erzählte in großer Aufregung, daß der Vetter Fekli gekommen sei, um ihr zu sagen, er habe im Sinn, den Fani gleich in der Fabrik anzustellen für eine besondere Arbeit, die der Bub gut machen könne und die ihm an den Schulferien-Nachmittagen und auch in mancher anderen Stunde eine Beschäftigung geben werde, die ihm ein schönes Stück Geld einbringe. Nun habe er gleich mit dem Fani reden wollen, aber der Bub sei nirgends zu finden; und den Vetter dürfe sie auch nicht mehr warten lassen, der werde jetzt gewiß recht böse, wenn der Fani nicht einmal mitkomme, nachdem sie nun so lange fortgeblieben sei, nur um ihn zu suchen.

Die Mutter rief sofort den Oskar herbei und hieß ihn nach allen Seiten laufen, um den Fani zu suchen; er würde ihn wohl am besten finden können, meinte sie, und die Marget könne ruhig nach Hause gehen, Oskar würde den Fani dann gleich heimschicken.

Unterdessen hatte die Tante Emmi in ihre Schlafstube geführt, und sobald sie drinnen waren, umklammerte Emmi krampfhaft den Arm der Tante und flehte angstvoll: „Hilf mir doch, Tante, hilf mir doch, daß es nichts Schlimmes gibt und daß der Papa nicht böse wird; hilf doch, daß Fanis Mutter es begreift, wie gut es ihm nun gehen wird und daß er ein großer Maler werden könnte! Heute ist er nach Basel gereist."

„Was sagst du, Emmi? Was sagst du? Es wird ja, will's Gott, nicht wahr sein!" rief die Tante in großem Schrecken aus.

„Doch, es ist gewiß wahr, Tante; geh doch zu Fanis Mutter und mach, daß es recht ist und daß sie nicht klagt beim Papa", flehte

Emmi. „Ich will dir alles erzählen, dann kannst du's schon sehen und der Marget sagen, wie gut es dem Fani jetzt gehen wird. Siehst du, im Blatt stand eine Anzeige vor ein paar Tagen, die hieß so: ‚Ein Dekorationsmaler in Basel würde einen Knaben von elf bis zwölf Jahren zu sich nehmen gegen leichte Beschäftigung; er könnte auch das Handwerk erlernen.' Dann war noch die Adresse dabei. Das habe ich schnell dem Fani gezeigt, denn wir haben schon lange nachgesonnen, wie er Maler werden könnte und nicht in die Fabrik gehen müßte, und das war gerade das Rechte; denn du hattest gesagt, das heiße Verzierung, und der Fred hat noch gesagt, es heiße auch Bühnenbild. So wußte ich ja schon, daß der Fani da schöne Bäume und Blumen und Kränze machen muß, und habe ihm das alles gesagt, und er wollte schrecklich gern gehen.

Zuerst wollten wir es seiner Mutter sagen, aber er meinte, dann könne er gewiß nie, nie gehen, denn sie sage, das sei keine Arbeit, sondern nur Lumperei, und sie wollte nichts davon wissen. Dann haben wir ausgemacht, er solle jetzt erst einmal gehen, ich wollte dann schon sagen, wo er sei, wenn sie fragen, und dann würde er schnell schreiben und sagen, daß er jetzt Maler werden könne."

„Aber, um des Himmels willen, was richtest du doch für Zeug an, Emmi", rief die Tante aus, „es ist ja wirklich schrecklich! Wo wird der Junge nun hinkommen und wie kann er ohne Geld nach Basel gelangen?"

Emmi sagte, sie habe ihm alles Geld gegeben, das sie besessen, er komme gewiß nach Basel, wenn nur die Tante jetzt mit der Mutter reden wollte, weil sie gerade so eifrig den Fani suche wie sonst nie. Auch die Tante fand, das sei das erste, was sie tun müsse. Dann wollte sie sogleich nach Basel schreiben, um zu wissen, ob der Fani wirklich dort angelangt und in was für Händen er sei.

Die Tante verlor keine Zeit. Sie schlug ihr Tuch um und eilte hinaus und dem Wäldchen zu, hinter dem der Weg zu Heiris Häuschen abfiel. Aus der niedrigen Haustür trat eben Herr Bickel, als die Tante näher kam. Er bemerkte abschließend: „Wie gesagt, das Vagabundieren, das er sich angewöhnt hat, hört dann auf; ich ziehe ihm jede vergeudete Zeit vom Lohn ab."

„Er wird, denk' ich, erst Lohn haben müssen, eh' man ihm etwas davon abziehen kann", sagte Marget halblaut, während Herr Bickel gewichtigen Schrittes davonging.

Die Tante trat in das Häuschen ein. Man kam von der Straße unmittelbar in die Küche und von da in die Stube. Die Tür war offen, und nahe dabei standen in der Stube zwei uralte Wiegen, eine für das Kleine und eine für den Hanseli, und auf der anderen Seite in der Küche stand der Waschzuber, den die Marget dahin gerückt hatte, um zu gleicher Zeit ihrer Arbeit nachgehen zu können und die drei Buben samt dem Kleinen unter den Augen zu haben. Obschon Hanseli zwei Jahre alt war, hatte er noch seine Wiege, und diese diente als Bettstatt wie auch als Beruhigungsmittel für ihn. Schlug er jetzt, seit Elslis Wegbleiben, sein bekanntes Geschrei an, so legte ihn die Mutter auf der Stelle in die Wiege, wo er, durch die schaukelnde Bewegung beruhigt, alsbald vom Schlaf übermannt wurde. Eben jetzt stand Heirli auf der einen und Rudi auf der anderen Seite der beweglichen Bettstatt, und beide stießen aus Leibeskräften die heranschaukelnde Wiege immer einer dem anderen zu, so daß der darinliegende Hanseli längst in tiefsten Schlaf versunken war.

Die Tante setzte sich auf den hölzernen Schemel neben den Waschtrog und forderte Marget auf, in ihrer Arbeit fortzufahren; sie habe mit ihr zu reden, das könne aber neben dieser Arbeit geschehen. Sie fing nun ganz zahm und behutsam an, der Marget beizubringen, wohin der Fani gekommen sei, und fügte auch gleich hinzu, sie werde unverzüglich nach Basel schreiben, um zu erfahren, wo er hingekommen sei und was der Meister mit ihm im Sinne habe. Sie würde ihn auch gleich wiederkommen lassen, wenn der Vater und die Mutter es haben wollten.

Marget stand noch unter dem Eindruck des Lohnabziehens. Der Vorteil für den Fani und die ganze Haushaltung schien ihr schon nicht mehr so groß zu sein, wie sie erst gedacht hatte. Wenn nun der Fani da unten sein Essen und seine Kleidung verdienen könnte und so unversehens sein Handwerk erlernte und vielleicht bald sein eigenes Auskommen hätte, wäre das doch eigentlich besser als alles, was er daheim erreichen könnte, und man hätte keine Sorgen bei dem ganzen Verlauf.

Diese Gedanken gingen Marget schnell hintereinander durch den

Kopf, und es währte gar nicht lange, so sagte sie der Tante, es wäre gewiß dem Vater so recht wie ihr selbst, wenn die Tante alles in die Hand nehmen und nachfragen wollte, wie es der Fani habe, und wenn sie ein wenig darauf achten könnte, daß der Bub etwas Rechtes lerne. Sie wollte dann schon noch mit dem Vater reden und nachher den Bericht bringen, was er dazu sage; aber die Marget schien ganz überzeugt zu sein, daß er dieselbe Meinung haben werde wie sie.

Die Tante fühlte sich sehr erleichtert, denn sie hatte nicht gewußt, wie die Sache von Marget aufgenommen würde und ob sie nicht vielleicht großen Lärm machen würde über das Fortlaufen des Buben, was doch im Grunde Emmi verschuldet hatte. Sie fragte noch nach dem Elsli und hörte, daß es vor und nach der Schule bis zum Schlafengehen seine ganze Zeit auf dem Eichenrain zubringe. Für sie sei es gar keine Hilfe mehr; mit den beiden Buben mache sie's nun, wie sie könne, und beklagen könne sie sich nicht, denn die Mutter des kranken Kindes sei eine gute und vernünftige Frau, die wisse, daß die armen Leute auch etwas brauchen, um leben zu können. Das Elsli bringe jeden Abend einen Tagelohn mit, den es gewiß nicht verdienen könne, und dazu so viel Kleider von dem kranken Kind, daß sie für Elsli lange Zeit nichts anzuschaffen habe.

Diese Nachricht erfreute die Tante sehr, und mit frohem Herzen kehrte sie zurück, denn es war alles so viel leichter abgegangen, als sie erwartet hatte.

Schon auf halbem Wege kam ihr der Oskar entgegengelaufen. Er hatte bemerkt, daß Emmi schon seit einiger Zeit an der Hausecke stand und auf jemand wartete, das mußte ohne Zweifel die Tante sein; aber er hatte so dringende Geschäfte mit ihr abzutun, daß er sie durchaus zuerst sehen mußte. Er lief heimlich hinten ums Haus herum und eilte dem Wäldchen zu. Sobald er der Tante ansichtig wurde, stürzte er auf sie los und goß nun seine ganze Geschichte von dem verunglückten Sängerfest über sie: wie er vergessen hatte, daß noch gesungen werden müßte, und wie furchtbar alle Leute sie auslachen würden, vor allem der Papa, wenn sie nun kämen und dem Fest beiwohnen wollten; das sah er nun ganz klar ein. Aber er hatte jetzt einen ganz herrlichen Gedanken: wenn man nun das Sängerfest geschwind in ein anderes umwandelte, so daß es morgen doch abgehalten werden könnte, eins, zu dem man die Fahne doch brauchen könnte und in der Festrede ja nur einige Worte zu ändern hätte? Die Tante wußte ja gewiß einen guten Rat zu geben, welches Fest an die Stelle des unausführbaren zu setzen sei, und Oskar schien auch nicht abgeneigt, die Sache so zu bearbeiten, daß schließlich anzunehmen wäre, er habe eigentlich absichtlich das Sängerfest in ein anderes verwandelt.

Aber die Tante war nicht derselben Meinung. Sie erklärte ihm nun, was eigentlich der Sinn des Festes sei und daß man immer zuerst etwas Besonderes müsse geleistet haben, um nachher ein Fest zu feiern. Da das nun aber nicht geschehen sei, so solle Oskar warten, bis es einmal der Fall wäre; dann wolle die Tante ihm zu einer glänzenden Festfeier verhelfen.

Oskar war sehr niedergeschlagen, aber er sah ein, daß da für diesmal nichts Neues zu gründen war, und folgte der Tante ziemlich still ins Haus; er sah mit Besorgnis dem Abendessen entgegen, wo der Papa seine Fragen über das Fest von morgen wieder aufnehmen und so die Enthüllung von dessen ruhmlosem Ausgang herbeiführen könnte.

Eben schoß Emmi beim Anblick der Tante aus ihrem Hinterhalt hervor, um zu vernehmen, was die Tat, bei der sie so beteiligt war, für Folgen haben könnte; aber auch sie mußte in unsicherem Bangen verharren, denn gerade trat auch der Vater ins Haus, und unmittelbar darauf mußte man sich zum Abendessen setzen.

In ihren beklemmenden Erwartungen saßen Oskar und Emmi tief über ihre Teller gebeugt am Tisch, und keines von ihnen hob auch nur ein einziges Mal den Kopf, denn sie hofften, in dieser Stellung am ehesten unbemerkt zu bleiben. Fred hatte schon ein paarmal forschende Blicke zu den beiden hinübergesandt; jetzt sagte er bedeutsam: „Es gibt auch einen Vogel, er heißt Strauß, *struthio*, der steckt den Kopf vornüber in den Sand, denn er denkt, so sieht ihn der Jäger nicht. Diese Vögel leben in Afrika; bei uns kommen sie nur selten vor und nähren sich von Kartoffelsalat."

Oskar, der eben, mit seinen Gedanken beschäftigt, in seiner Portion Kartoffelsalat herumstocherte, nahm die Beschreibung des Straußes mit ungewohnter Ruhe hin, und der Vater, der jetzt zu ihm hinschaute, lachte ein wenig und sagte: „Den drücken die Festfreuden nieder." Als aber keine weiteren Nachforschungen erfolgten und das Abendbrot auch ohne alle Nachfragen nach dem Fani vorüberging, standen Oskar und Emmi mit sehr erleichtertem Herzen vom Tisch auf; denn wenn auch für Oskar die Gefahr eines sehr empfindlichen Hohnes und für Emmi diejenige eines strengen Tadels nicht vorüber war, so war doch nun Zeit gewonnen, und da war ja immer die Tante, bei der man neuerdings Rat und Hilfe finden konnte.

ACHTES KAPITEL

Beim Sonnenuntergang

Seit dem Tag, da das Elsli zum erstenmal bei der kranken Nora eingetreten war und sie sich bald gut verstanden hatten, kam das Kind täglich zu Nora. Von Besorgungen machen war nie mehr die Rede, denn Nora konnte es täglich kaum erwarten, daß ihre kleine Freundin erschien, und bis zum letzten Augenblick ihres Bleibens ließ sie sie nicht von ihrer Seite.

Die Mutter, die keine größere Freude kannte als die, ihrem Kind einen Wunsch zu erfüllen, freute sich an dem neuen Aufleben ihrer Nora und gewährte gern die Bitte, daß das Elsli nur zu ihrer Gesellschaft da sein möchte. Frau Stanhope sah auch mit großer Befriedigung, wieviel fröhlicher Nora geworden war, seit sie diese tägliche Gespielin hatte, und hieß darum das Elsli kommen, sooft es nur konnte, auch am Sonntag, und das kleine Mädchen hatte es gut in ihrem Hause.

So kam es, daß Elsli jede Stunde des Tages außerhalb der Schule und bald auch den ganzen Sonntag, vom Morgen bis zum Abend, mit Nora verbrachte. Dabei ging eine große Veränderung mit Elsli vor. Es war ein so bildsames Geschöpfchen, daß es sich unwillkürlich seiner Umgebung anpaßte. Dadurch, daß sich Nora täglich stundenlang mit Elsli beschäftigte und der Kleinen alles, was sie dachte und hoffte, alles, was in ihrem Innern vorging, mitteilte, gewöhnte sich Elsli daran, die Dinge mit Noras Augen zu betrachten. Auch äußerlich nahm Elsli Noras Art an. Es hatte den Ton ihrer Stimme, es sprach in ihren Worten, es machte die Bewegung ihrer Hand; das ganze Elsli war verändert.

Auch in der Schule war eine große Veränderung mit dem Elsli vor sich gegangen. Wenn es jetzt unmittelbar nach der Schule zu Nora kam, wurden gleich erst alle Bücher und Hefte ausgepackt und die Schulaufgaben gemacht. Nora hatte viel und gut gelernt, und es war eine ganz neue Freude für sie, der aufmerksamen Schülerin nachhelfen und alles erklären zu können, was sie nicht verstand. Für das Elsli war es eine nie gekannte Wonne, endlich einmal seine erfüllten Aufgaben wie die anderen Kinder in die Schule bringen zu können und nun wiederholt von dem Lehrer die Worte zu hören, die er in so freundlichem Tone sagte: „Das hast du gut gemacht, Elsli; mit dir bin ich sehr zufrieden."

Waren die Schularbeiten beendigt und auch das Abendessen vorüber, dann saßen die Kinder ganz nah beisammen und fingen ihre Gespräche an, deren sie niemals müde wurden. Nora erzählte von dem schönen Land, in das sie gehen wollten, und das Elsli folgte mit Entzücken jedem Wort; denn Nora erzählte so, als sehe sie alles vor sich, so daß auch vor dem Elsli alles lebendig dastand und es nie genug bekam von der beglückenden Unterhaltung. Zuletzt sagte Nora immer noch ihr Lied auf, und auch das konnte Elsli nicht oft genug hören.

Wenn dann der Abend zu Ende war und das Elsli gehen mußte, kam ihm jedesmal zum Schluß noch ein trauriger Gedanke, und es sagte ängstlich: „Wenn du nur nicht einmal allein gehst, Nora, und ich zurückbleibe; was sollte ich dann machen?" Aber Nora tröstete es jedesmal und sagte, der liebe Gott rufe es dann schon, wenn sie ihn im Himmel recht darum bitte. Das beruhigte das Elsli, so daß es jeden Abend mit einem so glücklichen Herzen, wie es das vorher nie gekannt hatte, heimkehrte.

So waren die sonnengoldenen Tage des Septembermonats herangekommen. Die Kinder saßen zusammen und schauten durch das offene Fenster, an dem Noras Lehnstuhl stand, nach dem Abendhimmel, wo die Sonne untergehen wollte. Nora war den ganzen Tag müde gewesen und hatte wenig geredet. So saßen die Kinder auch jetzt ganz still nebeneinander. Jetzt strahlten die Flammen der scheidenden Sonne noch einmal glühend empor, und wie ein goldener Strom ergoß sich das Leuchten über Bäume und Hügel auf die Wiesen herab.

„Sieh, sieh, Elsli!" rief Nora aus, und ihre Augen leuchteten, wie Elsli sie noch nie gesehen hatte, „sieh, dort kommt der kristallene Strom herübergeflossen! Oh, ich möchte dorthin und weit über den Strom gehen! Wie wird es schön dahinter sein, wo all die Blumen und die glücklichen Menschen sind und wo sie so froh umhergehen und niemals müde werden! Aber jetzt bin ich so müde, Elsli, komm ein wenig näher zu mir, willst du?"

Elsli rückte ganz nah heran, und Nora legte ihren Kopf auf seine Schulter. „So ist mir wohl", setzte sie leise hinzu, „so sehe ich mitten, mitten hinein. O sieh, es ist, wie wenn der Himmel ganz offenstünde, und man sieht, wie es leuchtet drinnen und schimmert und glänzt. Oh, wie schön, wie schön!"

Auch das Elsli hatte noch nie ein solches Leuchten am Himmel und solchen Goldglanz auf allen Hügeln gesehen. In stummem Erstaunen schaute es hinaus, und regungslos lagen die Kinder lange, lange da, bis gegen Abend hin aller Glanz erloschen war und leise ein weißer Nebel unten vom Tal aufstieg und sich über die Wiese legte.

Jetzt kam Frau Stanhope ins Zimmer; sie hatte, wie nun oft, Elslis Anwesenheit benutzt, in einem anderen Zimmer ihre Briefe zu schreiben. Sie trat auf Nora zu, die immer noch ganz still auf Elslis Schulter ruhte.

„Gott im Himmel", schrie die Mutter auf, „Nora, mein Kind! Es ist nicht möglich! Erwache! Gib mir Antwort!"

Frau Stanhope war niedergekniet und zog Nora an sich; einen Augenblick schaute sie auf das bleiche, stille Gesichtchen, dann warf sie sich über das Kind und schluchzte in Verzweiflung.

Schneeweiß vor Schrecken stand das Elsli da. Was konnte Nora geschehen sein, das ihre Mutter so unglücklich machte?

„Hol den Arzt, Kind! Lauf, so schnell du kannst!" stieß jetzt die schluchzende Mutter hervor.

Elsli eilte fort. Der Arzt war nicht zu Hause; seine Frau gab dem Elsli Bescheid. Es mußte ihr alles erzählen, was sich zugetragen hatte. Dann sagte sie teilnehmend: „Ich glaube, der kranken Nora ist für immer wohl, die ist gewiß im Himmel."

Das Elsli stand wie vom Schlag getroffen. „Ist sie nun schon gegangen?" fragte es tonlos. Dann stürzten ihm die Tränen unaufhaltsam die Wangen herunter, und vor großer Erschütterung hatte ein Zittern seinen ganzen Körper erfaßt.

„Du armes Elsli", sagte die Doktorsfrau, das Kind bei der Hand nehmend, „komm, setz dich einen Augenblick hier nieder!"

Aber das Elsli war so von seinem Eindruck überwältigt, daß es nicht sitzen konnte. Es hielt sein Schürzchen vor die Augen und lief wieder fort, ganz kläglich vor sich hinjammernd: „Oh, nun ist sie schon gegangen, und ohne mich!"

Als es bei Frau Stanhope eintrat, fand es diese noch in derselben Stellung über ihr Kind gebeugt und verzweiflungsvoll weinend und klagend. Elsli setzte sich auf den Schemel, den Nora eben noch gebraucht hatte, und weinte ganz still. So verfloß wohl eine Stunde, dann kam der Doktor. Nachdem er eine kurze Zeit den Platz von Frau Stanhope eingenommen und sich über Nora gebeugt hatte, wandte er sich zu der Mutter.

„Frau Stanhope", sagte er in rascher, aber teilnehmender Weise, „ich habe nichts mehr zu tun hier, suchen Sie das Unabänderliche zu tragen, das Kind ist tot. Ich will Ihnen meine Frau schicken." Dann ging er.

Nach einer Weile kam die Frau Doktor. Aber kein Wort des Trostes, das sie in ihrer herzlichen Teilnahme aussprach, fand Eingang bei der verarmten Mutter. Sie hatte sich wieder über ihr Kind geworfen und sah und hörte nicht, was um sie her vorging. Als die Doktorsfrau bemerkte, daß es fürs erste unmöglich war, sich der verzweifelten Frau zu nähern, trat sie zum Elsli heran, das immer noch auf seinem Schemel saß und leise fortweinte; sie faßte das Kind sanft bei der Hand und zog es empor.

„Komm mit mir, Elsli", sagte sie freundlich, „es ist Zeit für dich, heimzugehen. Wir wollen dich auch nicht vergessen, Elsli, und der liebe Gott vergißt keins seiner Kinder. Du mußt dich zu trösten suchen und denken, wie wohl es der Nora nun ist, da sie gar nie mehr krank sein wird."

„Oh, wenn sie mich nur mitgenommen hätte!" schluchzte das Elsli; denn der Gedanke hatte sich so lange und tief bei ihm festgesetzt, daß sie miteinander gehen würden, und nun war die Hoffnung dahin, und es war zurückgeblieben und ganz allein! Leise weinend ging es an der Seite der Doktorsfrau dahin, und auch als diese bei dem aufsteigenden Wiesenweg sagte: „Nun trennen wir uns; schlaf wohl, Elsli, und komm bald einmal zu uns", zog es sein Schürzchen nicht von den Augen weg.

Leise sagte es: „Gute Nacht!" und ging den Fußweg hinan, und immer hörbarer wurde sein Schluchzen, je weiter es sich von der freundlichen Begleiterin entfernte und je einsamer der Weg wurde, den es zu gehen hatte.

Die Mutter trat mit traurigem Herzen in das Haus. Sie fand die Kinder alle um die Tante gelagert, stiller und nachdenklicher, als sie gewöhnlich waren. Die Tante hatte ihnen erzählt, daß Nora gestorben und in den Himmel gegangen sei, und das hatte ihnen tiefen Eindruck gemacht, jedem in einer besonderen Weise. Fred hatte gleich eine Menge Fragen und wollte genau wissen, wie Menschen sterben und wieder leben könnten. Emmi war sehr niedergeschlagen, denn es kam ihr nun in den Sinn, daß sie niemals mehr zu Nora zurückgekehrt war und ihr gar keine Freundlichkeit erwiesen hatte.

Ganz still zogen sich heute die Kinder zurück, und als am späten Abend Mutter und Tante noch allein zusammensaßen, mußte die Doktorsfrau der teilnehmenden Schwester ihr Herz ausschütten. Da war die arme Mutter, die ihr einziges Kind in die Erde legen mußte und der mit keinem Wort des Trostes beizukommen war. Da war das zarte Elsli, das nun an die harte Arbeit zurückkehren mußte, die vielleicht so sehr über seine Kräfte ging, daß es sie nicht mehr lange aushalten konnte. Dazu war es nun doppelt verwaist; die nahe Freundin, durch die es in ein neues Leben eingetreten war und für die es ganz gelebt hatte, war für immer weggegangen, und der Bruder Fani, an dem es mit aller Liebe hing, war fort und vielleicht auch für immer; wer konnte wissen, wo der bleiben würde!

Diese Sache mit Fani bedrückte die Mutter auch sehr, war doch Emmi schuld daran und das ganze Unternehmen so unsicher, daß man nicht einmal die Zuversicht haben konnte, Fani lerne da wirklich etwas Rechtes, das ihm für seine Zukunft von Nutzen sein könne. Die Tante hatte einer Bekannten nach Basel geschrieben und sie gebeten, den Mann aufzusuchen, bei dem Fani eingetreten sein mußte, und ihr Nachricht über den Charakter des Mannes und das ganze Verhältnis zu geben. Es war auch schon eine Antwort gekommen, sie war aber nicht geeignet, große Hoffnungen für Fani zu erwecken. Der Dekorationsmaler hatte den Fani wirklich in seinen Dienst genommen, da er Gefallen an dem offenen Wesen des Jungen fand, der ihm so zugelaufen kam und gleich seine ganze Geschichte erzählte. Der Maler hatte aber nur einen Buben gesucht, der ihm die großen Pinsel und Farbentöpfe nachtrage und ihm alles reinigen helfe und Gänge besorge. Dafür bekam er seinen Unterhalt von dem Meister; für seine Kleider sollte er aber selbst sorgen.

Das war nun gar keine glänzende Anstellung für den Fani, und die Doktorsfrau überlegte bekümmert hin und her, was wohl nun am besten zu tun wäre. Fürs erste waren seine Eltern ja freilich einverstanden, daß er fortblieb, da er keine bestimmte Anstellung hatte; aber sie nahmen an, er verdiente wenigstens so viel, daß sie in keiner Weise mehr für ihn zu sorgen hätten, daß er im Gegenteil nächstens für sie eine Hilfe sein würde.

So hatte die gute Mutter außer den alten immer wieder neue Sorgen zu tragen, und manchmal schon wäre ihr diese große Last zu schwer geworden, wenn die Tante nicht immer mitgetragen und durch ihre frohe Gemütsart jedem Kummer gleich auch eine erfreuliche Seite abgewonnen hätte. Auch jetzt hatte sie manches tröstende, erheiternde Wort für die Mutter, so daß auch diese zuletzt wieder mit Hoffnung und Zuversicht auf die kommenden Tage sehen und alles Sorgenerregende dem lieben Gott anheimstellen konnte.

Am folgenden Morgen bat Emmi etwas niedergeschlagen um die Erlaubnis, Nora Blumen bringen und auf ihr Bett legen zu dürfen. Die Mutter erlaubte es gern und gestattete auch Fred, daß er Emmi begleitete. Später wollte sie selbst nachkommen und Frau Stanhope besuchen.

Die Kinder wurden eingelassen und vom Mädchen in das Zimmer geführt, wo Nora auf einem schneeweißen Bett lag, sie selbst so weiß und still, wie sie noch niemand gesehen hatte. Am Bett kniete die Mutter; sie schaute nicht auf und blieb regungslos auf ihrem Platz.

Emmi legte still ihre Blumen auf das Bett, dann erfaßte sie Noras Hand zum Abschied. Die Tränen stürzten ihr aus den Augen, denn nun konnte sie Nora nie mehr etwas Freundliches tun und konnte nicht wiedergutmachen, was sie versäumt hatte, als Nora noch lebte. Das wurde Emmi jetzt recht bewußt, und sie weinte leise fort, als sie mit Fred das Zimmer verließ.

Einige Zeit nachher trat die Frau Doktor in das stille Zimmer. Frau Stanhope erhob sich, sie hatte die Eintretende erkannt. Jetzt verwandelte der dumpfe Schmerz der Trauernden sich in einen ungeheuren Jammer. „Oh, können Sie es begreifen, wie ganz verarmt ich bin?" rief sie unter einem Strom von Tränen aus. „Warum mußte Gott mir dieses einzige Kind nehmen? Hätte er mir Hab und Gut, allen Reichtum, alles, was ich besitze, genommen und mir mein Kind gelassen, ich hätte ja nicht gehadert, ich hätte ja gern alles entbehrt und alles getragen, wenn ich nur mein Kind behalten hätte! Das ist das Härteste, das mir widerfahren konnte, das Allerhärteste; warum muß gerade ich mehr als alle anderen leiden?"

„Liebe Frau Stanhope", sagte hier die Doktorsfrau, indem sie besänftigend die Hand der Jammernden ergriff, „ich begreife wohl Ihren großen Schmerz, aber denken Sie auch an Ihr Kind! Es ist doch nicht das größte Leid, an das Kind zu denken, das der liebe Gott zu sich genommen und für immer von seinen Schmerzen befreit hat. Wie die bittere Armut tut, das können Sie nicht ermessen, und welche Leiden die Mütter durchzumachen haben, die schon in frühen Jahren die Kinder zu harter Arbeit anhalten müssen, die ihnen keine Freuden zu bieten, nur Entbehrungen aufzuerlegen haben, die für sich und die Kinder nichts anderes kennen, nichts anderes vor sich sehen als schwere Tage und herbe Sorgen, das kennen Sie nicht! Jedem ist ja das Leiden das größte, das in seinem Herzen brennt; aber unser Vater im Himmel weiß, warum er jeden auf den Weg führt, den er zu gehen hat."

Frau Stanhope war stiller geworden, doch lag der Ausdruck eines trostlosen Schmerzes fortwährend auf ihrem Angesicht. Nach einer Weile des Stillschweigens teilte sie dann der Frau Doktor mit, daß sie ihr Kind mit fortzunehmen gedenke, damit es in ihrer Nähe und in der Nähe seines verstorbenen Bruders ruhe. Diese traurige Reise allein zu machen, dazu könne sie sich nicht entschließen, sie habe die treue Wärterin ihres Kindes, Klarissa, herbeigerufen, daß sie alle Gänge für sie besorge und ihr zur Seite bleibe.

Diese Nachricht war für die besorgte Doktorsfrau eine große Beruhigung; nun wußte sie, daß, was von außen her der armen Mutter an Trost und Hilfe geboten werden konnte, ihr bald und am wohltuendsten durch diese treue alte Freundin zuteil werden würde. Diese allein hatte ja die entschlafene Nora gekannt und auch geliebt wie eine zweite Mutter. So kehrte die Frau des Doktors mit ein wenig erleichtertem Herzen zurück, denn da war nun doch die Aussicht auf etwas Trost für die verwaiste Frau. Das mußte sie gleich der Tante mitteilen, denn auch diese hatte ja so herzliche Teilnahme für die verarmte Mutter empfunden.

Aber die Tante war nirgends zu finden. Emmi, die ganz gegen ihre Gewohnheit still in einer Ecke saß, berichtete, Fred habe die Tante lange gesucht, er habe sie gewiß zu einer Käferschau nötig gehabt und fortgeholt. Die Mutter dachte auch, es werde so sein, und setzte sich zu Emmi, die gern noch etwas über Nora hören wollte. Es war ihr ein Bedürfnis, von der Mutter zu erfahren, daß Nora froh und zufrieden gewesen war ohne sie und daß sie ihre Gesellschaft nicht entbehrt hatte, denn sie fühlte jetzt, daß sie nur an sich selbst gedacht hatte bei dem Besuch und gar nicht daran, was sie für die einsame, kranke Nora tun könnte.

Fred war wirklich längere Zeit der Tante nachgelaufen und hatte sie endlich festhalten können und nun weit hinunter nach dem entferntesten Gartenhaus mit sich gezogen, denn er wollte ganz allein mit ihr reden. Hier setzte er sich neben sie auf die Bank und sagte ernsthaft: „Siehst du, Tante, ich muß dir etwas sagen, aber nur dir allein. Heute habe ich die Nora gesehen; sie ist ganz tot, und ich kann nicht begreifen, daß sie einmal wieder erwachen und leben kann im Himmel."

„So, das kannst du nicht begreifen, Fred? Siehst du, ich auch nicht", sagte die Tante, „aber der liebe Gott hat noch viele Dinge gemacht, die du auch nicht begreifen könntest und ich ebensowenig und die doch da sind. Wenn uns nun aber einer, dem wir fest glauben können, verspricht, daß wir wieder leben werden nach dem Tode dieses Körpers, so wollen wir glauben, bis wir begreifen; und ich glaube zuversichtlich daran, Fred."

„Aber", fing dieser in seiner gewohnten Zähigkeit noch einmal an,

„ich habe doch immer gedacht, das Lebendigsein ist in dem Menschen wie in den Tieren, und wenn ein Tierchen keine Bewegung mehr macht, so ist es ganz tot und fängt nie mehr zu leben an; das habe ich beobachtet."

Hier wurde das Gespräch zwischen Fred und der Tante unterbrochen, da der heimkehrende Vater an dem Gartenhäuschen vorbeikam und die Tante aufforderte, mit ihm durch das Äckerchen zu wandern, um die prachtvollen Kohlköpfe zu bewundern, die sich da entfaltet hatten. Fred ging still seiner Wege, denn Kohlköpfe konnte er nicht bewundern, die ließen ihn im Gegenteil viele schwere Augenblicke voraussehen, da er den grünen Stoff auf seinem Teller erblicken würde.

NEUNTES KAPITEL

Eine letzte und eine erste Reise

Eben war der große Reisewagen am Hause des Arztes vorübergefahren, und es hatte ganz allein eine schwarze Frau darin gesessen. Das mußte Klarissa sein, die gekommen war, Nora heimzuholen. Die Doktorskinder standen alle vier im Garten und schauten still dem Wagen nach, denn sie empfanden, wie traurig diese Reise sein müsse.

Die Tante stand oben am Fenster, und auch sie blickte dem Wagen nach. Als er unten um die Ecke verschwunden war, winkte sie Fred, heraufzukommen; sie stand in seinem Zimmer. Er kam augenblicklich angerannt.

„Sieh, Fred, ich räume ein wenig bei dir auf, du hast hier eine ziemliche Unordnung, und Dinge, die keinen Wert haben, wollen wir nicht aufbewahren. In dieser Schachtel ist ein totes Tierchen, das werfe ich nun als erstes fort." Die Tante ging ans Fenster mit der Schachtel.

„Um Himmels willen, Tante, was willst du machen!" schrie Fred auf und stürzte sich auf die Schachtel. „Das ist meine schönste Puppe, die gibt ja den prachtvollen Totenkopf nachher, das ist der allerschönste Schmetterling mit der wundervollen Zeichnung auf den Flügeln."

„Ach was noch gar", sagte die Tante, „dieses Tier hier ist ganz tot und bewegt sich gar nicht mehr, da ist ja alles fertig."

„Aber Tante, weißt du denn gar nichts von der Geschichte der Raupe? Das ist ja schrecklich!" rief Fred in großer Aufregung aus, die Schachtel so fest wie möglich in seiner Hand haltend. „Siehst du, hier liegt sie jetzt eingepuppt und ist ganz wie tot; und diese Hülle, die du siehst, ist auch tot, die wird nachher zurückgelassen. Aber siehst du, darunter, zu allerinnerst, ohne daß du es sehen kannst, ist doch etwas lebend geblieben, denn auf einmal, wenn es Zeit ist, verläßt es diese Schale, denn die gehört nun nicht mehr zu ihm, und auf fliegt es mit schönen Flügeln und ist ein ganz neues, prächtiges Geschöpf."

„Das kann ich aber nun wirklich nicht begreifen, Fred", sagte die Tante, „wie es zugeht, daß ein Wurm, der immer an der Erde gekrochen ist, erst ganz tot daliegt und dann auf einmal schöne Flügel hat und davonfliegt als ein neues Geschöpf und den alten Leib, mit dem er an der Erde kriechen mußte, zurückläßt. Kannst du das begreifen, Fred?"

„Nein, ich begreife es nicht", entgegnete Fred, „aber es ist ja gewiß so, Tante, ganz gewiß, auch wenn man nicht begreift, wie das so sein kann."

„Fred", sagte die Tante ernsthaft, „wenn nun das Innerste, das in der Nora lebendig war, geradeso die tote Hülle verlassen hätte und aufgestiegen wäre zu fernen, schönen Höhen, um dort als ein neues, herrliches Wesen fortzuleben?"

Fred wurde ganz nachdenklich. „Daran habe ich noch gar nicht gedacht", sagte er dann, „jetzt muß ich ganz anders an die Nora denken. Die wird aber froh gewesen sein, so frei aufzufliegen, da sie doch so krank gewesen war in der ersten Haut! Aber gelt, Tante, du bist doch auch froh, daß du nun die Geschichte der Raupe so klar weißt; die ist doch sehr merkwürdig."

„Gewiß ist sie das, Fred. Man kann auch so gut daraus sehen, daß es Dinge gibt, die wir nicht begreifen und erklären können und die doch geschehen, die auch kein einziger Gelehrter noch ergründet hat. Darum, wenn du einmal ein Gelehrter werden solltest, Fred — und das kannst du schon in deinem Fach, wenn du so eifrig fortfährst —, und auf die unbegreiflichsten Dinge stößt, dann sage dir nur jedesmal demütig: ‚Das ist etwas, das ich nicht erklären kann, da kommt der liebe Gott!' Und dann bewundere seine Größe, die weit über dich hinausgeht!"

Fred packte ganz andächtig seine eingepuppte Raupe wieder zusammen und schaute sie noch einmal lange und genau an, denn er mußte jetzt erst recht über die Verwandlung nachdenken, die sich in dem Tierchen vollzog, während es ganz tot dalag. –

Klarissa war bei Frau Stanhope angekommen, aber ihr Erscheinen brachte der Trauernden keinen Trost; es war, als ob nur alle Erinnerungen in ihr mit erneutem Schmerz aufstiegen. Die alte Frau wollte so gern etwas von Noras letzten Tagen hören und wie sie entschlafen sei; aber es war der Mutter nicht möglich, darüber zu sprechen, und Klarissa schwieg still, denn jede Frage rief einen neuen Ausbruch des Schmerzes hervor. Als sie am folgenden Tag hörte, daß das Kind Elsli allein bei Nora gewesen sei, als sie starb, da wünschte sie sehr, das Kind zu sehen, und ließ es holen.

Als nun das Elsli zum ersten Male wieder in die Stube trat, wo es so viele glückliche Stunden mit Nora verlebt hatte, und dort ihren leeren Sessel am Fenster stehen sah, mußte es sehr weinen. Klarissa nahm das Kind mit großer Freundlichkeit bei der Hand und setzte es neben sich. Dann fing sie an, von Nora zu sprechen, und jetzt ging dem Elsli das ganze Herz auf, denn seit es Nora verloren, hatte es noch kein Wort von ihr sprechen können, und doch erfüllte sie ja alle seine Gedanken. Dem Elsli verging völlig seine große Schüchternheit, und es erzählte in einem Flusse fort von allen Worten der Nora, wie sie ihm von dem schönen Lande erzählt habe, wo sie zusammen hingehen wollten, und welch schönes Lied sie immer zusammen gesagt hätten, und das Elsli sagte im vollen Zug der Erinnerungen das ganze Lied vom kristallenen Strom und den leuchtenden Blumen auf. Und zuletzt erzählte es, wie Nora auf einmal ganz still allein fortgegangen sei, daß es aber auch bald gehen werde, da die Nora gewiß den lieben Gott bitte, daß er es zu sich rufe.

Klarissa hatte Elsli mit Rührung und Verwunderung zugehört. Das war ja ihr Lied, das die Nora als kleines Kindlein, auf ihren Knien sitzend, schon erlernt hatte. Das waren ihre eigenen Worte, mit denen sie der Nora von dem Lande drüben erzählt hatte – und wie wunderbar! Das Elsli hatte ja völlig den Ton von Noras Stimme, es hatte die Bewegungen ihrer Hand; jedes Wort brachte Klarissa ihre Nora ganz lebendig vor Augen. Sie umfaßte das Elsli und weinte vor Leid und Freude zugleich. Dann lief sie zu Frau Stanhope hinein und rief in großer Aufregung ein ums andere Mal aus: „Oh, das ist ja unser Kind, liebe Frau Stanhope! Es sind ja die Stimme und die Worte unseres Kindes, unserer Nora! Es ist ihre Schwester, unser Kind!"

Erst hatte Frau Stanhope sich erhoben und aufgehorcht; als sie aber verstand, was Klarissa meinte, schüttelte sie nur traurig den Kopf und legte ihn wieder auf Noras Lager nieder.

Aber Klarissa war so erfüllt von ihrem Eindruck, daß Frau Stanhopes Teilnahmslosigkeit sie nicht entmutigte. Sie ging hinaus und führte das Elsli herein, dem nun gleich wieder die Tränen die Wangen herabrollten, wie es die Nora so still daliegen sah. Klarissa führte es nahe zu dem Lager und legte Elslis Hand in die der Nora. Dann sagte sie bittend zu der Mutter, die immer noch, ihr Gesicht auf den Rand des Lagers gebeugt, an dem Bett kniete: „Schauen Sie auf, Frau Stanhope, unser Kind hat Ihnen noch etwas zu sagen."

Die Mutter erhob sich. Ihr Kind hielt ihr mit ausgestrecktem Arm das Elsli entgegen. Einen Augenblick schaute sie starr auf die Kinder. Dann ergriff sie die beiden ineinandergelegten Hände und sagte schluchzend: „Ja, Nora, ich weiß es, du hast das Kind liebgehabt, ich will es nicht mehr von mir lassen."

Und die gute Klarissa weinte mit, aber es waren Freudentränen, die sie weinte, und einmal die Nora und einmal das Elsli streichelnd, wiederholte sie zärtlich: „Ja, ja, wir müssen wieder ein Kindlein haben, für das wir sorgen und das wir liebhaben können."

Wie im Traum ging das Elsli nach Hause. Es hatte verstanden und wieder nicht verstanden, was mit ihm werden sollte. Es hatte fest geglaubt, die Nora helfe dazu, daß es bald in den Himmel gerufen werde, und komme ihm dann entgegen. Jetzt war es so, als wäre sie schon gekommen, aber um es anderswohin zu führen.

Nora war mitten unter Blumen in ihr letztes Bettlein gelegt worden, in dem sie die Reise nach Hause machen sollte. Das hatte alles die treue Klarissa besorgt. Nun machte sie sich auf den Weg, um Elslis Mutter aufzusuchen, mit der sie eine eingehende Besprechung vorhatte. Diese dauerte indessen nicht sehr lange und bot nicht so viel Schwierigkeiten, wie Klarissa befürchtet hatte, denn sie fand bei der Marget ein sehr geneigtes Ohr für ihre Vorschläge, besonders als diese vernahm, daß Frau Stanhope nicht nur im Sinn habe, das

Elsli ganz und gar zu sich zu nehmen und für immer für das Kind zu sorgen, sondern daß sie auch der Eltern eingedenk sein wolle, indem sie ihnen die Hilfe, die das Kind ihnen hätte leisten können, auf andere Weise ersetzen wollte.

Die Marget hatte eine unverhohlene Freude an diesem unerwarteten Glück für das Elsli und an dem Gewinn, den es ihr selbst bot. Sie meinte, das Elsli habe zum strengen Arbeiten doch keine Kraft und Gesundheit, und seit dem langen Umgang mit Nora sei es auch sonst mit allen Gedanken und der ganzen Art so aus seinem Geleise geraten, daß es gar nicht mehr hineinkomme. Das merkte man am besten am Tun der kleinen Buben und besonders des kleinsten, der jetzt den ganzen Tag schreie, so daß man fast das Gehör verliere, und früher habe es ihn doch zum Schweigen gebracht; da nehme man ebensogut wieder die Wiege zur Hand. So schieden Marget und Klarissa in Übereinstimmung, und die alte Wärterin versprach, daß Elsli jedes Jahr einmal seine Heimat besuchen solle.

In kürzester Zeit war im ganzen Dorf die Nachricht verbreitet, daß das Elsli von der reichen Frau Stanhope angenommen worden sei und mit ihr schon morgen nach ihrem schönen Gut am Rhein reise. Wo zwei einander unterwegs trafen, blieben sie stehen, um das Glück zu besprechen, das dem Elsli so unerwartet zuteil wurde. Die Kinder in der Schule konnten vor Aufregung gar nicht mehr stillsitzen; es war, als erwarteten sie alle durch diesen Glücksfall irgend etwas Unerhörtes.

Sogar Herr Bickel wurde durch das Ereignis zu einem ungewöhnlichen Schritt veranlaßt. Er nahm seinen Stock zur Hand und sagte: „Frau, es schickt sich, daß wir jetzt Frau Stanhope einen Besuch machen und ihr zeigen, daß das Kind denn doch auch noch rechte Verwandte hat. Vielleicht braucht sie auch einen Rat, das Kind betreffend; da bin ich ihr Mann. Es kann auch sein, Frau, daß wir einen Besuch bei den Verwandten machen, wenn sie dann daheim sind — denn es gibt dort in ihrer Gegend große Spinnereien, und vielleicht hat die Frau Stanhope Beziehungen zu solchen Häusern, da wäre dann etwas für das Geschäft zu machen."

Aber Herr Bickel mußte noch einmal seinen Stock hinstellen, denn so schnell war seine Frau für einen solchen Besuch nicht angekleidet.

Die größte Aufregung und Freude über das Ereignis herrschte aber im Haus des Arztes. Mutter und Tante waren voller Lob und Dank, daß das zarte Kind in so freundliche Hände kommen und es ihm auf einmal so gut gehen sollte. Es lag ja jetzt ein ganz neues Leben vor ihm; was konnte nun auch aus dem bildsamen Kinde gemacht werden! Sie mußten immer wieder davon sprechen. Und die Kinder hatten überhaupt keinen anderen Gedanken mehr.

Oskar ging den ganzen Tag in tiefem Sinnen umher; er suchte den Punkt, von dem aus er das neue Ereignis für seine Pläne verwerten könnte. Es lag Oskar fortwährend schwer auf dem Gemüt, daß die schöne gestickte Fahne unbenutzt liegenbleiben und nicht irgendein Fest in Aussicht stehen sollte, welches die Anwendung der herrlichen Fahne durchaus erforderte.

In einem ähnlichen Zustand des Sinnens und Trachtens lief Emmi hin und her, und der schlaue Fred sagte ein paarmal, wenn sie in seine Nähe kam: „Die hat etwas im Sinn." Er selbst saß an dem Tage längere Zeit, in eine Arbeit vertieft, am Tisch. Es war eine lange, lange Liste mit den Namen aller derjenigen Raupen, Käfer und Schnecken, die er als Bewohner der Rheinlande und deren Umgebung kannte. Um der größeren Klarheit willen setzte er immer auch den lateinischen Namen des Tieres neben den deutschen.

Am Abend dieses Tages saß das Elsli auf der langen Bank in der Stube; man konnte es aber nicht sehen, denn mitten auf ihm hockte der feste Hanseli und zu beiden Seiten der Heirli und der Rudi, jeder auch noch so weit auf dem Elsli, als er Platz fand. Das Mädchen ließ sich fast ganz geduldig erdrücken; es war ja der letzte Abend, für lange Zeit das letztemal, daß die drei auf ihm sitzen würden.

Das Elsli wußte selbst wohl, was mit ihm geschehen sollte, und es freute sich darüber. Die gute Klarissa hatte in der kurzen Zeit das Herz des Kindes so weit gewonnen, daß es sich zu ihr wie zu einer Mutter hingezogen fühlte, und mit ihr konnte es so voller Zutrauen reden wie vorher nur mit der Nora. So wollte es gern mit ihr fortziehen und bei ihr bleiben, und wenn auch Frau Stanhope ihm immer noch ziemliche Scheu einflößte, so war sie ja Noras Mutter, und das Elsli hing schon deswegen an ihr; auch war sie immer gut zu ihm gewesen, nur nicht so vertraulich, wie Klarissa es war.

Wie aber sein künftiges Leben verlaufen werde, davon konnte das Elsli sich keine Vorstellung machen, und leise kam ihm schon ein ängstlicher Gedanke: wie es hernach sein werde, wenn es so weit weg sei, und ob es auch alles recht tun könne, was es dann zu tun habe. Aber es hatte den festen Glauben, daß Nora es dorthin führe, und das gab ihm Hoffnung und Freude ins Herz. Aber vor dem Abschied war ihm doch ein wenig bange, und es war besonders traurig im Gedanken an den Fani, von dem es nun so weit wegkam und den es vielleicht jahrelang nicht mehr sehen sollte. Wie das Elsli so in seinen Gedanken dasaß und nicht einmal merkte, daß der Hanseli schon ungeduldig mit Händen und Füßen um sich schlug, kam auf einmal die Emmi in die Stube gerannt.

„Elsli", rief sie schon unter der Tür, „morgen gehst du, ich muß dir noch etwas Wichtiges sagen. Stell doch den Hanseli auf den Boden und komm schnell mit mir!"

„Er schreit", wandte das Elsli ein. Schon hatte er auch begonnen.

Aber der Emmi flößte das keinen Schrecken ein. Sie stellte den Hanseli fest auf den Boden und zog das Elsli fort, hinaus, ums Haus herum und hinter den großen Apfelbaum.

„Hier", sagte nun Emmi, „das mußt du mitnehmen, Elsli", und sie streckte ihm eine dicke Rolle entgegen, „und jetzt will ich dir etwas erklären. Siehst du, auf eurer Reise kommt ihr auch nach Basel, das habe ich gehört —"

„Glaubst du?" unterbrach Elsli sie mit leuchtenden Augen.

„Ja, ja, es ist sicher", fuhr Emmi fort, „und nun, weißt du, zu der Frau Stanhope mußt du nichts sagen, sie ist jetzt so traurig, daß sie nicht zuhört; aber der Frau Klarissa, die so gut ist, mußt du erzählen, daß der Fani dort in Basel ist und daß du ihm gern Lebewohl sagen möchtest. Dann geht sie gewiß geschwind mit dir zu ihm, und dann gibst du ihm dies von mir und sagst, ich lasse ihn grüßen, und hier hast du auch seine Adresse."

„Bin ich froh, daß du mir das gesagt hast, Emmi", sagte das Elsli mit glänzenden Augen. „Meinst du wirklich, daß ich das sagen darf?"

„Gewiß, natürlich! Denk nur, wie es den Fani freuen wird! Versprich, daß du es tun willst —"

Das Elsli konnte nichts mehr versprechen, eben kam der Oskar angelaufen und nahm es gleich bei der Hand: „Ich habe dich allenthalben gesucht, Elsli", rief er eilig, „jetzt find' ich dich endlich! Komm mit mir, ich habe dir etwas zu sagen!" Damit zog er das Elsli ohne weiteres fort, von neuem ums Haus herum und hinter die Haselnußhecke; hier blieb er stehen. Die Emmi folgte ihm nach, sie fand es besser, den Oskar nicht noch zu reizen. Da sie soeben alle Bleistifte im ganzen Hause zusammengerafft und für den Fani fortgenommen hatte samt allem weißen Papier, das ihr und den Brüdern zu ihren verschiedenen Zwecken übergeben und immer zu schnell verschwunden war, sah sie ohnedies einem Zornesausbruch von seiten der Brüder entgegen.

„Jetzt hör, Elsli, was ich dir erkläre", sagte Oskar eindringlich, „es ist für dich selbst sehr wichtig. Siehst du, jetzt kommst du ins Ausland, und da bist du zuerst fremd. Aber es wird schon auch Schweizer an dem Ort geben, und da könnt ihr dann einen Verein gründen, einen Vaterlandsverein; da kommt ihr dann jede Woche einmal zusammen und sprecht so von allem im Vaterland —"

„Ja, aber ich weiß dabei gewiß nichts zu sagen", warf das Elsli etwas ängstlich dazwischen.

„Das ist gleich, die anderen werden schon reden", fuhr Oskar eifrig fort. „Aber jetzt hör die Hauptsache! Im nächsten Sommer, wenn du heimkommen darfst, mußt du mit allen den Mitgliedern, die dann auch kommen, einen Ort verabreden, wo ihr euch treffen wollt; da wird dann das Stiftungsfest gefeiert. Dann kommt man scharenweis von allen Seiten, und ich komme mit einer prachtvollen Fahne, und es gibt ein ungeheures Fest mit einem Umzug. Schreib mir, sobald der Verein gegründet ist."

„Ja, ich will schon", sagte das Elsli ein wenig zaghaft, denn es sah noch nicht recht klar vor sich, wer eigentlich den Verein gründen würde.

Es konnte aber keine weiteren Fragen an Oskar stellen, denn eben kam der Fred dahergestürmt mit einem langen Papierbogen in der Hand, und hinter ihm her keuchte das Rikli. Oskar ging seiner Wege.

„Elsli, komm, lies!" rief jetzt der Fred. „Sieh, alle diese schönen Raupen und die seltenen Käfer und diese Schneckenart, die wirst du alle dort finden, am Rhein und in der Umgegend. Du mußt nur auf den Spaziergängen immer in die Hecken hineinkriechen und überall ein wenig den Boden aufscharren, dann kommen die Kerle schon heraus, und dann schickst du mir alle Exemplare, die du fangen kannst, nicht wahr? Ich schicke dir dann auch etwas Schönes zurück. Du kannst ruhig alles durcheinander in die Tasche stecken, bis du vom Spaziergang daheim bist, und dann so die Hand obendrauf halten, daß sie nicht unterdessen herauskrabbeln, siehst du, so, wie ich es immer mache", und Fred breitete die Hand weit aus über seine Tasche, als wollte es überall darunter hervorkrabbeln.

Das Rikli schauderte über und über.

Elsli wollte so gern dem Fred den Gefallen tun, aber der Auftrag war ihm nicht viel klarer als der von Oskar, und es sagte demütig: „Ich wollte es gewiß gern tun, Fred; aber wie muß ich es denn machen, daß ich die Käfer und die Raupen kenne, die so heißen?"

Das war ein völlig klarer Einwurf. Fred erkannte die Wahrheit dieses Hindernisses; aber er war nicht der Mensch, so bald vor Hindernissen zurückzuweichen. Er schaute seinen Bogen an. Wenn er zu jedem Namen das Tier hinzeichnen und ausmalen würde? Richtig!

„Morgen früh, eh' du abreist, komm' ich noch einmal", rief er und stürzte fort.

Das Rikli, das seine Lehre so teuer bezahlt hatte, schrie wirklich nie mehr unsinnig auf, wenn der Fred sich mit einem Tierchen nahte; aber es bewachte sorgfältig alle Bewegungen des Bruders, daß nicht einmal unversehens aus dessen Faust oder Tasche ein grünäugiger Frosch ihm entgegenspringe. Aber ohne den Fred konnte das Rikli doch nicht sein, es lief ihm überall nach. Nun er sich entfernt hatte, trat es schnell zum Elsli heran und sagte eindringlich: „Aber nicht lebendig, die vielen schrecklichen Käfer und Schnecken; nur ausgestopft mußt du sie schicken, weißt du, Elsli."

In diesem Augenblick kam der Feklitus im Sonntagsstaat herangeschritten. Zu gleicher Zeit erscholl die Stimme der Mutter aus der Stube, wo der Hanseli ohne Unterlaß in seinem Geschrei verharrte: „Es nimmt mich nur wunder, Elsli, ob du heut' noch einmal ins Haus hereinzubringen bist!"

Das Rikli lief davon. Der Feklitus aber hatte schon das Elsli beim Arm gepackt und hielt es fest: „Ich muß einen Besuch machen auf dem Eichenrain bei der fremden Frau und sagen, daß ich dein Vetter bin und daß wir dich einmal besuchen wollen dort unten am Rhein", knurrte er, „aber ich geh' nicht allein, das geniert mich, du mußt mit."

„Laß mich los, du hörst es ja, ich muß ins Haus, ich kann nicht mit dir", sagte das Elsli und suchte sich loszumachen.

„Du mußt", rief der Feklitus, faßte noch fester an und zog das Elsli mit Gewalt davon, denn etwas so Ungewöhnliches unternahm der Feklitus nicht allein.

Oskar, Emmi, Fred und Rikli erhielten alle den gleichen Empfang, wie sie so eins nach dem anderen heimgelaufen kamen. Auf den Stufen vor dem Haus stand die Kathri und rief einem nach dem anderen mit abwehrender Gebärde zu: „Psch! Psch! Mach keinen solchen Lärm! Frau Stanhope ist da und nimmt Abschied." –

Elsli war von den Aufträgen und Eindrücken dieses Abends und den Gedanken an den folgenden Morgen so erfüllt, daß es keinen Schlaf fand in dieser Nacht im Elternhaus, und wie im Traum fuhr in der Frühe des folgenden Morgens das Kind, mit den beiden Frauen in dem großen Wagen sitzend, durch die noch ganz stille Landschaft der Hauptstraße zu. Auf einmal flog ein gefaltetes Papier, mit einem Steinchen beschwert, in die Kutsche hinein.

„Leb wohl, Elsli, ich wollte, ich könnte mit", tönte es dazu von der Seite her. Es war der Fred, der mit seinem Werk nicht eher fertig geworden war und in aller Frühe noch die letzten Schnecken gemalt hatte und nun seinen Bogen nur noch in dieser Weise dem Elsli übergeben konnte.

Dieser letzte Gruß brachte dem Elsli die Tränen in die Augen. Jetzt fühlte es auf einmal klar, daß es von der Heimat fort und weit, weit wegzog. Die gute Klarissa hatte alles bemerkt; sie faßte das Elsli freundlich bei der Hand und hielt es fest, so daß es fühlen konnte, es zog mit einer Mutter fort. –

Die nächsten zehn Tage lang waren alle Reden und Gedanken der vier Geschwister mit den Ereignissen der vergangenen Woche beschäftigt, von der Ankunft der kranken Nora bis zur Reise des Elsli, und wenn die Angelegenheit von allen Seiten beleuchtet und gründlich durchgesprochen war, dann fing man wieder von vorn an.

Am zehnten Tag kam ein großer Brief vom Elsli, der brachte eine neue Bewegung in die Gesellschaft. Mutter und Tante sahen mit Verlangen den Nachrichten entgegen. Die Kinder steckten alle vier ihre Köpfe über dem Brief zusammen; jedes begehrte zuerst zu wissen, was darin stand. Er war an Emmi adressiert. Sie zog sich aus dem Knäuel zurück, machte den Brief auf und rief: „Ich will ihn vorlesen! Acht Seiten ist er lang!" Dann begann sie zu lesen:

„Rosenhalde am Rhein, 28. September.

Liebe Emmi!

Ich danke Dir viel tausendmal, daß Du mir den guten Rat gegeben hast, denn wenn Du es mir nicht so vorgeschlagen hättest, so hätte ich nie ein Wort vom Fani gesagt.

Jetzt will ich von vorn anfangen, Dir alles zu erzählen: Als der Fred mir noch Lebewohl gesagt hatte und ich dann von allen wegfuhr, mußte ich ein wenig weinen. Aber die Tante Klarissa — denn jetzt soll ich immer ‚Tante Klarissa' sagen — war sehr gut zu mir und sprach freundlich zu mir und sagte, ich solle ihr nur immer alles sagen, was mich traurig mache, wir wollten es miteinander tragen. Frau Stanhope hatte die Augen zugemacht und lag ganz still in der Ecke, und ich dachte, sie sei ein wenig eingeschlafen, und dann dachte ich, ich würde am liebsten gleich alles sagen mit dem Fani, wie Du es mir aufgetragen hattest, und dann tat ich es.

Die Tante Klarissa wußte gar nichts von dem Fani, nicht einmal, daß es ihn gibt. Da erzählte ich ihr alles, wie es mit ihm gegangen war und wie lange ich ihn nicht mehr gesehen hatte. Dann sagte sie gleich, gewiß müsse ich meinen Bruder noch sehen, wir hätten schon Zeit in Basel, da wir heute nicht weiterreisten. Und sie sagte, sie wolle mit mir gehen, Frau Stanhope werde uns das gern erlauben.

Als wir in Basel ankamen, fuhren wir in ein großes Wirtshaus, wie ich noch keins gesehen habe. Ich konnte fast nichts essen vor Freude, daß ich nun gleich zum Fani gehen dürfte. Jetzt war es drei Uhr. Gleich nach dem Essen sagte die Tante Klarissa zu Frau Stanhope, wenn es ihr recht sei, so würden wir nun miteinander meinen Bruder besuchen. Frau Stanhope sagte, sie bleibe nicht allein da, sie komme mit uns. Wir gingen über eine lange Brücke über den Rhein und dann noch ziemlich weit. Zuletzt kamen wir zu kleinen Häusern, da fragten wir nach dem Maler Schulz. Zufällig standen wir gerade vor seinem Haus. Frau Stanhope ging voran, machte die Tür auf und trat in die Werkstatt, und wir kamen hinter ihr her. Da tat der Fani einen lauten Freudenschrei, kam auf Frau Stanhope zugesprungen und umklammerte sie und hatte vor Freude die Augen ganz voll Tränen, denn er hatte furchtbares Heimweh gehabt, und jetzt sah er jemand, der aus der Heimat kam. Dann erst sah er, daß ich auch dabei war; da war er noch froher. Aber er lief vor Freude wieder zu Frau Stanhope zurück und genierte sich gar nicht vor ihr; aber Du weißt schon, der Fani hat sich ja nie geniert, er konnte immer alles sagen. Und er umfaßte Frau Stanhope immer wieder und rief: ‚O gottlob, daß ich jemand sehe von daheim!'

Du kannst Dir nicht vorstellen, wie freundlich Frau Stanhope zu ihm war. Zuletzt sagte sie, er solle seinen Meister rufen, sie wolle mit ihm reden. Dann kam der Meister, und sie ging mit ihm hinaus. Als sie wieder hereinkam, sagte sie zu Fani: ‚Würdest du gern mit uns kommen und mit deiner Schwester bei uns leben?' Ich kann Dir nicht sagen, wie mir zumute war. Zuerst konnte ich gar nicht mehr atmen vor Freude, und dann auf einmal meinte ich, ich hätte mich gewiß verhört. Aber der Fani schrie auf vor Freude und nahm Frau Stanhope bei der Hand und bat so mit den Augen und versprach, daß er arbeiten wolle, soviel er nur könne, damit sie mit ihm zufrieden sei, wenn er nur mitkommen dürfte. Da sagte Frau Stanhope: ‚Du kommst mit uns', und erklärte ihm, wann er am andern Morgen auf dem Bahnhof sein müsse. Oh, was für eine Nachricht für den Fani und für mich!

Wir gingen ins Wirtshaus zurück. Auf dem Wege sagte Frau Stanhope zu der Tante Klarissa: ‚Du hast doch die Ähnlichkeit bemerkt? Kann er einen nicht aus den großen braunen Augen anschauen wie mein Philo?'

Tante Klarissa war sehr froh über diese Ähnlichkeit und sagte, jetzt wisse sie erst, warum der Fani ihr gleich so lieb vorgekommen sei. Denn, weißt Du, Philo war der Bruder von Nora. Am Abend sprach Frau Stanhope noch zwei- oder dreimal von der Ähnlichkeit, und das war zum ersten Male, daß sie ein wenig mit uns redete. Am anderen Morgen, als ich erwachte, konnte ich es nicht mehr glauben, daß der Fani mit uns komme. Ich dachte, ein so großes Glück kann ja nicht sein, ich habe es gewiß geträumt. Aber beim Kaffeetrinken sagte Frau Stanhope, sie freue sich, den Fani mitzunehmen. Mußt Du Dich nicht sehr wundern, daß Frau Stanhope das von dem Fani gesagt hat?

Als wir auf dem Bahnhof anlangten, kam uns der Fani gleich entgegengelaufen. Er hatte drei Stunden auf uns gewartet. Er sagte, er sei schon um sechs Uhr hingegangen, wenn ihm auch Frau Stanhope gesagt habe, wir kämen um neun Uhr, denn er habe es nicht erwarten können. Da hat Frau Stanhope zum ersten Male gelacht.

Wir fuhren den ganzen Tag in der Eisenbahn, und der Fani kam gar nicht aus der Freude heraus. Und wenn wir an den Stationen hielten und etwas geholt werden sollte und Tante Klarissa schnell gehen wollte, dann hielt Frau Stanhope sie schnell zurück und sagte: ‚Nein, nein! Nun haben wir einen Begleiter, der soll alles verrichten.' Dann erklärte sie dem Fani, wie er es machen müsse, und du hättest nur sehen sollen, wie der umherschoß und alles besorgte! Und er schaute dann immer Frau Stanhope an, ob er es ihr auch recht mache, und sie war zufrieden mit ihm, das konnte man sehen. Es war schon Nacht, wie wir wieder ausstiegen, und Frau Stanhope sagte, jetzt seien wir in Mainz, und morgen würden wir den Rhein erst richtig sehen.

Oh, wo kamen wir hin am folgenden Morgen! Auf ein so prachtvolles Dampfschiff, wie man es sich gar nicht vorstellen kann, wenn man es nicht gesehen hat. Der Fani war den ganzen Tag wie ein Unsinniger vor Freude, daß er so etwas Schönes sah, und Frau Stanhope erlaubte ihm, daß er auf dem ganzen Schiff umherlaufen und alles, alles betrachten dürfe. Dann habe ich ihn manchmal eine ganze Stunde lang nicht mehr gesehen. Zuletzt kam er und holte sein Geschenk von Dir und nahm Papier und Bleistift heraus und sagte, er wolle alles abzeichnen, daß er sich immer wieder erinnern könne, was er alles gesehen habe und wie das ganze Schiff eingerichtet sei. Und er läßt Dir viel-, vielmals danken für Dein schönes Geschenk; das habe ich noch vergessen am Anfang des Briefes.

Am Abend, als wir aus dem Schiff stiegen, stand eine große Kutsche da und noch ein Wagen, denn Du weißt, Nora fuhr ja immer mit uns. Wir fuhren wohl eine halbe Stunde in der Kutsche. Dann kamen wir zu einem Haus, das stand mitten in einem großen Garten mit vielen Bäumen, da ist Frau Stanhope daheim. Und beim Aussteigen sagte der Fani zu mir: ‚Meinst du, daß ich hier in dem großen Garten arbeiten muß oder etwa im Stall?' Aber das konnte ich ja nicht wissen, ich wußte auch nicht einmal, was ich selbst arbeiten sollte. Aber es ist so anders gekommen, als wir gemeint haben und als Du gewiß auch meinst.

Zuerst war Frau Stanhope so traurig, daß wir sie drei Tage lang nicht sahen. Aber Tante Klarissa war so gut zu uns wie noch nie ein Mensch auf der Welt. Wir drei aßen zusammen an einem Tisch; sonst war niemand da. Sie führte uns in dem großen Garten herum und zeigte uns alles und auch, wo der Philo begraben lag. Dann wurde Nora neben ihrem Bruder bei den großen Lindenbäumen begraben. Tante Klarissa sagte uns, jetzt komme Frau Stanhope noch nicht zu uns, weil sie so traurig sei, daß sie alles wiedersehe in der Heimat, nur ihre Nora nicht. Aber am vierten Tag kam Frau Stanhope auch zu uns an den Tisch und war freundlich und sagte, wir wollten nun zu arbeiten anfangen.

Oh, wie mußten der Fani und ich staunen darüber, was es war, und jeden Abend freuen wir uns so stark auf den anderen Morgen, denn so geht es nun immerfort. Was meinst Du, was für schwere Arbeit wir zu verrichten haben? Gar keine! Das wirst Du mir fast nicht glauben, aber es ist gewiß wahr. Den ganzen Morgen lang haben wir nun Unterricht und dürfen so viel neue Sachen erlernen! Um neun Uhr kommt ein Lehrer zu uns und bleibt bis um ein Uhr, und an dem Unterricht nehmen nur Fani und ich teil. Natürlich ist der Fani viel geschickter als ich, aber der Lehrer ist so gut zu mir; wenn ich nichts kann, so sagt er nur ganz freundlich: ‚Nun wollen wir aber recht tapfer sein, daß wir dem Bruder nachkommen!' Nun muß ich nie, nie mehr Angst haben, daß ich die Aufgaben nicht machen kann und daß ich mich dann nachher schämen muß vor allen Kindern in der Schule. Es ist aber immer so schnell ein Uhr, und immer freuen wir uns, daß es am nächsten Morgen wieder angeht.

Wenn wir zu Mittag gegessen haben, gehen wir alle in den Garten hinaus; dann geht Frau Stanhope immer mit dem Fani, und er muß ihr von den Stunden erzählen und was er sonst will, und man kann schon sehen, Frau Stanhope hat ihn sehr gern, natürlich viel lieber als mich, denn Du weißt ja, wie er ist. Er kann alles sagen, was er denkt, und kann so gut seine Freude zeigen und wie furchtbar dankbar er ist, daß er hier sein darf und daß er es so gut hat. Und das alles sagt er immer wieder der Frau Stanhope so vorweg, wie es ihm in den Sinn kommt, und dankt ihr auf einmal vor Freuden tausend-, tausendmal und hält ihre Hand fest, und wenn er dann so ganz voll Glück zu ihr aufsieht, dann streichelt sie ihm das Haar und ist so freundlich zu ihm wie früher zu Nora.

Aber ich kann nicht so sein wie Fani, und wenn ich auch ganz dasselbe empfinde, so kann ich es nicht sagen, und Frau Stanhope glaubt gewiß gar nicht, daß ich so dankbar bin, und ich kann auch schon ganz gut begreifen, daß sie nie so zu mir ist wie zum Fani. Aber Tante Klarissa ist sehr lieb zu mir, und wenn wir aus dem Garten kommen, dann bin ich bei ihr in einer Stube, und sie lehrt mich so schöne Arbeiten machen und auch sticken, wie Du es kannst. Und sag auch dem Oskar, wenn wir vielleicht keine Mitglieder für den Verein finden, so will ich ihm dafür noch eine Fahne zu dem großen Fest besticken — Tante Klarissa hat es mir schon erlaubt. Er soll mir dann nur schreiben, was für ein Spruch darauf muß. Unterdessen hat in der anderen Stube der Fani Unterricht im Zeichnen; dazu kommt ein anderer Lehrer und bleibt zwei Stunden lang. Frau Stanhope sitzt dann fast immer dabei, weil es ihr so große Freude macht, daß der Fani so schnell lernt und schon ganz schöne Sachen zeichnet.

Anschließend gehen Fani und ich noch allein in den Garten und laufen in allen Ecken herum, denn da stehen allenthalben die schönen Bänke und weiße steinerne Figuren, und das ist so schön, und der Garten ist so groß und geht bis an den Rhein hinunter, und dort stehen die großen, schönen Lindenbäume, und es ist so herrlich und prächtig überall, daß es auf der ganzen Welt nicht schöner sein könnte. Sag auch dem Fred, daß ich gewiß immer die Käfer beobachte, aber ich kann sie nicht fangen; er soll aber nicht bös werden mit mir, vielleicht fang' ich doch noch einen.

Nach dem Abendessen setzt sich Tante Klarissa ans Klavier, und dann singen wir das Lied, das Nora so gern hatte; und noch drei andere hat mich nun die Tante Klarissa gelehrt. Dann sitzt der Fani meistens in der anderen Stube und zeichnet für sich, aber wenn er mit uns singt, tönt es viel schöner, und nur wenn er mitsingt, kommt Frau Stanhope auch und hört zu. Zuletzt machen wir noch unsere Aufgaben. Aber ein Tag ist so geschwind vorbei, wie ich es nicht beschreiben kann, und jeden Abend reut es uns, den Fani und mich, daß wir ins Bett gehen müssen und nicht noch lange, lange immer fortfahren können. Ich bin auch fast nie mehr müde. Es ist halt zu schön, hier zu leben und immer der Fani und ich zusammen, und wie haben wir es so gut!

Wenn wir zum Essen hereinkommen, dann sagt Tante Klarissa jedesmal: ‚Gott sei Dank, daß wir wieder mit Kindern am Tisch sitzen können!' Und als sie das gestern sagte, da antwortete Frau Stanhope: ‚Gewiß wäre dir am wohlsten, wenn wir das ganze Haus voll Kinder hätten.' Und die Tante Klarissa sagte: ‚Ich hätte deren nie zu viel.' Da sagte Frau Stanhope: ‚Ich weiß etwas: Im nächsten Jahr müssen wir die Freunde aus der Schweiz zu uns einladen; da sollen alle vier Doktorskinder kommen, und das kleine Rikli kannst du dann in deine besondere Obhut nehmen.

Da hat der Fani vor Freude ganz laut aufgejauchzt, und ich konnte keinen Ton von mir geben, aber vor Freude konnte ich gar nicht mehr schlucken, und auch die Tante Klarissa freute sich so doll über die Worte, daß sie in die Hände geklatscht hat, und dann hat sie gesagt: ‚Elsli soll es schnell schreiben; das müssen wir gleich ganz festmachen, daß es uns nicht entgeht.' Und dann sagte sie immer wieder voller Freude: ‚Das ist ein herrlicher Gedanke!'

Der Fani und ich sind gestern abend im ganzen Garten herumgelaufen und haben alles, alles aufgesucht, was wir Euch dann zeigen müssen: die schönen steinernen Figuren und alle Bänkchen in den Gebüschen und die großen, hohen Lindenbäume, wo man unter den langen, langen Zweigen verborgen sitzen und auf den Rhein schauen kann. Und ich bin auch so froh wegen der Käfer; der Fred kann sie dann alle selbst fangen. Der Fani wird Dir bald einen großen Brief schreiben und dann auch einen an den Oskar. Er will nur zuerst die

Lindenbäume und das Plätzchen darunter fertigzeichnen, als Geschenk für Dich.

Wir lassen alle in Eurem Hause vieltausendmal grüßen und dann auch den Vater und die Mutter und die kleinen Buben. Der Fani läßt Dich noch besonders grüßen.

Deine treue Freundin Elsli."

Als der Brief fertiggelesen war, brach ein Jubel aus, der gar kein Ende nehmen wollte. Welche Nachrichten enthielt er aber auch für die vier Geschwister! Welche Aussichten auf Dinge und Ereignisse, die zu den herrlichsten Zukunftsplänen Stoff boten! Auch Mutter und Tante waren ganz erfüllt von dem, was sie eben vernommen hatten, und voller Dank und Freude darüber, daß ihnen die große Sorge um den Fani für immer abgenommen war und daß der liebe Gott den zwei Kindern, die ihnen so am Herzen lagen, einen so über alles Erwarten herrlichen Lebensweg aufgetan hatte.

Welches von den vier Kindern des Hauses aber das allerglücklichste ist in der Aussicht auf die bevorstehende Rheinreise, das kann man gar nicht sagen, und so sehr sind alle vier davon erfüllt, daß sie fast von nichts anderem mehr reden können. Ein jedes von ihnen ist auch in einer außerordentlichen Weise von den Plänen und Gedanken in Anspruch genommen, welche die Aussicht auf das große Ereignis hervorbringt. Oskar sieht mit Wonne die Scharen der Schweizer im Auslande vor sich, die er dann, von Fani unterstützt, in den neuen Verein hereinziehen wird. Mit nicht geringerer Begeisterung sieht er der zweiten Fahne entgegen, die das Stiftungsfest zu einer außerordentlich glänzenden Feier erheben wird. Er sucht nun in allen Werken der Literatur nach einem Spruch, der den Zweck und die Größe des Festes in würdigster Weise dartun würde. Sollte ihm da oder dort eins der Kinder, die diese Ereignisse durchlesen, etwa einen Spruch einsenden wollen, so daß er unter vielen den schönsten auswählen könnte, so wäre er sehr erfreut darüber.

Emmi ist in einem ununterbrochenen Freudenfieber. Nun ist ja der Fani wirklich auf dem Wege, nach dem sie so lange für ihn gestrebt hatte: auf dem Wege, ein großer Maler zu werden. Denn da Frau Stanhope eine große Vorliebe für ihn gefaßt hat, wird er gewiß alles von ihr erbitten können, auch seinen Beruf. Emmi kann aber das Zusammenkommen mit dem Fani fast gar nicht abwarten, denn jeden Tag kommt ihr ein neuer Vorschlag in den Sinn, den sie ihm durchaus für seinen künftigen Lebensweg machen muß.

Fred hat alle Hände voll zu tun. Er sieht einer so ungeheuren Bereicherung seiner Insekten- und Amphibiensammlung entgegen, daß er jetzt nur darum besorgt ist, wie er denn alle seine Reichtümer unterbringen werde. Er hat der Tante das feste Versprechen abgenommen, daß jede große und kleine Schachtel des Hauses, die nicht weiter gebraucht wird, in sein Zimmer kommt, wo schon ein beträchtlicher Haufen aufgestapelt steht. Auch er würde gern, wie Oskar, eine Bitte in die Welt hinausschicken, nämlich daß man ihm alle entbehrlichen Schachteln von überallher zusenden möchte; aber die Mutter ist damit nicht einverstanden, denn der vorhandene Raum würde für die freundlichen Beiträge vielleicht bald nicht mehr ausreichen.

Das Rikli aber kann sich zum ersten Male in seinem Leben ohne geheime Schrecken der Freude auf einen großen Genuß hingeben. Da ihm bisher alle Freuden in der Gemeinschaft mit seinem Bruder Fred zuteil geworden waren, so hatte in seinem Empfinden hinter jeder Freude etwas Schreckliches gelauert, das auf einmal hervorkriechen oder einen fürchterlichen Sprung tun konnte. Jetzt weiß das Rikli, daß es unter den Schutz der guten Tante Klarissa kommen wird und von da aus ohne Gefahr alles mitmachen kann, was in dem herrlichen Haus und Garten am Rhein ausgeführt werden soll.

Der Fani und das Elsli aber werden von Tag zu Tag glücklicher und heimischer in ihrem neuen Leben und haben nur noch den einen Wunsch, daß bald die Zeit komme, da ihre guten Freunde anlangen und all das Schöne kennenlernen und es mit ihnen teilen können.

Die gute Klarissa aber sorgt dafür, daß der Fani und das Elsli den lieben Gott nicht vergessen, der sie zu solchen Freunden geführt hat. Sie geht gern mit den Kindern an die Stätte, wo Philo und Nora begraben liegen, und erinnert sie daran, wie schnell sich das Leben der Menschen aus Leid in Freude verwandeln kann, wie sie beide, Fani und Elsli, es erfahren hatten; daß es sich aber ebenso schnell aus Freude in Leid verkehren kann und daß nur diejenigen sicher und fröhlich bleiben, die auf den lieben Gott vertrauen.

ZWEITER TEIL:

GRITLIS KINDER KOMMEN WEITER

ERSTES KAPITEL

Die neue Heimat

Der Winter war vorüber. Wieder waren die Frühsommerrosen aufgegangen und rankten hoch hinauf an dem schönen Landhaus am Rhein. Auf allen Beeten des Gartens blühten und glühten sie im lichten Sonnenschein, und weithin über alle Wege breitete sich süßer Rosenduft aus. Auf dem weißen Steinpfad, der vom plätschernden Springbrunnen zu den Lindenbäumen am Rhein hinunterführte, schlenderten Fani und Elsli.

„Weißt du, Elsli, woher das Haus von Frau Stanhope seinen Namen hat?" fragte Fani, indem er an einem der duftenden Blumenbeete stillstand und zuschaute, wie die leichten Schmetterlinge von einer Rose zur andern flogen und dann hoch in die blaue Luft aufstiegen und munter herumflatterten.

„Ja, das weiß ich, Fani", gab Elsli zurück, „Rosenhalde heißt das Haus, weil so viele Rosen hier blühen, von oben bis zum Lindenplatz hinunter."

„Richtig. Aber das ist doch gewiß nichts Trauriges", sagte Fani ein wenig vorwurfsvoll. „Warum machst du denn ein so trauriges Gesicht, Elsli? Eigentlich machst du's fast immer jetzt, Frau Stanhope sieht das auch, und das kann ihr nicht gefallen an dir; sie muß ja denken, du seiest schrecklich undankbar und merktest gar nicht, wie gut wir es haben, und das könntest du doch merken, wenn du nur denkst, wie es daheim war."

„Oh, das weiß ich und vergesse es keinen Augenblick, und ich möchte so gern Frau Stanhope zeigen, wie dankbar ich ihr bin", entgegnete Elsli fast ängstlich. „Aber weißt du, Fani, die Tante Klarissa hat doch auch gesagt, wenn wir es gut haben und der liebe Gott uns alles gibt, was wir nötig haben, und noch viel mehr, dann sollen wir auch an die denken, die in Armut und Elend leben, und sollen ihnen helfen. Ich muß immer denken, ich sollte etwas tun für jemand und von dem vielen Guten, das wir bekommen, jemand etwas geben, der es nicht hat, denn ich weiß, wie das ist."

„Ach was, Elsli, was redest du da!" rief Fani abwehrend aus. „Hier ist ja niemand, der das nötig hätte. Hier sind ja die Knechte und Mägde Herrenleute. Hast du denn nicht gesehen, wie die Stubenjungfer Lina einen Hut aufsetzt, wenn sie ausgeht, und einen rot und gelben Schal hat, gerade wie bei uns daheim die Frau Bickel? Und die Köchin hat so furchtbar rote Backen, daß man gut sehen kann, sie hat so viel zu essen, wie sie nur wünscht, und der Kutscher trägt Handschuhe zum Fuhrwerken."

„Ja, aber siehst du, Fani", fing Elsli wieder an, „wenn wir nun schon so am hellen Tage zwei Stunden im Garten sein und tun dürfen, was wir wollen, dann meine ich immer, ich sollte gewiß für jemand etwas arbeiten, das er nötig hat, etwa Strümpfe für die Buben daheim, wenn ich nur Garn hätte; aber darum darf ich gewiß nicht bitten, wir bekommen ja sonst schon so viel."

„Ja natürlich, kein Wort darfst du sagen, Elsli, was denkst du denn!" eiferte Fani. „Und dann mußt du nur auch nicht vergessen, wieviel Kleider und Sachen Frau Stanhope der Mutter schickt. Erst letzte Woche ist ein großes Paket abgegangen, weißt du das schon nicht mehr?"

„Doch, doch, ich weiß es gut, und so manches Paket ist ja vorher schon geschickt worden", bestätigte Elsli. „Ich meine nur, ich möchte doch auch etwas tun für jemand und es mir nicht allein so gut gehen lassen, wenn es doch so vielen nicht gut geht."

„Doch, das mußt du schon tun, weil es der Doktor befohlen hat; du weißt ja, er hat zu Frau Stanhope gesagt, du darfst nicht so viel an den Büchern sitzen und hintereinander lernen. Du mußt viel im Garten und an der Luft sein. Komm, wir wollen noch einmal zurück und um das große Rosenbeet herumgehen, komm." Und Fani nahm das Elsli bei der Hand und fing an, wieder den Weg hinaufzurennen. Aber es hielt ihn leise zurück.

„Ich kann nicht so gut laufen wie du, Fani", sagte es, schwer atmend, „am liebsten möchte ich zu der steinernen Bank unter den Linden gehen und dort ein wenig sitzen."

„Siehst du wohl?" bemerkte der Fani, indem er umkehrte und nun mit Elsli langsam hinunter zu den Lindenbäumen ging. „Jetzt siehst du, wie bald du müde bist! Es ist gut, daß wir im Garten sein dürfen; komm, hier ist's schön, hier riecht's wieder anders und ganz prachtvoll, merkst du's?" Er hatte sich schon auf die Bank gesetzt und lehnte sich wohlig an den Stamm der alten Linde, deren Krone in Blüten stand, die ihren süßen Geruch über die Bank ausströmten. Schäumend zogen die Wogen des Rheins dahin und netzten im Vorüberziehen die tief hängenden Äste.

„Wie ist's doch herrlich hier! Du wirst dich auch schon eines Tages wohl fühlen, Elsli", meinte der Fani.

„Gewiß", stimmte Elsli ein, aber auf das blasse Gesichtchen kam kein Leuchten, wie es um Fanis Augen lag. „Wenn ich hier sitze, denke ich immer an die Nora. Hier kann man so schön den Abendhimmel sehen. Dann denk' ich daran, wie schön es war an dem Abend, als sie dort hineinging. Wie der ganze Himmel so golden war, gerade wie wenn er ganz offenstünde und man hineinsähe, wie es drinnen ist, so leuchtend und flimmernd von der goldenen Sonne und dem kristallenen Wasserstrom. Und wenn es ein heller Abend ist und drüben wieder die roten Wölkchen kommen, dann meine ich immer, die Nora sieht daraus hernieder und winkt mir. Und ich möchte dann so gern zu ihr gehen, so gern."

Jetzt sprang der Fani auf und rief in großer Aufregung: „Wie kannst du so reden, Elsli! Wir haben ein so schönes Leben, wie es ein Mensch nur haben kann, und du redest davon, wie wenn es nichts wäre und man lieber fortgehen und gleich sterben wollte. Das möchte ich gewiß nicht lieber, und du solltest das auch nicht wollen, und daß du nur nie so etwas zu Frau Stanhope sagst; du könntest dann sehen, wie es käme! Sie schickte uns gewiß wieder heim, und dann weißt du, wie es wäre! Und siehst du, sonst denkt sie gar nicht daran, das habe ich schon ein paarmal bemerkt, wenn ich sagte, wie schön es sein müsse, ein Maler zu sein. Dann fängt sie an, von der Zukunft zu sprechen, und ich kann merken, daß sie annimmt, wir blieben immer bei ihr. Denk dir das einmal, ein ganzes Leben lang hierbleiben! Dann werd' ich ein Herr und du eine Dame, so wie Frau Stanhope, und dann —"

„O Fani, du machst mir noch viel mehr Angst, als es mir schon ist", unterbrach ihn Elsli jammernd. „Jeden Tag merke ich es mehr, daß ich gar nicht bin, wie Frau Stanhope es gern hätte, und ich kann gewiß nie so werden. Dann muß sie sich immer mehr ärgern, und sie wird mich nie, nie gern mögen, das spüre ich schon ganz deutlich, und zuletzt mußt du dich auch noch schämen, daß ich gar nicht so werden kann, wie ihr es gern wolltet."

Fani hatte sich wieder hingesetzt, aber jetzt mußte er in der Aufregung, die ihm diese Worte wieder verursachten, noch einmal von der Bank herunterspringen. „Nein, Elsli, du denkst doch auch Sachen aus!" rief er vorwurfsvoll. „Warum tust du denn auch immer so etwas? Warum denkst du denn nicht lieber an das viele andere, was so schön ist und was wir alle Tage wieder haben und was uns doch gewiß Freude machen kann?"

„Ich tue es gewiß nicht absichtlich, und ich würde es gern lassen", entgegnete Elsli wie abbittend, „aber siehst du, wenn ich mich recht freuen will über etwas, dann kommt mir auch gleich daneben etwas Trauriges in den Sinn, und daran muß ich dann noch viel stärker denken, weil ich nachsinnen muß, ob ich nicht etwas tun könnte, damit es weniger traurig wäre. Ich sehe auch so manchmal Sachen, die du dann gerade nicht siehst, und die kommen mir immer wieder in den Sinn, und so heute den ganzen Tag."

„Ja, wo siehst du denn etwas, was ich nicht sehe?" fragte der Fani verwundert.

„Schon zweimal, wenn wir am Abend vom Spaziergang heimgekommen sind, haben wir einen Mann mit einer schweren Hacke auf der Schulter getroffen, und gestern abend wieder, du hast es nur nicht beachtet, weil du Frau Stanhope so eifrig erzählt hast. Der Mann schaut stets zu Boden und sieht ganz aus wie der Vater daheim, wenn er am Abend müde war und dann immer sagte: ‚Wir kommen fast nicht durch, wie ich's auch anstelle; wenn ich nur keine Schulden machen muß!' Ich hatte dann immer eine solche Angst, daß er das machen müßte. Und gewiß hat der Mann solchen Kummer wie der Vater, und ich habe schon gedacht, wenn ich ihm nur einmal nachgehen dürfte und wüßte, wo er wohnt, dann könnte ich ihm vielleicht etwas Gutes tun und ihm ein wenig helfen."

„Das darfst du nicht! Das darfst du nicht!" schrie Fani ganz erschrocken auf. „Weißt du denn nicht mehr, daß Frau Stanhope uns gleich zu Anfang verboten hat, in andere Häuser zu gehen, die wir nicht kennen? Und wir dürfen auch nicht so anfangen zu reden mit den Leuten hier, wie wir daheim taten, das hat sie uns auch untersagt. Du darfst nie dem Manne nachgehen und mit ihm reden, nie; weißt du's jetzt wieder, und willst du's nicht vergessen? Es könnte ja sonst einmal eine furchtbare Geschichte geben, wenn du Frau Stanhope böse machtest."

Elsli sann ein wenig nach; dann sagte es wieder: „Ich glaube aber doch nicht, daß Frau Stanhope das gleiche gemeint hat, was ich mit dem Manne meinte. Weißt du, sie hat es nicht gern, wenn die Leute uns so fragen, woher wir kommen und wie es daheim sei; aber ein armer Mann, der einen Kummer hat, ist ja etwas anderes, an solche Leute dachte sie gewiß gar nicht."

„Ach was, das kann man nicht so auseinanderlesen", unterbrach Fani sie ungeduldig, „du mußt folgen und in keine fremden Häuser laufen, und nun wollen wir von etwas anderem reden, das ist nun wirklich ein wenig langweilig; komm, ich zeige dir alles."

Die Kinder saßen nun wieder nebeneinander auf der Bank und steckten die Köpfe zusammen, denn Fani hatte etwas aus der Tasche gezogen, was sie jetzt beide mit gleicher Aufmerksamkeit betrachteten. Es war ein sorgfältig ausgeführtes Landschaftsbildchen, in den frischesten Farben schimmernd. Elsli war ganz vertieft in den Anblick.

„Kannst du erkennen, was es ist?" fragte Fani.

„O ja, im ersten Augenblick habe ich es schon erkannt", versicherte Elsli. „Es ist Rosenhalde, da sind ja die prächtigen Rosen ringsum und hier die Lindenbäume. Wie die schön gemacht sind, Fani! Du kannst jetzt einfach prachtvoll malen! Die Emmi wird staunen, wenn sie kommt, sie denkt gewiß nicht, daß du so schöne Sachen machen kannst!"

„Ich freue mich auch sehr, daß sie kommt", rief Fani mit freudestrahlenden Augen. „Denn siehst du, Elsli, mit keinem Menschen kann ich so davon reden wie mit ihr, daß ich so gern Maler werden möchte. Sie versteht es und wollte es selbst gern, fast so gern wie ich."

„Möchtest du denn immer noch am liebsten Maler werden?" fragte Elsli erstaunt.

„Immer lieber, jeden Tag und nach jeder Zeichenstunde immer noch lieber", versicherte Fani. „Ich habe nur nichts mehr gesagt, weil ich sehe, daß Frau Stanhope es nicht will. Siehst du, Elsli, ich glaube fast, sie möchte uns unser Leben lang hier bei sich behalten, fast so, wie wenn wir ihre eigenen Kinder wären. Ich habe das schon mehr als einmal aus ihren Worten gemerkt; freilich, wenn wir nicht etwa einmal etwas tun, das sie so ungern hat, daß sie uns fortschicken würde. Doch das wollen wir auch gewiß nicht tun. Aber siehst du, schon ein paarmal kam es so, daß ich sagte, am allerliebsten wollte ich doch Maler werden. Dann sagte sie, das sei ein Beruf für Menschen, die draußen in fremden Ländern leben wollten oder müßten. Ich dürfte auf der Rosenhalde so viel zeichnen und malen, wie ich nur wollte, aber einen Beruf solle ich nicht daraus machen, sonst müßte ich fort in die Welt hinaus. Da kannst du doch sehen, daß Frau Stanhope nicht daran denkt, uns wieder fortzulassen."

Elsli schüttelte den Kopf. „Ich weiß nicht, Fani. Ich meine, wir sind doch nicht daheim hier in dem schönen Haus, oder meinst du es anders? Mir ist so, wie wenn wir noch immer auf der Reise wären, wie damals, als wir kamen, und wie wenn wir doch wieder fort müßten."

„Ach, jetzt kommst du wieder mit dem alten", sagte Fani ein wenig ärgerlich, denn diese Zweifel gefielen ihm gar nicht.

Unterdessen war die Zeit verflossen, welche die Kinder im Garten zubringen sollten, und Hand in Hand wanderten sie wieder den weißen Kiesweg hinauf an den duftenden Rosenbeeten vorbei. Dann betraten sie die steinerne Halle, die gegen den Garten hin offenstand.

ZWEITES KAPITEL

Es geht auf die Reise

Im Doktorhaus am Buchberg herrschte ungewöhnliche Aufregung. Der Monat Juli war gekommen, und die langersehnte Abreise nach dem schönen Gut am Rhein stand für den nächsten Tag bevor. Schon stand der große Koffer gepackt und verschlossen unten im Hausflur. Jetzt handelte es sich noch darum, die Taschen und Reisesäckchen, die als Handgepäck mitgenommen werden sollten, mit den notwendigen Dingen zu füllen. Diese Arbeit war gar nicht so leicht, wie man denken könnte, im Gegenteil, es war für Mutter und Tante die schwierigste Aufgabe, die für die Reise zu lösen war. Für die Kinder schien sie mit noch mehr Anstrengung verbunden zu sein, denn atemlos liefen die drei ältesten beständig treppauf, treppab, immer beladen, öfter mit den sonderbarsten Gegenständen, mit denen sie dann meistens, nachdem sie sie vorgezeigt hatten, wieder zurücklaufen mußten.

Bis jetzt hatten Mutter und Tante entschieden, was in den Koffer gepackt und mit auf die Reise genommen werden sollte. Nun durften die Kinder selbst wählen, was sie noch am liebsten in ihre Reisesäckchen stecken wollten. Doch war ihnen gesagt worden, Unnützes werde zurückgewiesen. Nun hatten die drei aber ihre eigenen Ansichten darüber, was am nötigsten sei. So kam Fred herangekeucht, unter jedem Arm vier große, solide Schachteln, jede mit dicken Schnüren sovielmal umwunden, daß sie festbleiben mußten, auch wenn die Reise bis nach Hinterindien gegangen wäre. Er kam zur Tante damit, während Emmi sich mühsam an ihm vorbei zur Mutter drängte. Sie hatte unter dem einen Arm eine schwere Rolle, unter dem anderen ein so ungeheures Paket, daß sie es kaum zu halten vermochte.

„Nein, Fred, das geht nicht“, sagte die Tante, „wie sollten deine acht Schachteln in dieses Säckchen gesteckt werden, und wozu auch? Was da drin ist, kannst du nicht nötig haben zu deinem Aufenthalt.“

„Aber, Tante, da sind ja sechs davon voll lebendiger Tierchen, denk doch nur, wie nötig, daß ich sie mitnehme“, eiferte Fred. „Wie sollten sie am Leben bleiben ohne Nahrung und ohne Pflege und immerwährende Betreuung? Bedenk nur, Tante! Und in den anderen beiden sind die Arten von verschiedenen Käfern und Schnecken und Raupen, die ich dann am Rhein auch finden werde, aber natürlich wieder mit allerlei Verschiedenheiten. Dann muß ich diese zum Vergleichen bei mir haben. Vielleicht, wenn wir mit allen Kräften drücken und stoßen, geht es doch; oder doch wenigstens die Schachteln mit dem Lebendigen.“

„Es ist unmöglich, Fred, und auch unnötig. Trage du nur alles wieder in dein Zimmer hinauf“, sagte die Tante mit Freundlichkeit, „und sei nur ohne Sorge, ich will deine Tierchen füttern und nach ihnen sehen, bis du wiederkommst. Die anderen läßt du auch da, und wenn du dann wissen willst, welche Arten du hast oder nicht hast, so schreibst du mir, und ich berichte dir alles, so gut ich es kann.“

Unterdessen hatte die Mutter mit Staunen die zwei unförmigen Gegenstände angesehen, die Emmi auf den Tisch legte, um sie in die Reisetasche zu stecken.

„Was in aller Welt ist denn in dieser dicken Rolle, die nicht einmal im großen Koffer Platz gehabt hätte?“ fragte die Mutter.

„O Mama, vielleicht kann man sie oben auf die Tasche binden, ich kann sie schon tragen, ich muß sie wirklich mitnehmen“, versicherte Emmi eifrig. „In der Rolle sind alle Zeichenvorlagen, die dem Fani so gut gefallen haben, er hat mir doch geschrieben, er denke noch an die schönen Vorlagen, die wir in der Schule hatten, und an die, welche wir am Christbaum bekommen haben. Nun habe ich alle die unseren zusammengepackt und auch noch einige vom Herrn Lehrer entlehnt und ihm versprochen, daß sie nicht verdorben werden und daß ich sie wiederbringe. Fani wird gewiß so froh sein darüber!“

„Aber das ist völlig unnütz, Emmi!" mußte die Mutter ausrufen. „Bedenk doch, daß Fani seit einem Jahr seinen eigenen Zeichenlehrer hat, der den Schüler zeichnen läßt, was er für gut hält, und der gewiß der Vorlagen genug und von allen Arten hat. Das ist nun gar nichts, die Rolle trägst du wieder weg. Aber was steckt denn in dem unförmigen Paket? Auch dies ist ja um die Hälfte zu groß, da hineingeschoben zu werden."

„Ja, ich dachte es schon", sagte Emmi etwas niedergeschlagen, „aber ich dachte, dann könnte ich es auf den Schoß nehmen; das muß gewiß durchaus mit, Mama. Es ist ein Buch, das ich mir zu Weihnachten gewünscht habe, du weißt doch: ‚Leben berühmter Künstler'; das muß ich Fani zum Lesen bringen, und damit ich den schönen Einband auf der Reise nicht verderbe, habe ich die zwei Unterröcke darum gebunden, die ich noch mitnehmen muß, und dann den Regenmantel und dann mein Tischtuch und dann noch ein Wachstuch."

„Du hast unglückliche Einfälle, Emmi", klagte die Mutter, „so können wir ja niemals fertig werden. Komm, wir wollen das Buch aus allen Hüllen herausholen, denn so können wir es vielleicht hier hineinstecken. Aber daß wir nur Zeit zu allem finden! Noch haben wir kein einziges Ding von euch in Händen, das ihr wirklich braucht, und schon so lange habt ihr euch besinnen und die Sachen vorbereiten können! Nun müssen wir beide dastehen, die Tante und ich, und können nichts fertigmachen."

„Um aller Liebe willen, Oskar, was schleppst du herbei?" rief eben erschrocken die Tante dem Kommenden entgegen.

Mit starkem Gerumpel nahte Oskar, eine Trommel hinter sich herschleppend, die er nicht mehr tragen konnte, denn mit dem einen Arm hielt er eine große Schelle fest, mit dem anderen eine Handharmonika und eine Flöte. So trat er vor die Tante.

„Aber lieber Oskar", rief diese wieder aus, „deine eigene Vernunft muß dir doch sagen, daß da hinein keine Trommel geht, und was hast du nur mit all den Instrumenten im Sinn? Frau Stanhope würde sich bedanken für solche Musik."

„Es ist nicht für das Haus, Tante, es ist für draußen, die Festmusik zu machen", erklärte Oskar. „Ich habe nur Freds Trommel genommen, die kleine, nicht meine große; sieh nur, Tante, vielleicht geht sie doch hinein." Oskar maß seine Trommel am Reisesack, aber er erkannte das Unmögliche, der Sack war wohl um die Hälfte zu eng. Auch die große Schelle mußte weggelegt werden, wie sehr auch Oskar jammerte, sie wäre so nötig, die Festgäste zusammenzuläuten.

„Und wem gehört denn die Flöte?" fragte die Tante verwundert, „sie ist ja ganz schön."

„Dem Feklitus, er muß jetzt Flöte spielen lernen", berichtete Oskar. „Er wollte sie mir gern leihen, denn wenn sie fort ist, kann er nicht spielen, und darüber ist er froh."

Nun trugen Mutter und Tante wieder Bedenken, die Flöte ohne Zustimmung der Eltern Bickel einzupacken.

Jetzt kam Fred mit einer neuen Ladung der mannigfaltigsten Gegenstände herbei. Gleich hinter ihm steckte die Kathri den Kopf zur Tür herein und rief: „Frau Bickel will zur Frau Doktor."

„Die Zeit ist schlecht gewählt", sagte diese seufzend. „Ich werde eben gehen und wieder alles dir überlassen müssen", setzte sie, zu der Tante gewendet, hinzu. „Und ihr, Kinder, daß ihr nur endlich das Nötige und nicht tausend andere Dinge herbeibrächtet!" Dann ging sie, den Besuch in der anderen Stube zu empfangen.

Frau Bickel konnte man ansehen, daß sie etwas Gewichtiges vorzubringen hatte. Sie hatte den rot-gelben Schal umgelegt, und auf dem Hut trug sie eine große weiße Feder; noch nie hatte die Frau Doktor eine derartig buschige Feder gesehen.

Als die beiden Frauen sich gegenübersaßen und die Doktorsfrau hoffte, sie könne dem besonderen Wunsch, der Frau Bickel hergeführt haben mußte, bald entsprechen und dann an ihre Arbeit zurückkehren, da begann Frau Bickel mit der Bemerkung, sie finde, die Wetterlage werde immer schlechter. Die Frau Doktorin stimmte ihr bei. Dann sprach Frau Bickel über die Kirschen, die in diesem Sommer weniger als je geraten wären. Von den Kirschbäumen kam sie auf die Apfelbäume, denn sie lagen nicht weit auseinander. Der Doktorsfrau brannte der Boden unter den Füßen. Sie mußte sich fortwährend darum sorgen, ob die Tante wohl mit dem Packen zu Ende kommen werde und ob auch über all den unnötigen Dingen nicht am Ende das Allernötigste vergessen würde. Jetzt kam ihr die Flöte in den Sinn. Gleich fragte sie, ob Feklitus mit Erlaubnis der Eltern seine Flöte ausgeliehen habe, anders dürfte Oskar sie nicht annehmen.

Dadurch kam nun Frau Bickel ganz unvermerkt auf ihre eigene Angelegenheit. Sie sagte, es schicke sich gerade besonders gut mit der Flöte, denn ihr Mann und sie hätten beschlossen, den Feklitus die Rheinreise auch machen zu lassen, dann werde er wohl manchmal Frau Stanhope zur Freude ein wenig aufspielen müssen, um so mehr, da doch von den Doktorskindern keines Musik machen könne. Sie hätten eben auch gedacht, ihr Mann und sie, es sei für alle schön, dann wieder so beisammenzusein, und dort unten könnten dann die Leute auch sehen, daß die Doktorskinder denn doch noch ganz andere Freunde daheim hätten als nur die zwei, die Frau Stanhope mitgenommen.

Hier unterbrach die Doktorsfrau die Sprechende und sagte ihr, deswegen müsse sich niemand bemühen; schon hier habe Frau Stanhope gesehen und gehört, daß Fani und Elsli zu den liebsten Freunden ihrer Kinder gehörten. Sie fragte dann, ob Frau Bickel den Wunsch habe, den Feklitus gleich mit ihren Kindern reisen zu lassen. Frau Bickel verneinte und fügte bei, so etwas würden sie nie tun. Als Verwandten von den Kindern ihres Hauses würde dann Frau Stanhope den Feklitus natürlich auch in ihr Haus einladen wollen, und das würden sie nie annehmen, es wäre ja, wie wenn man nicht bezahlen könnte. Aber es wäre ihnen lieb, wenn Oskar nach seiner Ankunft ausführlich schriebe, wie der Feklitus die Reise zu machen habe, und sie dann auch benachrichtigen wollte, welches der erste und vornehmste Gasthof in der Gegend sei. Dort könnte dann ihr Sohn absteigen und die Stunden außer den Mahlzeiten mit den Kindern verbringen. Oskar würde ihn dann wohl an der Bahn abholen und zum Gasthof begleiten. Zurückholen würde ihn der Herr Bickel selbst, indem er auch gedenke, eine Rheinreise zu machen und die Verwandten im Hause von Frau Stanhope zu besuchen; das schicke sich doch nicht anders.

Die Frau Doktor hatte geduldig der ziemlich langen Erklärung zugehört, aber ihre Gedanken waren öfter zu der anderen Stube hinübergewandert. Wie sollte nur die Tante allein mit der vielen Arbeit fertig werden!

Sie versprach nun Frau Bickel, es solle alles ausgeführt werden, wie sie es wünsche, und hoffte, nun könne sie der Tante wieder zu Hilfe kommen. Aber Frau Bickel mußte nun erst noch ihren Rat haben, was wohl auf eine solche Reise alles mitgenommen werden müsse, ob sie denke, sechs neue Anzüge wären recht, und ob man nicht am besten, da einem doch im fremden Land natürlich alles verdorben werde, gleich einen eigenen großen Koffer mit neuen Hemden fülle, damit man keines müsse waschen lassen. Die Doktorsfrau sagte, sie habe nicht so viel mitzuschicken, Frau Bickel möge darin nach ihrem Gutdünken handeln.

Es dunkelte schon, als der Besuch sich endlich entfernte, und die Mutter eilte zur Packstube zurück. Die Tante hatte das Werk beendet und war mit Oskar verschwunden. Die Zurückgebliebenen waren deshalb schon sehr aufgeregt, denn jedes hatte der Tante noch etwas Besonderes zu sagen, und nun hatte der Oskar sie ganz allein mit Beschlag belegt. Dazu kam, daß das Rikli beim Anblick all der Reisevorbereitungen all die schönen Dinge vergessen hatte, die ihm in Aussicht gestellt worden waren, um ihm die Reisefreuden zu ersetzen. Mutter und Tante hatten nämlich gefunden, das Kind sei noch zu klein, um die Reise mitzumachen; zum Ersatz sollte das Rikli so viele herrliche Genüsse daheim haben, daß es selbst gefunden hatte, das gefalle ihm besser als eine so unsichere Reise ohne Mutter und Tante. Aber all die vielversprechenden Zurüstungen hatten das Rikli wieder ganz aus dem Geleise gebracht. Jetzt saß es vor Zorn am Boden zwischen den Reisesäcken und schrie immer lauter, während Emmi eifrig tadelnd vor ihm stand und Fred zu singen begann:

„Das Rikli und der Hanseli
sind ganz wie zwei Geschwister."

Die Mutter trat jetzt beschwichtigend hinzu, nahm das Rikli vom Boden auf und hieß die Kinder sich um sie setzen. Am letzten Abend vor der Abreise wollte sie noch ein ruhiges Stündchen mit ihnen zubringen, und nun, da Emmi und Fred Gelegenheit hatten, mit der Mama noch die wichtigen Punkte zu besprechen, die ihnen am Herzen lagen, überließen sie Oskar freiwillig die Tante.

Als dann das Rikli im Laufe des Gespräches vernahm, über wie viele Dinge die beiden Geschwister im Zweifel waren, was sie da und dort zu tun hätten und was man zu Frau Stanhope sagen dürfe und was nicht, da dachte es im stillen, es sei doch sicherer, daheim bei Mutter und Tante zu bleiben; und die Aussicht auf so viele Spaziergänge mit ihnen und auf den Hauptanteil an allem Kirsch- und Apfelkuchen war doch besser als die ungewisse Lage, in welche die Geschwister geraten mußten. Das Rikli wurde wieder froh über sein Los.

Oskar hatte die Tante in das abgelegenste Zimmer auf dem Boden geführt, wo die ungebrauchten Betten standen und also niemand hinkam. Zur Vorsicht schob er noch den Riegel vor, denn er hatte noch etwas so Wichtiges mit der Tante zu verhandeln, daß er durchaus ungestört mit ihr bleiben mußte. Auf sein Gesuch hin, das er an die Öffentlichkeit gerichtet hatte, waren ihm fünfunddreißig Fahnensprüche zugegangen. Beim Lesen nun fand er immer wieder den einen noch schöner als den anderen und kam dadurch in einen peinlichen Zustand der Ungewißheit, welchen von allen er wählen solle.

Gewählt mußte aber sein, die Fahne konnte nur einen Spruch tragen, und daß er nach und nach zu fünfunddreißig Fahnen kommen würde, also all die schönen Sprüche verwenden könnte, das durfte Oskar doch nicht erwarten. Da konnte nur die Tante helfen, sie mußte entscheiden. Freilich war es nicht das erstemal, daß er diese Sache mit ihr besprechen wollte, sondern wohl schon zehnmal hatte er längere Unterredungen darüber mit ihr gehalten. Immer aber war man ohne eindeutige Entscheidung bei drei Sprüchen stehengeblieben, unter denen einer ausgewählt werden sollte. Nun hatten aber die beiden Beratenden sich noch nie einigen können über die drei, denn dem Oskar war es nicht wohl dabei, denjenigen auszuwählen, den die Tante nicht mochte, und doch hatte er gerade für den eine Vorliebe. Er wollte die Tante gern dazu bringen, daß auch sie für diesen Spruch stimme.

„Sieh, Tante", begann er, als sie nun in Ruhe und Sicherheit eingeschlossen waren, „nun will ich dir noch einmal alle drei vorsagen, und dann sage du selbst, welcher von allen ohne Zweifel am schönsten klingt. Zuerst kommt also der, den du nehmen würdest.

Trommeln wirbeln, Fahnen wehn,
Feste feiert, Feste!
Alle Menschen leben hoch
und voran die Gäste!

Das ist ja nun ein schöner Spruch, aber ich konnte ja nicht einmal die Trommel einpacken. So kann ich ihn nicht brauchen, wie sollen denn Trommeln wirbeln?"

„Es gibt doch auch Trommeln am Rhein, vielleicht hat Fani sogar schon eine erhalten", meinte die Tante, „und zu deinem Zweck ist der Spruch nicht übel, den zweiten habe ich ein wenig vergessen, sag den einmal!"

„Der heißt so" — Oskar deklamierte weiter:

„Ein Fest! Ein Fest! Kommt immer mehr,
ihr Schweizer all, ihr Schweizer!
Laßt die Billetts, Herr Kondukteur,
die Kohlen laßt, Herr Heizer!
Und macht ihr Stiefel oder Bier,
kommt all, ihr seid willkommen hier!

Der wäre noch schöner, eigentlich recht schön, was meinst du, Tante?"

„Ja, er ist auch ganz passend für das Fest", stimmte die Tante bei, „aber etwas lang, den könnte doch Elsli kaum auf eine Fahne sticken."

„Eben darum, siehst du, der geht nicht", rief Oskar aus, sehr erfreut über den Beseitigungsgrund, den die Tante selbst gefunden hatte. „Aber nun hör einmal den an, so kurz und so prächtig:

Und wir wollen hindurch, und wir wollen voran,
und wir wollen die Freiheit von allen,
und wir geben nicht nach, bis der letzte Tyrann
und die letzte der Ketten gefallen!

Hörst du wohl, Tante?"

„Ja, das tönt sehr großartig in die Ohren, das ist aber nichts", sagte die Tante bestimmt. „Ich weiß auch gar nicht, wo die Tyrannen sind, die ihr zu beseitigen hättet. Den Spruch laß du nur beiseite! Nimm den ersten oder noch einen anderen unter der großen Zahl, die dir noch bleibt!"

Oskar geriet in große Aufregung. Nun war es schon so spät und so wenig Zeit noch, die Tante zu bearbeiten und auf seine Seite zu bringen. Das mußte aber sein, den Spruch konnte er nicht lassen, aber die Tante mußte doch damit einverstanden sein.

„Aber, Tante", begann er eindringlich, „das ist doch sicher, daß es einmal Tyrannen gegeben hat, du kennst doch das Gedicht:

Zu Dionys, dem Tyrannen schlich ...

Also kann es ja auch einmal wieder Tyrannen geben, und dann wäre doch dieser Spruch prachtvoll, das mußt du gewiß selbst sagen, nicht wahr?"

Die Tante konnte sich nicht weiter aussprechen. Ein fürchterliches Klopfen und Stoßen an der Tür machte allem ein Ende. Emmi und Fred hatten vergebens alle bewohnten Zimmer durchstürmt, um die Tante und Oskar zu finden. Da sie nun alle gegenseitig ihre Schliche kannten, waren die beiden gleichzeitig die Bodentreppe hinaufgerannt, und die verriegelte Tür zeigte ihnen sofort, daß die Gesuchten gefunden waren.

Jetzt schrie Emmi durchs Schlüsselloch: „Tante, Tante! Bitte komm schnell, der Papa ist schon da; wir wollen schnell zu Abend essen, Mama hat uns geschickt!"

Und Fred lärmte hinter ihr aus allen Kräften: „Komm heraus, Oskar, hurtig, der Papa hat nach dir gefragt!"

Nun war alles aus. Schon hatte die Tante die Tür aufgemacht, und fort war sie – Oskar mußte nach.

Als am frühen Morgen des anderen Tages der Wagen draußen auf dem Platz stand und drinnen im Stall der Knecht die Rosse zur Abfahrt putzte, trat der Vater in die Stube, wo Mutter und Tante noch die letzte Hand an die Reiseanzüge der drei Kinder legten.

„Ich will euch Lebewohl sagen, die Kranken warten auf mich, ich kann euch nachher nicht mehr sehen", sagte er. „Mit dir, Oskar, will ich noch ein Wörtlein reden. Höre, nimm dich in acht mit deinen Plänen und Gründereien, wo du nun hinkommst! Du bist auf fremdem Boden, da ist es nicht wie daheim, wenn man etwas Dummes anstellt. Weißt du, hier kennt dich jedermann, und machst du etwas recht Ungeschicktes, so heißt es eben: ‚Der Bub gehört dem Doktor, der wird's wohl wieder in Ordnung bringen, und der kann dann zusehen, wie alles wiedergutzumachen ist.' Dort unten hast du dich selbst zu verantworten, fang also nichts an, von dem du nicht sicher weißt, daß es keine unliebsamen Folgen haben kann, weder für dich noch für die, bei denen du zu Gast bist! Du wirst uns ja auch vor Frau Stanhope keine Schande machen wollen. Du bist groß genug, um zu verstehen, was ich meine, denke daran! Nun lebe wohl, Junge, und du, Emmi, und du, Fred, vergnügt euch schön und seid brav." Damit schüttelte der Vater die ausgestreckten Hände und ging dann zur Tür hinaus.

Die Mutter hatte Emmi auf die andere Seite der Stube genommen, sie mußte noch ein besonderes Wort zu ihr sagen. Die ungeheure Rolle und das Buch, das Emmi schon so fieberhaft zu Weihnachten begehrt und nun durchaus mithaben wollte, hatten in der Mutter allerlei Bedenken erweckt. Jetzt ermahnte sie Emmi sehr ernstlich, doch ja den Fani zu keinen Unternehmungen zu verleiten, die Frau Stanhope mißbilligen könnte. Emmi solle bedenken, wie gut es ihrem Freunde Fani jetzt gehe und welch schönen Lebensweg er vor sich habe, wenn Frau Stanhope so ganz für ihn sorge. Aber nun heiße es auch für ihn, zu leben, wie sie es anordne, und keine Streiche und Sprünge nach eigenen Gelüsten zu machen. Emmi müßte sich ja zeitlebens Vorwürfe machen, wenn sie mit ihren Einfällen für Fani das gute Verhältnis zwischen ihm und seiner Beschützerin störe.

Emmi versprach hoch und teuer, daß sie den Fani zu gar nichts anstiften, noch irgend etwas tun würde, das Frau Stanhope nicht recht sein könnte, und daß sie gewiß nur ausdenken wollte, wie der Fani seiner Wohltäterin eine Freude machen könnte.

„Lieber gar nichts ausdenken, Emmi", schloß die Mutter. „Freue du dich dankbar mit dem Fani über alles, was ihm und nun auch euch geboten wird, und suche nicht besondere Dinge aufzubringen, wie sie dir nur gar zu leicht einfallen. Und nun noch eins, Emmi: Vergiß nicht, dich täglich in Gottes Schutz zu geben und ihn zu bitten, überall mit dir zu sein und dich deine guten Vorsätze ausführen zu lassen! Du weißt, wenn er nicht allerwege mit uns ist und uns schirmt und schützt, so sind wir überall in Gefahr und tun auch nicht, was gut und recht ist. Da ihr so weit fortgeht, ist meine einzige Beruhigung die, daß ihr in Gottes Hand steht. Unterlasse es nie, zu beten, daß diese Hand dich festhalte, wie wir es daheim jeden Abend zusammen tun! Das willst du ja, mein Kind, nicht wahr?"

Emmi sagte, das würde sie nie vergessen und gewiß wie daheim jeden Morgen und Abend beten; die Mutter solle nur keine Angst haben.

Am Fenster stand derweilen die Tante mit dem dritten. „Fred", sagte sie in großer Freundlichkeit, „das versprichst du mir und willst es nie vergessen, daß es bei Frau Stanhope durchaus nicht angeht, daß du deine Tierchen, und wären es die allerschönsten, in den Taschen mit herumträgst oder gar zu Tisch bringst, so daß dir unversehens eines herausfährt, wie es daheim zuweilen geschieht. Nicht wahr, Fred, du denkst daran? Frau Stanhope könnte so etwas gar nicht begreifen und nicht dulden, du könntest dir damit deinen Aufenthalt ganz verderben, und er kann ja so schön werden!"

„Keine Sorge, Tante! Die Kerle, die ich einfange, will ich schon einsperren, daß sie ruhig sind", versicherte Fred. „Du sollst sehen, was ich nach Hause bringe, Tante, da wirst du deine Freude haben!"

Bis jetzt hatte das Rikli da und dort mit Befriedigung ein wenig den Ermahnungen zugehört, denn es fühlte sich sehr erhoben als das einzige Glied der Familie, das keine nötig hatte.

Der Wagen draußen und das Wiehern der Rosse hatten aber doch wieder einen Aufruhr in seinem Innern erweckt, der immer höher schwoll.

Als die Tante von Fred wegging, setzte es gleich ein: „Ja, ja, Fred, du kannst dann sehen, was Frau Stanhope zu dir sagt, wenn auf einmal über das weiße Tischtuch eine gräßliche Kröte und eine rote Schnecke und eine Blindschleiche springen."

„Nein, Rikli, das kann ich dann hören", versetzte Fred gelassen. „Rote Schnecken und Blindschleichen springen aber niemals."

„Ja, ja", eiferte das Rikli weiter, „dann kannst du auch hören, wie Frau Stanhope dich zur Tür hinausstellt und dir alles Essen wegnimmt."

„Nein, Rikli, das kann ich dann sehen", berichtigte Fred.

„Ja, dann kannst du hören und sehen miteinander, wie es ist", fuhr das Rikli in Aufregung fort, „wenn Frau Stanhope dich auf der Stelle heimschickt und du dich vor allen Leuten schämen mußt in der Eisenbahn und dann noch daheim und in der Schule."

„Nein, Rikli, das kann ich dann empfinden", verbesserte Fred.

Nun hörte man die Peitsche knallen. Das war das Zeichen zur Abfahrt. Gleich darauf saßen die drei im Wagen, und lustig trabten die Rosse davon. Mutter und Tante blieben oben am Weg stehen und winkten mit den Tüchern so lange, bis der Wagen um die Ecke herum verschwunden war.

Jetzt sagte die Mutter seufzend: „Wenn sie nur auch vor allem Unfall behütet werden und zu uns wohlbehalten zurückkehren!"

Aber die Tante versetzte gleich zuversichtlich: „Das werden sie ja, will's Gott! Ihm wollen wir sie anbefehlen, dann sind sie besser beschirmt, als wenn wir alle beide mit könnten, um sie zu beschützen."

DRITTES KAPITEL

Am schönen Rhein

Im Garten der Rosenhalde war eine Bewegung und ein Hin- und Herlaufen wie noch nie. Es war der erste Tag nach der Ankunft der drei Gäste. Was hatte es schon gestern abend für ein Staunen bei den Doktorskindern erregt, als sie bei ihrer Ankunft in den oberen Stock des Hauses geführt worden waren und da hintereinander in derselben Reihe drei große Zimmer geöffnet fanden, für jedes von ihnen eins! Denn so war das Haus eingerichtet, daß immer nur ein Bett in einem Zimmer stand. Die Fenster der drei Zimmer schauten alle auf den blumenduftenden Garten und weiterhin auf den Rhein hinaus, den man groß und frisch dahinrauschen hörte.

So herrlich wie drei Könige hatten die Kinder noch nie gewohnt. Jedes von ihnen hatte seine ganz besondere Freude daran.

Emmi dachte sich schon aus, wie sie hier nach Herzenslust zum Fenster hinausgucken und den Mondschein auf dem Rhein flimmern sehen wollte, und unten könnte sie die Wellen rauschen hören, und kein Mensch würde sie hier stören und zu Bett schicken.

Oskar schaute seine große Stube daraufhin an, wie herrlich er da seine Fahne aufpflanzen könnte. Keinem würde sie im Wege sein wie daheim in den bewohnten Zimmern, und niemand würde sie ihm da wegnehmen.

Fred schaute forschend nach allen Schränken, Tischen und Schubladen; er hatte seine eigenen Absichten.

Das Wiedersehen der Kinder war zu aller Freude ausgefallen. Gleich im ersten Augenblick hatten sich alle zusammengefunden, als wären sie nie getrennt gewesen.

Fani und Elsli hatten auch gar kein fremdes Wesen angenommen, wie die Doktorskinder zuweilen mit einigem Widerstreben vermutet hatten; im Gegenteil, es war, als ob Fani und Elsli unterdessen den alten Freunden noch nähergekommen wären.

Fani war lustiger und lebendiger als je zuvor, und Elsli, wenn auch immer noch ein wenig schüchtern, war zutraulicher als vorher und dabei so gut und gefällig wie immer. Beide sahen in ihren guten Kleidern auch so hübsch und nett aus, daß Emmi die alten Freunde immer wieder betrachten mußte.

Der erste Morgen war mit Hilfe von Tante Klarissa dazu benutzt worden, den großen Koffer auszuräumen und dessen Inhalt in den drei Zimmern unterzubringen. Für den Nachmittag hatten die Kinder die Erlaubnis erhalten, Haus und Garten und auch die Wiesen zu durchstreifen, wie es ihnen gefiel, um die Rosenhalde so recht von allen Seiten kennenzulernen. Das war nun eine wahre Herrlichkeit! Emmi trachtete vor allem danach, an den rauschenden Strom zu gelangen, dort unter die alten Lindenbäume mit den tief herniederhängenden Ästen, die so leicht auf den sonnigen Wogen dahinschwammen, wie es Fani so schön für sie aufgezeichnet hatte. Das war ja auch Fanis Lieblingsplatz. Die beiden liefen gleich zusammen dorthin.

Fred wußte gar nicht, wohin er sich wenden sollte unter all den lebendigen Wundern, die ihm von allen Seiten entgegenschimmerten, ihn umschwirrten, umsummten, umkrabbelten, wie er da mitten in dem Rosengarten stand. Hier kroch ein golden glitzernder Käfer über den Rasen, dort wirbelten Scharen von Schmetterlingen in den buntesten Farben in der sonnigen Luft herum.

Auf dem Gestein am Springbrunnen sonnte sich eine große, grüngoldene Eidechse. Drüben an der Hecke wimmelte es von wundersamem Getier. Was war da für eine Ernte zu halten!

Fred rannte dahin und dorthin, er war außer sich vor Freude. Immer kam wieder etwas Neues, etwas ganz Unerwartetes zum Vorschein. Und das war alles nur im Garten; was mochte erst da unten am Wasser zum Vorschein kommen, unter den uralten Bäumen, in den dichten Hecken auf beiden Seiten, auf dem feuchten Boden unten am Wasser, zwischen dem Gestein am Ufer!

Der Gewinn war unabsehbar. Fred schaute keinen Augenblick nach den Freunden und den Geschwistern aus; er schwamm in einem Meer von Schätzen, wie er sie in seinem ganzen Leben noch nie zusammen gesehen hatte, und alle konnten sein eigen werden. Da konnte er eins, zwei, drei, vier Exemplare von ganz unverhofften Tiergattungen einfangen und die erhofften noch alle dazu!

Mittlerweile war Oskar betrachtend durch den Garten, dann zum Rhein hinuntergegangen und am Wiesengrund entlang nach dem steinbesetzten Hof zurückgekommen, wo zwei große alte Eichen weithin ihren Schatten warfen. Um die Eichen herum ging je eine hölzerne Bank, wo man sich prächtig im Schatten der dichten Kronen niederlassen konnte. Oskar setzte sich und forderte nun seine Begleiterin Elsli, die ihm überallhin gefolgt war und ihm alles gezeigt hatte, was er zu sehen wünschte, auf, sich neben ihn zu setzen. Er schaute noch einmal nachdenklich über den weiten Wiesengrund, der ringsum von einer hohen Hecke eingezäunt war. Wo der besetzte Hof aufhörte, führte ein breiter Kiesweg weiter, bis hinunter zum hohen Eisengittertor, das die großen Hecken verband und das ganze Gut einschloß.

„Also du sagst, Elsli", fing nun Oskar an, „außerhalb der Hecke gehöre gar kein Land mehr zu dem Gut von Frau Stanhope?"

„Doch, doch", erwiderte Elsli, „ein großer Weinberg gehört ihr noch, ungeheuer groß, du kannst dir nicht denken, wie viele Trauben man da bekommt! Aber er liegt auf der anderen Seite vom Haus, gegen den Rhein hin."

„Den meine ich nicht", fuhr Oskar fort, „den hat mir Fani schon am Morgen gezeigt; ich meine das Wiesenland jenseits der Straße, das sich dort ganz weit erstreckt."

Elsli konnte bestimmt sagen, daß auf der anderen Seite nichts mehr zum Gut von Frau Stanhope gehöre.

„Drüben ist ein kleiner Hügel, siehst du, Elsli?" fuhr Oskar fort, den Arm nach der Richtung ausstreckend, „da steht eine Windmühle darauf, und die großen Flügel fahren so prächtig in der Luft herum wie riesige Fahnen, die nach allen Seiten ins Land hinaus zu einem Fest winken. Siehst du? Siehst du? Oh, das wäre ein prachtvoller Platz, ein großes Fest abzuhalten! Da könnten sich alle die Festteilnehmer um den Hügel herum lagern, und oben stände der Festredner wie auf einer hohen Kanzel, und hinter ihm würden die gewaltigen Fahnen wehen und das Fest anzeigen in alle Weite!"

Oskar sprach so voller Begeisterung, daß auch das Elsli ein wenig davon ergriffen wurde.

„Ja, das wäre schön", sagte es, „aber ich meine, man müßte den Windmüller fragen, dem gehört gewiß der Platz."

Oskar meinte nach einigem Nachdenken, das sei nicht notwendig, man würde natürlich nichts an der Mühle machen, und ringsum sei ja ganz kurzes Gras oder Heide, das könne er schon sehen, und da könne man nichts verderben. Er wolle aber noch hingehen und alles in der Nähe besichtigen.

Plötzlich kam ihm ein neuer Gedanke. „Wie steht es denn mit unserer Fahne, Elsli?" fragte er begierig.

„Ach, daran habe ich ja gar nicht mehr gedacht", rief Elsli betroffen aus, „sie ist ganz fertig, und ich wollte sie dir zum Empfang in dein Zimmer stellen. Weißt du, Oskar, ich konnte sie fertigmachen, denn Tante Klarissa sagte, schöner noch als so ein Spruch sei ein Strauß von Alpenrosen für die Fahne der Schweizer, und einen solchen habe ich dir draufgestickt."

Das war aber dem Oskar gar nicht recht, er mußte seinen schönen Spruch haben, das hatte er sich immer fester in den Kopf gesetzt, denn er klang besser und kräftiger als jeder andere, und zuletzt hatte die Tante auch nicht mehr dagegengeredet wie im Anfang, also war sie wohl doch damit einverstanden. Und nun, nachdem er ihn so schwierig errungen, sollte er seinen herrlichen Spruch einfach fallenlassen? Oskar machte ein Gesicht, als sei ein wahres Unheil über ihn gekommen.

Das verstand nun Elsli augenblicklich und hatte auch, ein solches Ergebnis ahnend, bereits an einen Ausweg gedacht. Es erklärte nun Oskar anschaulich, wie leicht es möglich sei, auf der Fahne den Spruch doch anzubringen, so daß sie dann zwei verschiedene Seiten hätte. Oskar sollte nur mit großen Buchstaben auf den größten Papierbogen, den er finden könne, seinen Spruch schreiben, dann wollte Elsli ihn auf der einen Seite der Fahne festmachen, und auf der anderen könnte man den Strauß Alpenrosen sehen. Das war ein herrlicher Gedanke! Oskar wurde wieder munter, noch munterer als vorher, denn diese Doppelfahne war nun viel schöner und reichhaltiger, als er sich je eine ausgedacht hatte.

„Du bist gewiß eines der gescheitesten Kinder, die ich kenne, Elsli", rief Oskar in seiner hohen Freude aus, und die unerwartete Bemerkung trieb Elsli alles Blut in die Wangen, es war nicht daran gewöhnt, von jemandem auch nur recht bemerkt zu werden, geschweige solche Worte zu hören.

„Aber jetzt noch etwas, Elsli", fuhr Oskar weiter fort, „was hast du denn für Schweizer entdeckt und aufgefordert, in den Verein einzutreten, du weißt, von dem ich dir beim Abschied sagte?"

Elsli erinnerte sich ganz gut an den Verein der Schweizer im Ausland, den es gründen helfen sollte. Es berichtete nun, daß es nur einen einzigen Schweizer entdeckt habe und auch den nicht habe auffordern können, dem Verein beizutreten, denn es sei der Bäckerjunge, der alle Morgen das frische Brot in die Küche bringe. Aber hier dürfe man nicht einfach in die Küche gehen und zu den Leuten reden, was man wolle. „Es tut mir so leid, daß ich nicht tun konnte, was du gern gewollt hättest", schloß Elsli betrübt.

Aber Oskar war ganz befriedigt. „Schon gut! Schon gut!" versicherte er, „ich kann mir nun schon selbst helfen." Nur das eine wollte Oskar noch bestimmt wissen, zu welcher Zeit und von welcher Seite der Bäckerjunge am Morgen komme. Das konnte ihm Elsli genau sagen.

Während die beiden, in ihr Gespräch vertieft, unter der Eiche saßen und Fred immer entdeckungslustiger in alle Hecken und Gesträuche des Gartens eindrang, gingen Fani und Emmi unten am Rhein unter den Linden hin und her und wurden immer eifriger und immer noch lebhafter in ihren Worten und Gebärden. Emmi war in einer so freudigen Erregung wie seit langer Zeit nicht. Was hatte sie auch eben für eine Überraschung erlebt! Seit der Fani die alte Heimat verlassen hatte, war es ihr Hauptgedanke und ihr stetes Sinnen und Grübeln gewesen, wie der Freund seinen Weg machen und zum großen Künstler werden könne.

Nun kam aber in Fanis Brief gar nichts davon vor; im Gegenteil, es wurde Emmi immer klarer, daß Frau Stanhope die beiden Geschwister ganz so erziehen wollte, wie andere Kinder erzogen wurden, und daß gar nichts Besonderes dabei herangebildet werden konnte. Sie wollte aber noch genau wissen, auf welche Weise die großen Maler ihr Können erlangt hatten. Vielleicht konnte dem Fani doch noch ein guter Rat gegeben werden, wie er es anstellen sollte, ein berühmter Künstler zu werden, bevor er etwa selbst allen Mut dazu verlor. Daß er auf dem Weg war, dahin zu kommen, schien Emmi ziemlich klar, sagte er doch in keinem Briefe mehr etwas von den Zukunftsplänen, die sie miteinander gemacht hatten.

Irgendwo hatte Emmi den Titel eines Buches gefunden, der hieß: „Leben berühmter Künstler". Das war nun ganz ihre Sache, und sie hörte nicht mehr auf, die Tante zu bestürmen, bis diese versprach, den Wunsch zu Weihnachten zu unterstützen, und tatsächlich bekam Emmi das ersehnte Buch.

Es war nun das allererste, als sie an diesem Nachmittag bemerkte, daß die Gelegenheit da sei, den Fani für sich zu bekommen, daß sie ihr Buch herbeiholte, um es mit in den Garten zu nehmen. Als sie unter den Linden saßen, zog sie es hervor und sagte Fani, das Buch habe sie nur um seinetwillen mitgebracht, damit er lesen könne, wie es sei, wenn man ein großer, berühmter Maler werde und alles, was man sehe, so prächtig malen könne, daß die Menschen darüber ganz entzückt wären und man selbst so beglückt sei, daß man gar nichts anderes auf der Welt mehr wünsche. Emmi war ganz begeistert für ihre Sache, aber sie dachte, sie könne dem Fani die rechte Begeisterung erst durch die Schilderungen in dem Buche wieder beibringen. Wie erstaunte sie aber, als Fani das Buch zurückwies und auf einmal ganz leidenschaftlich ausbrach:

„Nein, nein, ich will nicht lesen! Ich will lieber gar nicht mehr daran denken. Siehst du, Emmi, alle Tage habe ich eine Zeichenstunde, nur natürlich jetzt nicht, solange ihr da seid. Und je mehr ich zeichne, desto mehr möcht' ich es tun, und am liebsten möcht' ich nur noch zeichnen den ganzen Tag und gar nichts anderes mehr tun. Ich kann es jetzt auch ganz anders als damals daheim; ich werde dir meine Zeichnungen zeigen. Und weißt du, der Lehrer meint auch, ich könnte es zum Künstler bringen, denn er hat schon ein paarmal zu mir gesagt, ich sollte Maler werden."

Da schrie Emmi in hellem Entzücken auf: „Jetzt ist ja alles gewonnen, Fani! Nun kannst du ja Maler werden, und weil du doch so große Lust dazu hast, wirst du gewiß der größte Maler im ganzen Land, das geht immer so! Aber warum sagst du es nicht auf der Stelle Frau Stanhope, damit du gleich anfangen kannst und nichts anderes mehr tun mußt?"

Fani schüttelte den Kopf und sah sehr niedergeschlagen aus. „Es nützt nichts, etwas zu sagen, Frau Stanhope will nicht, ich weiß es. Als ich einmal auf einem Spaziergang sagte, das größte Glück für einen Menschen sei doch, wenn er ein Maler werden könne, da meinte sie, das sei nur eine kindliche Einbildung von mir, ich kenne noch gar nichts vom Leben, und wenn man groß sei, denke man ganz anders über solche Sachen. Und nachher hat sie mich ein paarmal im ganzen Gut herumgeführt, denn es gehört noch viel Land dazu, große Weinberge, siehst du, dort, bis weithin den Rhein entlang. Dann hat sie mir gesagt, es gebe für einen Mann nichts Befriedigenderes, als das schöne Land zu bebauen und das ganze Jahr hindurch nur das friedliche Wachsen der Pflanzen vor Augen zu haben. Und weißt du, ich glaube, sie hat dabei an mich gedacht, und wirklich, das wäre ja ein großes Glück für mich. Denk nur, immer hierzubleiben und es so zu haben, wie wir es haben: ich müßte doch furchtbar undankbar sein, wenn mich das nicht freute. Aber mit dem Maler ist's dann freilich aus."

Der Fani ließ den Kopf ein wenig hängen.

„O wie schade! Wie schade! Dann ist ja alles aus!" jammerte Emmi. „Und gerade jetzt habe ich geglaubt, es fange alles Schöne für dich an, so wie ich es ausgedacht hatte, und nun ist alles zu Ende! Sieh mal, das war so schön: wenn ich in meinem Buch las, dann setzte ich immer deinen Namen an die Stelle des Namens, der da stand, und dann hieß es einmal: ‚In der Feinheit der Zeichnung steht Fani von Buchberg völlig unerreicht da.' Denn weißt du, als berühmter Künstler würdest du dann so heißen, alle großen Maler nehmen den Namen ihres Geburtsortes an, die Geschlechtsnamen gelten dann nicht mehr, und das wäre bei dir auch gerade recht, denn der Name Hopli, ‚Fani Hopli', klingt nicht so besonders schön, aber der andere, meinst du nicht auch? Und einmal hieß es so: ‚Woher Fani von Buchberg seinen Farbenschmelz genommen, ist unbekannt geblieben; bis auf den heutigen Tag ist er der einzige, der solche Farbentöne — das ist aber natürlich ein Druckfehler, es muß gewiß heißen: Farbenschöne — auf die Leinwand gezaubert hat.' O Fani, denk nur, wenn es dann einmal so geheißen hätte! Nun ist alles, alles aus!" Emmi setzte sich auf die Bank nieder mit einem Ausdruck auf ihrem Gesicht, als sei es nun gar nicht mehr der Mühe wert, hin und her zu gehen.

Fani setzte sich zu ihr. Er war gespannt ihren begeisterten Worten gefolgt, und sie mußten in ihm etwas angezündet haben, das immer höher flammte, denn seine Augen leuchteten immer feuriger.

„Ich wüßte schon noch etwas, das vielleicht helfen könnte", sagte er endlich, zu seiner Freundin gewandt, die in ihrer Verzagtheit ganz regungslos dasaß.

Emmi schoß von der Bank auf. „Was denn? Was denn, Fani? So rede doch!" drängte sie mit angehaltenem Atem in großer Erwartung. Fani war auch aufgestanden.

„Komm, ich zeige dir etwas", sagte er, Emmi mit sich zum Rhein hinunterziehend, so weit es ging. „So, jetzt dreh dich um und schau ganz hoch hinauf, über die Rosenhalde hinweg zur Waldhöhe, aber gib acht, daß du nicht rückwärts in den Rhein fällst. Siehst du die hohe Schloßruine mit dem dichten grünen Efeugeschling ringsum?"

„Ich sehe gar nichts, ach ja, jetzt, einen alten Turm" — damit rutschte die aufgeregte Emmi aber so gefährlich rückwärts, daß sie ohne Zweifel in die Wellen gestürzt wäre, hätte Fani sie nicht schnell festgehalten und zurückgezogen.

„Komm, wir setzen uns lieber wieder auf die Bank, da ist man sicherer", sagte er, Emmi mit sich ziehend, „von hier aus kannst du die Ruine doch nicht richtig sehen. Siehst du, es ist die allerschönste Schloßruine, die man sich vorstellen kann, mit prachtvollem Efeu und grünem Gestein, das flammend rot wird, wenn die Abendsonne darauf scheint. Das hab' ich einmal gesehen, vom Dampfschiff aus, und es war das Schönste, was ich überhaupt je gesehen habe.

Und jetzt hör nur, warum ich dir das zeigen wollte", fuhr Fani fort, als beide wieder in Sicherheit auf der Bank saßen: „In der letzten Zeichenstunde, bevor ihr ankamt, fragte der Lehrer mich ganz ernsthaft, ob ich denn nicht Lust hätte, Maler zu werden, und ich sagte ihm, das sei mein größter Wunsch auf der Welt, aber ich wisse schon, daß nichts daraus werde. Und ich sagte ihm alles, wie dir, von Frau Stanhope. Das verstand er auch gut und sagte, gegen den Wunsch von Frau Stanhope dürfe ich nichts tun, aber es wäre erfreulich, wenn sie selbst zu demselben Wunsch käme, den wir haben, denn er habe ihn auch.

Dann riet er mir, ich solle bald etwas recht Schönes ausfindig machen und eine Zeichnung nach der Natur anfertigen und ihm übergeben. Die wolle er nach Düsseldorf schicken, und dort geht dann etwas vor mit den eingereichten Zeichnungen, ich weiß nicht recht, was, aber die beste bekommt einen Preis. Wenn nun die meine den Preis bekäme, so würde Frau Stanhope vielleicht ihre Absicht ändern und sagen, ich dürfe Maler werden, und wenn ich keinen Preis bekäme, so hätte ich doch nichts verloren, darum könnte ich es ruhig tun. Da habe ich gleich an die Schloßruine gedacht. Aber die kann man nur mitten auf dem Rhein richtig sehen, und da komme ich ja nicht hin, es ist ganz unmöglich."

Emmi, die nun wieder einen offenen Weg zu dem ersehnten Ziel vor sich sah, war gleich Feuer und Flamme für das Unternehmen.

„Oh, da können wir bestimmt hinkommen, ganz sicher, Fani, ach, wie herrlich!" rief sie voller Freude aus. „Wir können doch einmal eine Fahrt auf dem Dampfschiff machen, dann sehen wir ja die Ruine so gut, und du zeichnest gleich darauflos, soviel du nur kannst."

„Ja, da kann ich gerade die ersten Striche zu den Umrissen machen, und dann ist das Dampfschiff vorbei, und ich sehe nichts mehr, und dann bin ich gerade wieder soweit wie vorher", bewies Fani der Freundin.

Aber diese ließ sich nicht so leicht wieder entmutigen, da es einzig und allein darauf ankam, das richtige Mittel zu finden, draußen auf dem Rhein eine Zeichnung ausführen zu können. Sofort wollte sie alle Kräfte anwenden und unentwegt nachdenken, bis sie den rechten Gedanken hervorgebracht hatte. Sie wurde aber schon gleich im Anfang ihrer Tätigkeit unterbrochen durch Fanis Ausruf: „Die Tischglocke!"

Wirklich tönte vom Hause her der Ruf der Glocke zum Abendessen, und von allen Seiten kamen nun die Gäste herbei und fanden sich im großen Speisezimmer zusammen.

Am oberen Ende des schön geordneten, mit sehr appetitlichen Dingen bedeckten Tisches saß schon Frau Stanhope und winkte den Kindern ein freundliches Willkommen zu. Tante Klarissa wies ihnen ihre Plätze zu beiden Seiten des Tisches an und nahm dann selbst am unteren Ende ihren Platz ein. Mit erfreulichem Appetit ging es ans Essen. Die Unterhaltung hatte dabei einen ungewöhnlich ruhigen Charakter: in Gegenwart von Frau Stanhope wurde die Lebhaftigkeit der Kinder immer ein wenig gedämpft. Am wenigsten beteiligte Elsli sich am Gespräch wie auch am Bewältigen der saftigen Bratenstücke und des dampfenden Puddings; das erweckte in Fred, der neben Elsli saß, eine steigende Verwunderung.

Das Kind suchte so unbeachtet wie möglich zu bleiben und stieß Fred heimlich an, als dieser einmal laut fragte: „Was hast du denn? Iß doch auch!"

Als das Essen zu Ende war, führte Frau Stanhope die Gesellschaft auf die Terrasse hinaus, wo man sich schön geordnet im Halbkreis auf die eisernen Gartensessel setzte. Dann teilte die Dame den Kindern mit, sie habe im Sinn, nächstens mit ihnen eine Fahrt auf dem großen Dampfer zu machen: den Rhein hinunter bis nach Köln, wo ein sehr schöner und reichhaltiger Tiergarten sei, den sie dann zusammen besuchen wollten.

Emmis Augen flammten auf, als habe der Blitz bei ihr eingeschlagen. Sie sagte kein Wort, aber man konnte sehen, daß sie es mit aufregenden Gedanken zu tun hatte, die weit über den Tiergarten hinausgingen.

Auch Fred war über die Nachricht vom Tiergartenbesuch hoch erfreut; aber auch er wurde von einem noch stärkeren Eindruck in Anspruch genommen: ein ungeheurer Nachtfalter war ihm schon ein paarmal um den Kopf gesummt, und er verspürte ein brennendes Verlangen, aufzuspringen und dem Summser nachzustürzen. Welch ein Fang konnte das sein! Aber die Tante hatte ihm noch ganz besonders eingeschärft, vor allem in Gesellschaft von Frau Stanhope stillzusitzen.

Oskar war durch die Aussicht auf den Genuß von doppelter Freude erfüllt. Da war einmal die herrliche Rheinfahrt an und für sich, und dann, was konnte man auf dem großen Schiff für Bekanntschaften machen! Dagegen war Elslis Bäckerjunge gar nichts.

Am folgenden Morgen setzten die Kinder sich gleich nach dem Frühstück hin, um, wie versprochen, den ersten Bericht über ihre Erlebnisse nach Hause zu schreiben. Da schrieben denn nun die drei, jedes in seiner Art und darum sehr verschieden verfaßte Briefe, aber der Inhalt war dennoch bei allen dreien derselbe: ein helles Entzücken über die Schönheit des Landhauses am Rhein und alle köstlichen Genüsse, die ihnen geboten wurden. Ihr höchster Wunsch wäre nur, daß der Papa die bewilligten sechs Wochen in noch einmal so viele ausdehnen wollte, denn nie, nie könnte man von einem solchen Aufenthalt genug bekommen.

Nachdem die Briefe an die Eltern fertig waren, schrieb jedes der Kinder noch einen, versiegelte diesen fest und schloß ihn in den anderen ein, ohne etwas davon zu sagen. Sie waren aber alle drei an dieselbe Person gerichtet, an die Tante, und waren von überraschend ähnlichem Inhalt. Alle drei bestürmten die Tante, doch ja beim Papa eine Verlängerung des Aufenthaltes zu erwirken, und zwar eine recht lange, so lange wie nur möglich. Fred ging so weit zu sagen, wenn der Papa geradezu ein Jahr bewilligen wollte und an dessen Tage eine Null anhängen würde, so wären ihm alle dreitausendsechshundertfünfzig Tage nicht zuviel, sie hier zu verbringen. Alle drei stimmten auch darin überein, daß die Trennung von all den Wundern und Freuden und die Rückkehr nach Hause ihnen so schwerfallen würde wie noch nie etwas in ihrem Leben.

VIERTES KAPITEL

Im Fischerhäuschen

Wie er es sich vorgenommen hatte, erwartete Oskar am anderen Morgen in der Frühe den Bäckerjungen am Eingang des Hofes beim Gitterportal. Mit einem ungeheuren Korb am Arm, der einen erfreulichen Duft von frischem Brot verbreitete, kam der Junge herangeschlendert. Oskar ging ihm ein wenig entgegen und, seinen Zweck verfolgend, fragte er gleich: „Aus welchem Kanton bist du?"

„Das geht dich nichts an", antwortete der feste Landsmann.

Diese Sprache war Oskar nicht unbekannt und schüchterte ihn nicht ein.

„Du brauchst nicht so grob zu sein", gab er zurück, „ich habe einen Grund, dich so zu fragen, und der kann dich nur freuen." Nun erklärte Oskar dem Jungen, was er im Sinn habe und wie schön es sei, wenn man sich im Ausland zusammenschare und dann ein schönes vaterländisches Fest zusammen feiere. Alsbald erwies es sich, daß der Junge gar nicht so bösartig war, wie es den Anschein gehabt, und daß sein Eingangswort nur seine Unabhängigkeit andeuten sollte. Er wurde jetzt ganz umgänglich und zeigte sich gern bereit, an dem Fest teilzunehmen. Von anderen Schweizern, nach denen Oskar fragte, konnte er nur wenige nennen. Er war erst seit einem halben Jahr hier. Seine Base hatte ihn von Luzern herkommen lassen, damit er ihr im Geschäft helfe. Sie war die Frau des Bäckers, und er war nun bei ihr und hatte das Brot auszutragen. Ein Schusterjunge aus dem Kanton Uri wohnte in seiner Nähe, und dann kannte er noch einen Ausläufer aus dem Gasthaus zur Traube, der war in der Nähe von Schwyz daheim. Dann war freilich die große Fabrik unten am Kanal, die gehörte einem Schweizer. Da bringe er, berichtete der Junge weiter, auch alle Morgen das Brot hin und habe schon oft den zwei großen Buben zugesehen, wenn sie im Garten Ball spielten; aber die redeten nicht mit ihm.

Oskar war sehr befriedigt von den Mitteilungen. Er gab dem neuen Bekannten den Auftrag, den Urner und den Schwyzer zu dem Fest einzuladen; die beiden anderen wollte er selbst übernehmen. Den festgesetzten Tag und alles Nähere würde Oskar ihm dann schon noch mitteilen; da er ja täglich ins Haus komme, sei das Weitere dann leicht einzurichten.

Hocherfreut teilte Oskar später, als die Kinder wieder im Garten zusammen waren, dem Fani mit, daß er für sein Fest die schönsten Aussichten habe, nur müsse er unbedingt die Familie drunten in der großen Fabrik sprechen, da müsse Fani mit ihm hingehen, er werde wohl als Gutsnachbar dort einen Besuch machen können.

Aber Fani erklärte, er tue keinen Schritt in der Sache. Frau Stanhope erlaube nicht, daß er und Elsli in fremde Häuser gingen.

Aber als Elsli, das danebenstand, sah, wie leid Oskar diese Absage tat, sagte es schnell: „Weißt du, Oskar, vielleicht kannst du doch hingehen. Wenn dir nichts anderes einfällt, das besser wäre, so wüßte ich noch etwas, was du tun könntest. Als ich daheim fortging, hat mir Herr Bickel aufgetragen, ich solle mich umsehen, was für Fabriken hier in der Nähe seien, und es ihm berichten, damit er wisse, ob er vielleicht Geschäfte mit ihnen machen könne. Das ging bisher aber nicht, und so habe ich Herrn Bickel auch noch nicht geschrieben. Nun könntest du vielleicht hingehen und sagen, du wolltest wissen, was es für eine Fabrik sei, und könntest dann dem Herrn Bickel berichten."

„Du hast immer die allergescheitesten Gedanken, Elsli!" rief Oskar frohlockend, denn diesen Grund fand er durchaus passend. Er benutzte auch gleich die Zeit, die dem Spiel in Hof und Garten gewidmet war, und rannte davon.

Neben dem großen Fabrikgebäude unten am Kanal stand das Wohnhaus, von einem schönen, blumenreichen Garten umgeben. Unter den Bäumen liefen zwei Jungen hin und her, ganz in ihr Ballspiel vertieft. Dieses wurde mit einer solchen Behendigkeit aus=

geführt, daß Oskar staunend am Zaun stehenblieb und hinüberschaute. Er vergaß alles andere. Auch er war ein guter Ballspieler, aber solche Würfe —!

„Bravo!" mußte er jetzt überlaut ausrufen, als ein gar so herrlicher Wurf getan wurde.

Die Jungen schauten herüber.

„Komm herein, mach mit!" rief der eine.

Schon war er drinnen und, piff, paff, ging es los, ein Ballspiel, wie er es noch nicht erlebt hatte, denn solch ebenbürtige Genossen hatte er noch niemals gefunden. Auch den beiden Jungen war der kenntnisreiche Freund willkommen, und ohne Unterbrechung wurde das Spiel fortgesetzt, bis die große Mittagsglocke im Haus erschallte und Oskar erinnerte, daß er zurückzukehren habe.

Nun wollte man sich aber doch noch etwas kennenlernen. Eigentlich hatte man schon Freundschaft geschlossen, aber man mußte doch wenigstens noch die Namen wissen.

Die Söhne des großen Hauses, die beiden Finks, waren St. Galler, zwei aufgeweckte, warmherzige Bürschchen, so wie die Leute in St. Gallen sind. Mit dem neuen Schweizer Freund schlossen sie gleich einen feurigen Bruderbund, in den Oskar mit voller Begeisterung eintrat. Welche Pläne konnten auch mit solchen Freunden ausgeführt werden! Aber davon durfte man nun nicht mehr reden, die Zeit war vorbei. Nur andeuten wollte Oskar den Freunden noch, daß er einen großen Schweizerverein zu gründen gedenke, an dem sie unbedingt teilnehmen müßten. Das versprachen die Brüder mit Enthusiasmus. Die Zeit zur nächsten Versammlung wurde festgesetzt, und Oskar kehrte hochbeglückt von dem Erfolg seines Unternehmens nach der Rosenhalde zurück. Was aber in der Fabrik gesponnen wurde, wußte er freilich so wenig wie vorher: die Frage hatte er ganz vergessen.

Von dem Tag an verschwand Oskar ganz und gar für alle Zeit, die den Kindern zur Unterhaltung freigegeben war. Es fiel aber keinem der anderen auf: Fred hatte mit seinem Sammeln so viel zu tun, daß er für nichts anderes auch nur einen Gedanken hatte. Emmi und Fani hatten einen eigenen Zweck zu verfolgen und waren froh, wenn keiner sie darin störte. Elsli begriff gut, daß keiner von den anderen seiner Gesellschaft bedurfte, und so saß es oft stundenlang allein auf der Bank unter den alten Linden und hing seinen Gedanken nach.

Oft war es ihm ganz schwer zumute, als tue es ein Unrecht, so dazusitzen und es so gut zu haben, da es doch wußte, wie es Vater und Mutter daheim ging. Dann dachte Elsli wieder an Nora und ob sie wohl ganz vergessen habe, daß sie den lieben Gott bitten wollte, er möge auch die Freundin in den Himmel rufen. Elsli wollte gern gehen; denn hier würde niemand es vermissen, weil niemand es brauchte. Im stillen fürchtete Elsli immer ein wenig, weiterzuleben, es wußte nicht recht, was ihm eigentlich angst machte, aber es fühlte, daß es sich nie recht in die neue Heimat einleben und nie recht dahin passen würde. In der alten aber wäre es auch nicht mehr daheim, wenn es zurückkehrte. So hatte Elsli mitten in dem schönen Leben auf der Rosenhalde meistens das Gefühl, auf der Welt ganz überflüssig zu sein.

Von den Linden ging ein schmaler Fußweg eine gute Strecke weit am Wasser hin, einem dichten Weidengebüsch zu, in dem er dann verschwand. Elsli war schon öfter auf dem einsamen Pfad ein Stück gegangen. Da war es so schön still, und nie begegnete einem jemand, denn der Weg führte nur vom Gut bis zu den Weidenbüschen.

Auch heute, nachdem Elsli schon eine Weile allein auf der Bank gesessen hatte, ging es auf dem Fußweg ein wenig am Wasser entlang und schaute den rastlos dahinziehenden Wellen zu. In diese Betrachtungen versunken, war das Kind näher zu den Weiden hinuntergekommen als je zuvor. Die Büsche wurden hier unten immer höher, wirkten wie richtige Bäume. Aus der Ferne waren sie anzusehen wie ein Wäldchen, das tief ins Wasser hineinreichte. Es war still und einsam hier, kein lebendes Wesen war zu sehen, nur das Rauschen der Wellen unten tönte unentwegt durch die große Stille.

Plötzlich schlug lautes Geschrei an Elslis Ohren. Das Mädchen schrak zusammen. Noch einmal ertönte der Schrei, jetzt anhaltend, immer lauter.

Elsli lief dem Ton nach. Hinter dem ersten niederen Weidengebüsch, wo der Boden sumpfig war, standen mitten im Morast zwei Kinder, ein kleines Mädchen, das aus allen Kräften schrie, und ein Junge, der mit aller Kraft an des Schwesterchens Arm riß. Da er es

aber doch nicht weiterziehen konnte, schrie er nun in seiner Hilflosigkeit noch viel lauter und immer verzweifelter.

Elsli trat herzu und hob das Kind aus dem Sumpf. Der Junge arbeitete sich mühsam nach; seine schweren Holzschuhe blieben immer wieder stecken. Als nun beide Kinder glücklich auf dem Trockenen standen, in den Schuhen und den Kleidern, die bis hoch hinauf vom Morast besudelt waren, aber sehr unglücklich aussahen, schaute Elsli mitleidig auf sie hinunter und fragte, wohin sie nun gehen wollten, ob sie es weit nach Hause hätten.

Der Junge, der kaum sechs Jahre alt sein mochte, hatte sichtlich Zutrauen zu Elsli gefaßt. Er nahm es bei der Hand und sagte bittend:

„Komm mit uns und sag's der Mutter!" Dabei schaute er kläglich auf sein Höschen und auf des Schwesterchens Röckchen, an dem der Morast in der Sonne zu trocknen anfing, so daß es ganz steif und grau wurde, als wäre es aus Pappe gemacht.

Auch die Kleine mußte gleich eine Zuneigung zu ihrer Retterin gefaßt haben. Sie ergriff schnell Elslis andere Hand und sagte zutraulich: „Komm mit uns!"

Elsli verstand, daß der Junge gern einen Fürsprecher bei der Mutter hätte, und weit weg konnten die Kinder nicht wohnen, denn das kleine, schmächtige Mädchen, das wohl kaum vier Jahre alt war, hatte sicher keinen weiten Weg machen können. Elsli hielt die Hände der Kinder fest und ging mit ihnen.

Der Junge wurde nun immer zutraulicher und fing an, seiner Begleiterin mitzuteilen, was er wußte. Die Mutter sei krank, und der Großvater könne nicht in die Sonne hinaus, wenn sie ihn nicht führe. Die kleine Schwester heiße Lenchen und er Lukas, und die anderen Brüder hießen Tolf und Heini und seien nicht viel größer als er. Unterdessen waren die drei Wanderer an den niedrigen Weiden vorbei zu den höheren gekommen, die dichter zusammenstanden und bis nahe ans Wasser hinuntergingen. Zwischen zweien dieser Bäume stand ein kleines Haus, wie eingeklemmt, niedrig und grau aussehend, so daß man es kaum von den Weiden unterscheiden konnte.

„Hier", sagte der Junge und führte Elsli über die niedrige Schwelle in das kleine Haus und gleich in die Stube hinein. Da drinnen sah es freundlich und sauber aus. Ein Sonnenstrahl fiel durch das kleine Fenster in eine Ecke hinein. Hinten an der Wand war ein Lager errichtet, darauf lag die kranke Mutter und schaute mit großen, erstaunten Augen den Eintretenden entgegen. In der sonnigen Ecke saß ein alter Mann mit schneeweißem Haar und schaute nicht minder verwundert auf Elsli und die Kinder. Zwei Buben kamen ihnen entgegengerannt, beide nicht viel größer als der kleine Lukas.

„Wir haben euch gesucht!" — „Wir haben euch nicht gefunden", schrien sie beide auf einmal.

Elsli trat mit den Kindern an das Bett heran und erzählte der Mutter, wie es die beiden gefunden hatte.

Die Kranke, die sehr bleich und kraftlos aussah, dankte Elsli sehr höflich und sagte, es sei so schwer mit den Kindern, da sie krank sei und die Kleinen nicht immer überwachen könne. Die beiden älteren könnten schon diese und jene Arbeit verrichten, darum lasse sie die zwei Kleinen manchmal allein vors Haus, damit sie auch ein wenig an die Luft kämen, aber sie seien eben noch zu unvernünftig und liefen überall hin. Die Mutter schaute dabei mit besorgten Blicken auf das kleine Lenchen, das in seinem vom Morast gesteiften Röckchen wie in einem Futteral zu stecken schien.

„Kann ich Euch etwas helfen?" fragte Elsli ein wenig schüchtern. Die Frau war sehr höflich. Sie schaute Elsli verwundert an.

„Wir haben noch nie betteln müssen", sagte sie und war ein wenig rot geworden, „wir helfen uns, wie wir können; nur seit ich krank bin, wird's uns fast zu schwer, aber helfen kann ein junges Fräulein nicht."

„Ich bin kein Fräulein, und ich kann schon Lenchens Röckchen auswaschen und aufhängen", sagte Elsli bereitwillig.

Die Kranke staunte immer mehr. „Aber das feine Kleidchen zeigt's doch, daß es einem jungen Fräulein aus einem Herrenhaus gehört", sagte sie, Elsli mit fragendem Blick von oben bis unten betrachtend.

Das Kleidchen, das Nora gehört hatte, war aus feinem Stoff und mit seidenen Bändchen besetzt.

„Es ist nicht meins, ich habe es nur zum Tragen bekommen", sagte Elsli erklärend.

Jetzt erwachte in der Frau ein ganz neues Gefühl für das freundliche Kind. Sie dachte, es sei wohl aus einem fremden Land hergekommen; seine Sprache, sein ganzes Wesen hatten für sie etwas Eigentümliches. Vielleicht hatte jemand das Kind aufgenommen und ihm die Kleider geliehen, weil es so gut war. Voller Zutrauen sagte sie nun, wenn es so gut sein wollte, dem Lenchen das Zeug abzunehmen, so würde sie ihm herzlich dankbar dafür sein.

Nun griff Elsli gleich zu. Mit einem Geschick, das deutlich zeigte, dies Geschäft werde nicht zum erstenmal ausgeführt, befreite Elsli das kleine Lenchen aus seiner Schale und zog ihm das Jäckchen an, das an der Wand hing. Dann nahm es das steife Röckchen auf den Arm und beide Kinder wieder an die Hand und ging mit ihnen in die Küche hinaus, denn auch der Lukas steckte ja noch in seinen Morastschuhen. Hier goß Elsli Wasser in den hölzernen Zuber, und nachdem es den Kindern Schuhe und Strümpfe ausgezogen, stellte es beide da hinein, damit ihre Füße wieder sauber würden. Dann trocknete es sie ab und schickte sie in die Stube zurück, da sollten sie sich hinsetzen, denn nun hatte es noch das Zeug zu waschen.

Den Kindern war unter der guten Behandlung so wohl geworden, daß sie gleich gehorchten, doch rief Lukas noch zurück, Elsli müsse auch wieder hereinkommen, sobald das Waschen fertig sei.

Nun kamen aber die beiden älteren Buben in die Küche gelaufen, sie wollten mit Elsli ebenfalls Bekanntschaft machen.

Als nun Tolf sah, wie die neue Bekannte da herumwirtschaftete, als habe sie das schon lange getan und wisse gut, was nötig sei, da kam er ganz zutraulich zu Elsli heran und sagte: „Mach uns auch noch das Abendessen, sonst müssen wir warten, bis der Vater kommt und es macht, und er kann es nicht so gut."

„Ja, und einmal ist er eingeschlafen dabei", fiel Heini ein, „weil er so müde war, und dann waren die Kartoffeln ganz verkocht."

„Ja, und nachher mußte er doch noch fischen gehen", fuhr Tolf fort, „alle Tage nach dem Abendessen muß der Vater noch mit der Barke hinausfahren, wenn er schon müde ist; dann fängt er Fische zum Verkaufen."

„Und wir müssen es nun auch lernen", setzte Heini wieder ein, „aber das Ruder ist uns noch zu schwer; doch der Vater sagt, wir seien bald stark genug, und wir müssen alle arbeiten, soviel wir können, sonst gibt's kein Brot, und man nimmt uns das Haus weg."

Dem Elsli stiegen alle alten Erinnerungen auf bei diesen Erzählungen; wie gut wußte es, wie das alles war! Es war, als sähe es daheim den Vater vor sich, wie er so müde aussah und sagte: „Wenn wir's nur schaffen, daß wir nicht vom Haus fort müssen!"

Als die Wäscherei zu Ende war, ging Elsli wieder zum Bett der Mutter und fragte, ob es ihr recht sei, wenn es das Abendessen herrichte, und ob sie ihm sagen wollte, was zu tun sei.

Die Augen der Kranken leuchteten auf vor Freude. „Oh, du gutes Kind, willst du auch das noch tun?" sagte sie und drückte voller Freude Elslis Hand. Dann erklärte sie, was zu tun sei. Es war einfach genug. Elsli hatte es daheim vielhundertmal getan.

Die Buben rannten ihm hurtig wieder nach in die Küche.

„Ich weiß jetzt etwas Neues für euch zwei", sagte Elsli draußen, „wie alt seid ihr denn?"

„Ich bin sieben, und ich acht", riefen sie zusammen aus, und Elsli sagte:

„Ja, seht, da seid ihr schon alt genug. Wie ich acht Jahre alt war, mußte ich schon ganz allein die Kartoffeln kochen. Das will ich euch nun auch zeigen, wollt ihr? Wenn dann der Vater heimkommt und müde ist, könnt ihr sagen: ‚Setz dich nur hin, Vater, und iß, es ist alles fertig.'"

Die Buben waren voller Freude und Eifer, zu tun, was Elsli vorschlug, und es zeigte ihnen genau, wie man ein Feuer erst mit kleinen, trockenen Holzstückchen macht und dann größere darauflegt. Dann wurden die Kartoffeln sauber gewaschen und in den Kochtopf gelegt und ein wenig Wasser dazugetan. Das brodelte dann bald ganz lustig, und derweilen holte Elsli die geronnene Milch herbei, wie die Mutter angeordnet hatte.

Die Buben schauten unverwandt in den Topf. Als aber nun die Kartoffeln mit einemmal voneinandersprangen, hier eine und dort eine, da schrien sie auf vor Schreck und riefen Elsli zu Hilfe.

Aber es war ganz erfreut und sagte: „Es sind gute Kartoffeln, wenn sie so aufspringen, das müssen sie tun, und nun sind sie gar." Dann goß es das Wasser weg, das noch im Topf war, und schüttete die Kartoffeln in eine große runde Schüssel. Nun trug es die Teller in die Stube hinein und stellte sie auf dem Tisch zurecht, damit schon alles fertig sei, den Vater zu empfangen.

Der alte Mann, der aus seiner Ecke allem zugesehen hatte, winkte jetzt dem Elsli, es solle zu ihm kommen. „Du bist gut und hilfreich", sagte er, „kommst du morgen wieder?"

Elsli bejahte.

„Sieh, ich bin lahm", fuhr er fort, „und seit die Tochter krank ist, komme ich nie mehr an die Sonne, ich muß mich auf jemand stützen, und die Kinder sind noch zu klein. Willst du mich morgen ein wenig an die Sonne führen?"

Elsli versprach, morgen beizeiten zu kommen und ihn hinauszuführen. Jetzt aber war es Zeit, heimzukehren; Elsli wußte, nun würde auf der Rosenhalde bald die Tischglocke ertönen, da durfte es nicht fehlen.

Die Kranke drückte dem Mädchen immer noch einmal die Hand und wußte nicht, wie sie ihm genug danken sollte. Die Kleinen wollten es gar nicht loslassen, Lenchen und Lukas schrien immerzu: „Geh nicht fort! Geh nicht fort!" Aber es mußte doch sein.

Die größeren Buben liefen bis vor die Tür mit. Eben stellte dort ein Mann seine große Schaufel ans Haus.

Elsli erkannte ihn gleich: es war derselbe Mann, den es schon mehrmals getroffen und dem es nachgeschaut hatte, weil er mit seinen traurigen Augen gerade so vor sich hinschaute wie der Vater daheim. Er sah wirklich dem Vater ähnlich, auch in der Nähe und besonders jetzt, als sein trauriger Blick auf das heraustretende Elsli fiel und freundlich auf ihm haftenblieb, da er sah, wie seine beiden Buben sich an das Mädchen schmiegten. Bei dieser lebendigen Erinnerung schossen dem Elsli die Tränen in die Augen. So deutlich trat der Vater mit all der Not und Armut, die es so gut gekannt hatte, vor des Kindes Augen, daß es unter dem starken Eindruck aufschluchzen mußte. Es hielt dem Mann schnell seine Hand hin, und der drückte sie freundlich; dann lief Elsli weg.

Drinnen konnte der Vater zuerst gar nicht verstehen, was geschehen war, denn alle miteinander hatten ihm so viel zu berichten. Er trat zum Bett der Mutter und sagte, die Kinder könnten nachher berichten, er wolle erst von ihr hören, was vorgegangen sei.

Wie sie ihm nun alles erzählt hatte, das ganz Wunderbare, wie das Mädchen in dem schönen Röcklein alle Arbeit verstehe und sie getan habe und man sich gar nicht denken könne, woher es nur komme, da sagte der Vater: „Der liebe Gott hat ein Einsehen gehabt, er weiß, daß wir's nicht mehr machen konnten, er hat uns einen Engel zur Hilfe geschickt, und der hat ein gutes Herz."

Der Vater hatte gedacht, das fremde Mädchen habe vor Mitleid aufgeschluchzt, als es aus der Hütte trat.

Elsli lief, was es konnte, den Linden zu und den Garten hinauf. Erst jetzt ertönte die Tischglocke, und die Kinder kamen von allen Seiten, jedes von seinem eigenen Tun erfüllt. Niemand fragte Elsli, wo es seinen Nachmittag verbracht habe.

Elsli hatte sich vorgenommen, sobald eine ruhige Stunde käme, Tante Klarissa alles zu erzählen, was sich zugetragen hatte; sie würde ihm gewiß erlauben, seine Besuche fortzusetzen, denn die Leute hatten es wirklich nötig. Beim Fortgehen hatte Elsli die Frau gefragt, ob man nicht einen Doktor holen solle, und sie hatte geantwortet, das sei nicht nötig, ihre beste Hilfe wäre Elslis Wiederkommen. Sie habe sich nur immer von neuem geschadet, weil sie zwischendurch aufgestanden und hin- und hergelaufen sei und die Arbeiten gemacht habe, die eben gemacht werden müßten. Wenn sie sich einmal eine Woche über schonen könnte, würde es ihr gewiß bald besser gehen.

So mußte es doch hingehen und den Leuten helfen, sagte sich Elsli, und es wollte auch so gern. In seinem Herzen war eine große Freude erwacht: es konnte jemandem Gutes tun, es gab jemand, der nach ihm verlangte! Alle hatten so herzlich gebeten, daß es wiederkomme, die Mutter, die Kinder und auch der alte Mann.

Am folgenden Tag blieb Elsli keinen Augenblick auf der Bank sitzen. Sobald der Nachmittag da war und die Kinder aus dem Haus gerannt kamen, eines dahin, das andere dorthin strebend, ging Elsli zwar zu den Linden hinunter, aber auch gleich weiter.

Unter der Tür am Fischerhäuschen standen schon alle vier Kinder und schauten nach ihm aus. Mit einem Freudenschrei kamen sie ihm entgegengerannt, und das kleine Lenchen wollte die neue Freundin fast erdrücken vor Wiedersehensfreude, als sie es nun auf den Arm genommen hatte. Die Buben hielten sie auch auf allen Seiten fest und drängten und drückten sich an sie mit einer Liebe und Zärtlichkeit, wie Elsli in seinem Leben noch nie erfahren hatte.

Die Mutter drinnen streckte ihm beide Hände entgegen, als es endlich die Tür aufmachen konnte, und der alte Großvater in der Ecke sagte: „Gott Lob und Dank! Ich habe schon gemeint, es sei heute nichts mehr." Er meinte nun, ob Elsli nicht gleich mit ihm hinausgehen wollte, da die Sonne noch schön warm sei, er friere schon den ganzen Tag. Elsli war einverstanden und half dem Alten beim Aufstehen. Das war nicht so leicht, wie es gemeint hatte, denn der alte Mann mußte sich stark aufstützen, und Elsli hatte wenig Kraft, es sank fast unter ihm zusammen. Aber zuletzt kamen sie doch hinaus, und wo die Sonne schön golden auf das Wasser und auf die am

Ufer liegenden Baumstämme schien, wollte der Alte sich gern hinsetzen, und Elsli sollte bei ihm bleiben. Es tat, wie er wünschte.

Wie sie nun so zusammen auf das goldene Wasser schauten, sagte er: „Ja, ja, das ist der alte schöne Rhein! Wie manches Mal habe ich mich daran gefreut! Aber mit mir geht's abwärts, ich werde ihn nicht mehr lange sehen. Ich muß gehen und weiß nicht, wohin. Aber das ist nichts für dich, du bist noch zu jung. Du fängst erst an. Freu dich nur recht, daß du noch lange am Wasser bleiben kannst!"

„Ich habe an etwas anderes gedacht, wie ich das goldene Wasser sah", entgegnete Elsli. „Ich mußte an den schönen Strom denken, der durch das Paradies fließt, und wie die sich freuen, die dort sind."

„Was sagst du?" fuhr der Alte auf und schaute Elsli an, als habe es ihn erschreckt. „Was kannst du davon wissen?"

„Ich weiß davon, was in einem Lied steht, das ich schon lange kenne", antwortete Elsli. „Eine Freundin hat es mich gelehrt, und sie ist jetzt schon dort. Soll ich es Euch aufsagen?"

Der Alte nickte bejahend, und Elsli war froh, wieder einmal jemandem sein Lied sagen zu können, der auch Freude daran haben mußte, da er bald gehen würde, wie er selbst sagte.

Elsli begann, und da der Alte aufmerksam zuhörte, fuhr es fort bis zum Ende:

„Es fließt ein Strom kristallen klar
durch immergrüne Auen,
da glänzt der Lilien weiße Schar
im Duft, dem himmelblauen.

Und Rosen duften, Rosen glühn
auf sonnengold'ner Wiese,
und Vögel jauchzen laut im Grün:
‚Wir sind im Paradiese!'

Und immer milde Lüfte wehn
auf all den Blumenwegen,
und Menschen wie im Traume gehn
und kommen sich entgegen.

Und grüßen sich allüberall
in Staunen und in Wonne.
Sie kommen aus dem dunklen Tal
ins Land der ew'gen Sonne.

Und ziehen selig hin und her,
und wissen nichts von Leide,
die kennen keine Tränen mehr,
die kennen lauter Freude."

Der Alte hatte ein paarmal den Kopf geschüttelt, während er aufmerksam dem Lied folgte. „Das ist nichts für mich", sagte er jetzt, da es zu Ende war.

Elsli war sehr enttäuscht. „Aber warum denn nicht?" fragte es betrübt. „Das ist doch für alle Menschen, denn einmal sterben doch alle, und es ist ja eine große Freude, dann dorthin zu kommen."

Der Alte schüttelte wieder seinen Kopf. „Es ist nicht für alle. Dorthin kommen nur die Guten." Eine Weile schwieg er, dann sagte er: „Ich könnte dir wohl etwas sagen, aber du verstehst es nicht. Wenn es einem Menschen schlecht geht und er denkt, es ist doch ein Gott im Himmel, der ihm helfen könnte, und er hilft nicht, so denkt der Mensch, es nützt nichts, zu beten, man muß sich selber helfen, so gut man kann. Und dann tut er manchmal auch etwas, was nicht recht ist. Und wenn es dann zum Sterben kommt, und er hat schon lange nichts mehr von seinem Gott im Himmel gewußt, so steht ihm nicht einfach die Tür offen, daß er nur hineinzugehen braucht, wo es den anderen so wohl ist. Aber davon weißt du nichts."

Elsli wußte doch etwas davon. Es erinnerte sich, wie manchmal die Mutter daheim gesagt hatte, die hätten gut beten, denen es gut gehe auf der Welt, sie merkten schon, daß der liebe Gott es mit ihnen halte, aber ihr helfe es doch nichts. Und wie dann der Vater in seiner traurigen Weise geantwortet hatte: „So kommt's immer schlimmer mit uns, immer schlimmer, man sollte anders denken."

Elsli war still und traurig geworden in der Erinnerung. Nach einer Weile stand es auf und meinte, es müsse nun doch nach der Kranken sehen, später wolle es wiederkommen und den Alten hereinholen.

Aber er ließ das Kind nicht los, er zog es wieder neben sich auf den Baumstamm nieder. „Nein, nein, bleib noch ein wenig bei mir", sagte er, „wir wollen noch miteinander reden, du bist so vernünftig für dein Alter. Vielleicht weißt du auch noch ein Lied, ich hör' es gern; komm, sag mir noch etwas!"

Elsli sagte, es könne schon noch mehr Lieder, aber es wisse nicht recht, was er gern hören würde. Eine Weile schwieg es nachdenklich; dann leuchteten plötzlich seine Augen auf, und es sagte: „Doch, ich weiß eines, das ist vielleicht für Euch; wollt Ihr's hören?" Der Alte nickte zustimmend. Elsli begann:

„Der Tag erlischt, die Nacht bricht ein,
so geht mein Tag zu Ende.
Wie wird der Weg durchs Dunkel sein?
Ich hebe meine Hände.

O Herr, der du mein einzig Licht
auf diesem dunklen Pfade,
gedenke meiner Sünde nicht,
gedenke deiner Gnade!

O blicke mich wie jenen an,
den seine Sünde reute,
so wird die Tür mir aufgetan
zum Paradies noch heute."

Der Alte blieb still, er sagte kein Wort mehr.

Nach einer guten Weile meinte Elsli, nun sollte es wirklich nachsehen, ob die Kranke etwas brauche.

Jetzt stand auch der Alte auf, er wollte mit hineinkommen. Während sie mit langsamen Schritten der Hüttentür zugingen, sagte er nachdenklich vor sich hin: „Ja, so habe ich es gehört und gekannt vor langer Zeit, wie ich noch zur Kirche ging. So gilt es denn immer noch. Wenn man doch den Weg wiederfinden könnte! Kommst du auch morgen wieder, Kind, und willst du mir's dann noch einmal sagen?"

Elsli gab gern das Versprechen, wiederzukommen. Es freute sich, daß er die Worte wieder hören wollte: so hatte es doch das Rechte für den alten Mann gefunden. Elsli ruhte nicht, bis die Kranke, die Kinder, der Haushalt und alles besorgt war, was die Mutter noch unruhig machen konnte. Das Mädchen kannte alle Arbeit und wußte, wie sie getan werden mußte; das hatte die Kranke noch nie bei einem Kind gesehen. Dazu wußte es gleich immer so gut wie sie selbst, welche Arbeit am nötigsten war, und tat sie so flink, so leise, so sorgfältig. Nie konnte die Kranke sich genug darüber wundern, nie konnte sie genug danken für eine solche Hilfe. Elsli hatte eine gute Schule durchgemacht, es wußte ohne Worte, wo geholfen werden mußte.

Tolf und Heini konnten es nicht erwarten, daß Elsli nun mit ihnen in die Küche kam, damit sie zeigen konnten, was sie gelernt hatten. Als es wieder zum Abschied ging, gab es direkt einen Kampf, denn Lukas und Lenchen hielten Elsli mit aller Macht fest, und Tolf und Heini konnten auch nicht fertig werden mit allem, was sie noch zu sagen hatten.

Wie so alle drei Buben an Elsli hingen und Lenchen auf seinem Arm es um den Hals festhielt, trat der Vater herein. Ein ganz seltenes Lächeln erhellte sein Gesicht bei dem Anblick, und wie er nun herankam und die Hand ausstreckte, schauten seine Augen so liebevoll auf Elsli nieder, wie nur der Vater es angeblickt hatte.

Elsli empfand ein tiefes Glück im Herzen, daß es das traurige Gesicht des müden Mannes so hatte erheitern können. Aber nun war es Zeit. Elsli eilte fort. Noch lange hörte es, wie die Kinder ihm nachriefen: „Komm wieder morgen! Komm wieder morgen!"

So ging es von einem Tag zum andern. Elsli lebte in einer ganz anderen Welt als die übrigen Kinder der Rosenhalde. Es war wie ein neues Leben in das Kind gekommen, und so glücklich sah es jetzt immer aus, daß Fred einmal ausrufen mußte:

„Elsli, was freut dich so? Du siehst jetzt immerzu so aus, als ob du jeden Tag zwei Juwelenkäfer fingest."

Elsli fühlte sich auch nie mehr überflüssig. Es wußte, schon am frühen Morgen fingen die vier Kinder in der Weidenhütte an, die Stunden zu zählen, bis es zu ihnen kam. Die kranke Mutter schaute verlangend nach ihm aus, denn immer noch mußte sie liegenbleiben und konnte nichts tun. Der alte Mann in der Ecke hoffte, daß es bald komme und ihn heraushole und dann erst noch bei ihm sitze, denn er wollte jetzt täglich sein Lied hören, und dann mußte Elsli noch mit ihm sprechen und bei ihm bleiben: er war gar nicht gern allein. Und jeden Tag auch sah Elsli, wie der Vater sich bei seiner Heimkehr darüber freute, daß ihn nicht Unordnung und Elend empfingen, sondern daß die Hausarbeit getan war und auch er einem Feierabend entgegensehen konnte.

Nur eine leise Sorge hatte Elsli: noch hatte es nie mit Tante Klarissa reden können; noch wußte niemand ein Wort von seinen täglichen Besuchen. Ob Frau Stanhope sie weiter erlauben würde? Darüber stieg zuweilen eine plötzliche Angst in Elslis Herzen auf. Es tat gewiß nichts Böses, aber es war doch nicht ganz sicher, ob es fortgehen durfte. Aber verlassen konnte es doch die Fischerleute auch nicht mehr. Es hatte schon mehrmals mit Tante Klarissa reden und ihr alles erzählen wollen, aber es war jetzt immer so viel Unruhe im Haus, und Elsli war jedesmal auf eine spätere Zeit vertröstet worden.

Heute wollte es aber doch versuchen, in den ruhigen Abendstunden Tante Klarissa eine kleine Weile auf die Seite zu bekommen, um ihr den ganzen Hergang der Sache zu erzählen. Nach dem Abendessen ging es ihr nach und fragte, ob es ihr etwas sagen könne, bevor sie auf die Terrasse hinausgingen.

Tante Klarissa wollte wissen, ob es schnell gehe, sie habe wenig Zeit jetzt, Frau Stanhope wünsche auch, daß alle gleich zusammenkämen um diese Zeit, wie Elsli wisse.

Das Mädchen sagte, die Sache sei nicht so schnell erzählt, aber es habe etwas zu berichten, was Tante Klarissa wissen müsse.

Die meinte, es werde ja nicht so große Eile haben, sie wolle Elsli dann einmal in ihr Zimmer rufen, wenn sie Zeit habe.

So unterblieb die Beichte auch für diesmal wieder.

FÜNFTES KAPITEL

Es werden Vorbereitungen getroffen

Die Fahrt nach Köln hatte stattgefunden. Es war ein prachtvoller Tag mit blauem Himmel und Sonnenschein gewesen. Die Kinder hatten eine herrliche Rheinfahrt gemacht, und der große Tiergarten war nach allen Richtungen hin gründlich betrachtet worden. Seltsamerweise dachten am Abend, als sie sich niederlegten, diesmal alle fünf Kinder ganz dasselbe. Sie sagten in ihrem Herzen: Ja, es war schön, aber es war doch schade! Was aber schade war, damit hatte es bei jedem der fünf eine eigene Bewandtnis.

Gleich beim Besteigen des Dampfers hatte Frau Stanhope gesagt: „Nun setzen wir uns alle hübsch zusammen, und da bleiben wir. Auf dem Schiff sind so viele Fremde, da geht das Hin- und Herlaufen nicht an."

So war Oskar von vornherein die Möglichkeit abgeschnitten, in der Menge herumzuforschen, ob nicht da oder dort ein Landsmann auftauchte, den man zu dem großen Fest einladen könnte.

Emmi hatte immer noch gehofft, daß durch irgendeine besondere Bestimmung, die dem Fani ja unbekannt sein konnte, das Schiff angesichts der Ruine vielleicht doch eine kleine Weile stillhalten würde, und daher vor der Abreise schnell noch Papier und Bleistift eingesteckt, um im günstigsten Augenblick bereit zu sein. Als dann der Dampfer so schnell an der betreffenden Stelle vorbeifuhr, daß Emmi die Ruine kaum recht betrachten konnte, war ihre Enttäuschung groß.

Fani schaute dabei niedergeschlagen zu ihr hinüber, als wollte er sagen: „Hab's wohl gewußt, es ist nichts zu machen."

Beim Eintritt in den schönen Tiergarten sagte dann Frau Stanhope, nun bleibe man erst recht beisammen. Keines bleibe zurück und keines gehe voran, sonst könnte man sich verlieren. Alle zusammen sollten immer dasselbe Tier betrachten, und nichts werde berührt im ganzen Garten.

Nun fing für Fred eine Qual an, die ihn fortwährend marterte, bis man wieder den Garten verlassen hatte. Hier schwirrte und summte es ganz aufgeregt in einem Busch, da mußten Scharen von wundervollen Tierchen drinnen sein. Dort stiegen Schmetterlinge mit funkelnden Farben von den Blumen auf. Da kroch ein rotgolden schimmernder Käfer vor seinen Augen in den Rasen hinein, noch einer, da noch ein anderer, und diese ungeheure Eidechse auf dem Gestein! Alles mußte er flattern und kriechen und summen lassen und mit ruhigen Fingern daran vorbeigehen, er durfte nicht stillstehen, nichts anfassen, nichts sagen — es ging fast über seine Kraft.

Elsli ging daneben still einher und dachte fortwährend: „Nun erwarten mich alle, und ich kann den ganzen Tag nicht kommen."

Um dieser Erlebnisse willen hatten trotz der Genüsse des Tages sich am Abend alle fünf mit dem Gefühl „Wie schade!" zu Bett gelegt.

Aber jetzt am Morgen war der Eindruck der Enttäuschung vorbei, und alle fünf kamen mit neuen erfreulichen Aussichten für den Tag in den Garten hinausgelaufen.

Oskar hatte heute besonders viel vor. Vor allem mußte er zu seinen Freunden Fink eilen, denn mit denen hatte er für morgen etwas zu besprechen. Dann war Feklitus auf der Bahnstation abzuholen, denn heute sollte er ankommen. Um seinetwillen hatte auch das Fest noch nicht stattgefunden, denn mit ihm war schon wieder ein Landsmann mehr im Ausland. Oskar hatte ihm Bericht erstattet, daß drei schöne Gasthöfe in der Nähe der Station seien, „Traube", „Adler" und „Morgenstern". Ziemlich entfernt, unten am Rhein, stände dann ein ganz prachtvoller Bau, so groß wie daheim die Kirche, die Schule und noch sechs Häuser dazu. Dieser Gasthof heiße „Zum Kronprinzen", und dort würden auch Rheinbäder genommen; darum seien viele Kurgäste da, und es sei vielleicht ein wenig teuer, dort zu wohnen.

Augenblicklich hatten die Eltern Bickel sich für den „Kronprinzen" entschieden, schon um des Namens willen, der paßte so schön für ihren Sohn; dann auch um der Bekanntschaften willen, die ihr Sohn in dieser guten Gesellschaft machen konnte, denn dahin kam ja nur, wer bezahlen konnte. Dann war es ihnen auch recht, daß man gleich wisse, wer ihr Sohn sei, wenn er da absteige, wo es am teuersten war. Oskar wurde also beauftragt, im „Kronprinzen" für Feklitus ein Zimmer zu bestellen.

Als der Augenblick kam, da den Kindern erlaubt war, ihre Zeit zu benutzen, wie sie wollten, stob Oskar davon. Er hatte jetzt so enge Freundschaft mit den Brüdern Fink geschlossen, daß die drei keinen Tag mehr ohne einander sein konnten und für das Leben einen unauflöslichen Freundschaftsbund geschlossen hatten. Solche Freunde hatte Oskar noch nie besessen. Wenn sie zusammen waren, verflogen ihnen die Stunden wie Minuten, denn sie hatten tausend gemeinsame Gedanken — ihre Spiele, ihre Pläne, ihre Wünsche für die Zukunft —, und in allem stimmten sie überein. So war auch heute die Zeit, da Feklitus erscheinen sollte, gekommen, ehe sie sich's versahen. Sie zogen alle drei los, um den Ankommenden zu begrüßen.

Trotz der großen Herzlichkeit, mit der die Brüder Fink dem neuen Landsmann entgegenkamen, blieb die Begrüßung einseitig, denn Feklitus war nicht daran gewöhnt, sich mit fremden Leuten abzugeben. Sein reiches Gepäck wurde dem Omnibus übergeben; dann begleiteten die drei Freunde den Angekommenen in den Gasthof. Hier wurde ihm ein sehr großes Zimmer angewiesen. Darin standen hochrote, prächtige Samtstühle, und die Fenster waren ganz hoch, noch höher als in Buchberg an den meisten Häusern die Türen.

Oskar erklärte nun gleich dem Feklitus, was heute noch erledigt werden solle, damit morgen das große Stiftungsfest stattfinden könne: es müsse nämlich die Fahne in den Boden eingebohrt und mit Steinen fest umgeben werden, damit man sie dann morgen nur einzustecken habe. Ferner teilte er ihm mit, wer die Genossen seien, die er aufgefunden habe und die am Fest teilnehmen würden.

Feklitus rümpfte die Nase: „Du hast eine noble Gesellschaft zusammengebracht", sagte er höhnisch, „und dazu noch lauter Kleinkantönler."

„Was?" rief Oskar entrüstet, „das sagst du? Wer hat auf die Fahne setzen wollen: ‚Freiheit, Gleichheit, Brüderschaft?'"

„Das kann ich immer noch sagen", entgegnete Feklitus rechthaberisch. „Ich mache aber Brüderschaft, mit wem ich will, und nicht mit jedem wie du."

„So, das sagst du so einfach!" rief Oskar immer empörter. „Was verstehst du denn unter Gleichheit?"

„Dasselbe wie du", gab Feklitus zurück: „daß es mir gleich ist, was die anderen machen, und daß es ihnen gleich sein kann, was ich mache, denn ich mache, was ich will."

„So, so, du bist ein schöner Schweizer Bruder, du!" schrie Oskar vor Aufregung immer lauter, „und von der Schweizer Geschichte weißt du auch nichts mehr. Weißt du, was du jetzt tun müßtest, wenn keine tapferen Kleinkantönler dagewesen wären? Unter dem aufgestellten Hut könntest du durchkriechen und dem Landvogt den Staub von den Schuhen wischen."

Hier fielen die Brüder Fink mit größter Lebhaftigkeit in die Unterhaltung ein und unterstützten Oskars Behauptung so eifrig, daß es immer lauter tönte, denn Feklitus fing nun ebenfalls an zu schreien, er wisse die Schweizer Geschichte so gut wie sie, er sei die ganze Zeit der Beste in der Schule gewesen.

Und über alle weg am lautesten rief nun Oskar wieder: „Ja, wir wollen dir's einmal zeigen, wenn wir erwachsen sind, was Brüderschaft ist und Gleichheit und Vaterlandsliebe. Dann gründen wir einen Verein für die ganze Schweiz, die beiden Fink und ich, und jedes Jahr wird das Fest der Gründung gefeiert, an dem alle Schweizer aus allen Kantonen teilnehmen, und beim Festessen sitzt man den Kantonen nach, so wie jeder in den Schweizerbund eingetreten ist. Die ersten vom Bund sitzen zuoberst, und dann kannst du sehen, wer das ist."

„Ja, dann kannst du sehen, wer das ist", schrien die Brüder Fink, und Feklitus erhob seine Stimme noch mehr und schrie mit aller Macht gegen die St. Galler:

„Na, ihr kommt gewiß einmal nicht zuoberst, noch lange nicht!"

Jetzt machte ein sehr eleganter Kellner die Tür des Zimmers weit auf und schaute nach, ob die Fensterscheiben noch ganz seien. Dann blieb er höflich vor der offenen Tür stehen, wie um darzutun, er werde hier dem Fortgang des Spektakels beiwohnen.

Oskar fand es nun an der Zeit, seine Stimme zu dämpfen und seine Freunde einzuladen, ihm zum Festplatz zu folgen. Auch auf die anderen hatte der höflich wartende Teilnehmer an der Tür eine besänftigende Wirkung ausgeübt. Sie schwiegen plötzlich und folgten Oskar bereitwillig. Er holte im Vorbeigehen an der Rosenhalde schnell seine Fahne heraus, dann ging der Zug weiter.

Jetzt erst, bei der Windmühle angelangt, konnte die Fahne so recht betrachtet und bewundert werden. Welch prachtvolle Arbeit war dieser Strauß von leuchtenden Alpenrosen mit den glänzend grünen Blättern, die sie umgaben! Auf der anderen Seite hatte Elsli einen großen Papierbogen über die Fahne genäht, auf den Oskar seinen Lieblingsspruch mit ungeheuren Buchstaben geschrieben hatte.

Auf den grünen Hügel, wo die Windmühle stand, schien warm die Abendsonne. Es war ein herrlicher Festplatz. Die Brüder Fink schickten sich an, das Loch zu graben, in das die Fahnenstange gesteckt werden sollte. Oskar ordnete alles an und hielt die hohe Fahnenstange derweilen fest. Feklitus schaute zu.

Kurz vorher hatte auch der Windmüller einen kleinen Spaziergang nach seiner Mühle unternommen. Eben schaute er drinnen nach dem rechten, als er draußen allerlei ungewohnte Töne vernahm. Er guckte von oben heraus. Da wehte unmittelbar vor seinen Augen die eben aufgestellte Fahne mit der großen Inschrift:

Und wir wollen hindurch, und wir wollen voran,
und wir wollen die Freiheit vor allen,
und wir geben nicht nach, bis der letzte Tyrann
und die letzte der Ketten gefallen!

Dazu sah er, wie unten eifrig gearbeitet wurde, um die Fahne festzustecken.

„Hm, hm, so, so, und das auf meinem eigenen Grundstück, das wollen wir denn doch sehen", murmelte der friedliebende Müller. Er blieb an seinem Guckfenster stehen und wartete das Weitere ab.

Als nu.. die Stange mit den Steinen festgemacht war und schön gerade dastand, obgleich der Wind die Fahne tüchtig hin und her wehte, wurde sie wieder herausgehoben, die Steine säuberlich in das

Loch gelegt und mit dem weggegrabenen Rasen zugedeckt. So waren die Vorbereitungen aufs beste getroffen; morgen brauchte man nur schnell die Fahne einzustecken, und das Fest konnte beginnen.

Seine Festrede hatte Oskar längst in Bereitschaft. Jetzt warf er noch einen letzten vergnügten Blick auf die schöne Rednertribüne vor der Windmühle. „Also um sechs Uhr morgen abend, vorher nicht, die anderen können nicht früher abkommen", sagte er dann zu den Kameraden. „Versammlungsplatz hinter der Rosenhalde bei den drei Eschen. Von da Abmarsch mit Musik."

Nun verließen die vier den Festhügel. Unten auf der großen Straße trennten sie sich mit dem Versprechen, pünktlich zu erscheinen, und jeder ging nach seiner Seite.

Schon am frühen Morgen dieses Tages hatten in Emmis Kopf ganz besondere Gedanken zu arbeiten begonnen. Sie hatte gestern auf der Rückfahrt etwas gesehen, das ihr Erfindungsvermögen in hohem Grade angeregt hatte. Beim Mittagstisch konnte man bemerken, daß ein Vorhaben in ihr gereift war, das sie fortwährend zur Ausführung anspornte, denn sie schluckte alles feuerheiß und ohne Unterscheidung hinunter. Sobald der Augenblick da war, da Frau Stanhope sich vom Tisch erhob und den Kindern viel Vergnügen zu ihren Nachmittagsspielen wünschte, glitt Emmi leise und behend wie ein Wiesel zur Tür hinaus, die Treppe hinunter und in die Küche hinein. Die dicke Köchin schaute verwundert von ihrer Kaffeetasse auf, denn ohne ein Schälchen Kaffee nach Tisch tat sie es nicht.

„Nanu, ist dem Fräulein etwas zugestoßen?" fragte sie gemütlich.

„Nein, nein", entgegnete Emmi, „ich hätte nur gern einen kleinen Dienst von Ihnen erbeten; aber trinken Sie nur erst Ihren Kaffee aus!"

„Ist schon geschehen. Wo fehlt's denn?" wollte nun die Köchin wissen, indem sie sich langsam erhob.

„Ich habe so staubige Schuhe, wollen Sie nicht so gut sein und sie mir ein wenig abwischen?" fragte Emmi so höflich, daß man hätte denken müssen, sie könnte gar nicht anders.

„Ist nicht wichtig", bemerkte die Köchin, die Schuhe betrachtend, hob aber doch Emmis Fuß auf einen Schemel und begann zu putzen.

„Und dann wollte ich Sie gern noch etwas fragen", fing Emmi wieder an. „Woher kommen die schönen Fische, die wir so oft zu essen bekommen?"

„Die kommen aus dem Wasser", entgegnete die Köchin.

„Ja, ja, schon, aber ich meine, ob ein Fischer sie bringt oder ob Sie selbst gehen, sie zu holen", forschte Emmi weiter.

„Das fehlte mir gerade noch, daß ich erst ein paar Stunden weit trotten müßte, bevor ich die Fische in der Pfanne hätte! So, jetzt glänzen sie wieder." Damit legte die Köchin ihre Bürste weg.

„Sind es ein paar Stunden bis zum Fischer?" rief Emmi erschrocken aus.

„O bah, man kann nicht auf jedes Wort schwören, das man sagt. Wenn es das junge Fräulein wissen möchte, wie weit es ist, kann es ja selber den Weg machen", warf die Köchin hin.

„Das möchte ich ja auch gerade! Wollen Sie nicht so gut sein und mir sagen, wo der Weg ist?" fragte Emmi und bedankte sich höflich für das Schuheputzen.

„Nur geradeaus hinter der Rosenhalde die Straße hinunter. Dann links auf den Fußweg, die Wiesen hinunter bis zum großen Weidengebüsch, das ist alles", war die Auskunft.

Nun lief Emmi dankend davon.

„Ich weiß schon, die will einen Fisch an der Angel zappeln sehen", setzte die Köchin, ihr nachschauend, hinzu.

Emmi stürzte in den Garten hinaus und auf Fani los: „Komm! Komm! Nun weiß ich alles. Nun können wir alles ausführen!" Und voller Begeisterung zog sie den Fani mit zum Hof und auf die Straße hinaus. Im Weiterwandern berichtete sie ihm, daß sie gestern abend am Ufer einen Fischerkahn gesehen und dann einen Weg ausfindig gemacht habe, um zu der Köchin zu gelangen, weil sie ja wußte, daß Fani und Elsli nicht so ohne weiteres in die Küche gehen durften. Nun wisse sie auch von der Köchin, wo der Fischer zu finden sei, dem bestimmt der Kahn gehöre. Damit könnten sie dann auf den Rhein hinausfahren und da halten, solange sie wollten, bis Fani seine Zeichnung fertig hätte. Und wenn er nicht mit einem Male fertig würde, so führen sie nochmals; der Kahn sei gewiß nicht so teuer, daß sie das nicht ganz gut ein paarmal tun könnten.

Fani war hingerissen von der Aussicht. Aber plötzlich kamen ihm Bedenken: „Wer rudert uns hinaus, Emmi? Ich kann nicht rudern", sagte er niedergeschlagen, „und der Fischer kommt nicht mit für so lange; denke, das würde ja schrecklich viel kosten!"

„Oh, das weiß ich, aber ich kann prachtvoll rudern, du wirst schon sehen", versicherte Emmi. „Ich habe schon vier Personen auf dem See herumgerudert, und sooft ich unten am See zu Besuch war, sind wir auch ganz allein ohne Schiffsmann hinausgefahren, Oskar und unsere Freunde, und ich habe am meisten gerudert, manchmal ganz allein; du wirst schon sehen, wie ich's kann!"

Fani war ganz beruhigt, denn er hatte großes Vertrauen in Emmis Fähigkeiten.

Der schmale Weg, der von der Straße nach links abbog, wurde endlich entdeckt, nachdem die beiden erst vorbeigegangen, dann wieder umgekehrt waren, da es ihnen schien, sie kämen zu weit weg. Endlich sahen sie fern unten am Wasser das Weidengebüsch, das wie ein kleines Wäldchen aussah, und gingen darauf zu.

Es ging nun schon gegen Abend, der Weg hatte eine gute Zeit gedauert, er war schon an sich um die Hälfte länger als der wenig betretene Fußpfad, der von den Linden hart am Wasser entlang zu den Weiden führte; aber von diesem wußten die Kinder nichts, den hatte nur Elsli entdeckt. Unter den Weiden sah es einsam und still aus, da war nichts zu sehen als immer noch mehr Weidenbüsche, und von unten herauf hörte man die mächtigen Wellen rauschen. Die Kinder gingen näher, bis man endlich durch die Büsche hinaus auf das Wasser sah. Da lag der Kahn nicht weit von ihnen, und dort hinten stieg dünner Rauch auf, dort mußte das Fischerhäuschen stehen.

Eben ging ein Mann zum Kahn hinunter und fing an, daran herumzuhämmern. Emmi schritt rüstig auf ihn zu, und Fani folgte.

„Seid Ihr der Fischer?" fragte Emmi, als sie beide bei dem Boot angelangt waren.

Der Mann hob den Kopf und unterbrach sein Hämmern.

„Der bin ich. Wollt ihr Fische kaufen?"

Emmi erklärte ihm nun, daß sie gern sein Boot entlehnen möchten, nur für ein paar Stunden, und nicht, um weit wegzufahren, nur eine kleine Strecke.

Der Mann schaute die beiden ein wenig zweifelnd an; Fani sah kräftig und gewandt aus, um ein Boot regieren zu können. Dennoch fragte der Fischer behutsam: „Ihr seid das Rudern doch gewöhnt?"

„Ja, ja, gewiß, das ist lange nicht unsere erste Fahrt, wir wollen uns schon helfen", versicherte Emmi, und Fani war der Sache nicht weniger sicher.

Der Fischer sagte nun, für heute sei es zu spät, in einer oder zwei Stunden würde er selber den Kahn brauchen, und vorher hätte er noch einiges auszubessern. Wenn sie aber morgen kommen wollten, so sollte der Kahn bereit sein, sie brauchten ihn dann nur loszubinden, auch wenn er nicht da wäre. Sie sollten aber nahe am Land bleiben.

Emmi versprach, sie wollten alles gut besorgen und am Abend bei der Heimkehr den Fischer bezahlen. Dann zogen Fani und Emmi wieder fröhlich ab, und während sie in der lebendigsten Unterhaltung über die beglückenden Aussichten der Rosenhalde zugingen, kam von der anderen Seite still und leise Elsli über den schmalen Pfad am Wasser dahergegangen. Alle drei kamen von dem gleichen Orte, aber sie wußten nichts voneinander; auch hatte Elsli das Fischerhäuschen erst verlassen, als die beiden anderen längst drüben die Straße entlangwanderten.

Im Garten trafen sie zusammen, und eins fragte das andere: „Hat die Tischglocke schon geläutet?" Und als sie eben erscholl, stiegen sie einträchtig die steinerne Treppe hinauf, ohne sich gegenseitig mit Fragen zu belästigen, denn es war jedem recht, wenn der andere ihm keine stellte.

SECHSTES KAPITEL

Unruhen am Rhein

Die ruhigsten Stunden, welche die Gesellschaft auf der Rosenhalde zubrachte, waren gewöhnlich die frühen Morgenstunden. Diese waren dem Briefeschreiben und den Schulaufgaben gewidmet.

Heute schien sich indessen schon früh eine gewisse Unruhe aller Gemüter bemächtigt zu haben. Fani und Emmi konnten beide keinen Augenblick stillsitzen. Der Junge wühlte immerfort in seinen Papieren herum, als könnte er durchaus zu keinem Entschluß kommen, welches dasjenige sei, das er brauchte. Emmi machte ihm alle Arten von Zeichen über den Tisch und mußte plötzlich mitten im Lernen der französischen Zeitwörter eine Menge Bleistifte nötig haben, denn sie spitzte jetzt mit einemmal wenigstens sechs hintereinander an. Oskar schrieb an seinem Ferienaufsatz, und man hätte denken können, er verfasse ein Drama, zu dem er gleich die Gebärden einstudierte, denn alle Augenblicke warf er den Kopf in die Höhe und schaute so begeistert auf sein Tintenfaß und alle übrigen Tintenfässer des Tisches, als hätte er sie zu großen Taten mitzureißen.

Tante Klarissa, die, um die Ordnung aufrechtzuerhalten, während dieser Stunden mit ihrer Arbeit in demselben Zimmer saß, wurde eben jetzt von Lina, der Stubenjungfer, mit einem Ton ungewohnter Leidenschaftlichkeit herausgerufen. Kaum war die Tür hinter ihr ins Schloß gefallen, als Oskar aufgeregt ausrief:

„Nicht, daß du dann wieder wer weiß wo bist heut' abend, Fani! Gib mir dein Ehrenwort, daß du zur Zeit auf dem Platz sein willst! Ein Viertel vor sechs Versammlung bei den drei Eschen. Sechs Uhr Abmarsch zum Festplatz. Versprich!"

Fani schaute Emmi an. „Ja, natürlich, das kannst du versprechen, Fani; bis dahin sind wir wieder da", sagte diese eifrig. „Weißt du, Oskar, wir müssen vorher miteinander noch einen Weg machen, aber wir kommen schon zurück bis dahin, wenn wir gleich um zwei Uhr fortrennen, so schnell wir können."

„Geht, wohin ihr wollt, aber versprich, Fani!" wiederholte Oskar.

Fani versprach feierlich, gegen sechs Uhr bei den Eschen zu sein.

„Und du auch, Fred, versprich, wir haben nicht zu viele Leute, versprich, daß du kommst", drängte Oskar weiter.

Mit Fred ging es nicht so leicht, er war sehr behutsam mit Versprechungen. Er sagte, vielleicht komme er; wenn er aber durch wichtige Beschäftigungen abgehalten würde, so könnte er sein Versprechen ja nicht einlösen, darum wollte er keines geben.

Oskar wurde aufgebracht und wollte seinen Willen haben; aber Fred war zähe und widerstand beharrlich. Emmi und Fani waren sehr froh, daß sie einen triftigen Grund hatten, ihre unbestimmten Beschäftigungen aufzugeben, um an dem wichtigen Streit teilzunehmen.

Draußen hatte Lina mit vor Entrüstung hochroten Wangen Tante Klarissa erklärt, unter diesen Umständen bleibe sie nicht mehr in dem Hause! Was da für Dinge geschähen, würde kein Mensch glauben, der sie nicht selbst sehe, so etwas sei ihr in ihrem ganzen Leben noch nicht vorgekommen.

„Aber so reden Sie doch einmal deutlich, Lina!" unterbrach Klarissa den Strom von Worten, die von ganz ungeheuerlichen, aber so unbestimmten Greueln sprachen, daß Klarissa sich durchaus keinen Begriff machen konnte, was geschehen war.

„Schon ein paarmal habe ich so etwas gemerkt", fuhr Lina in steigender Empörung fort, „doch ich meinte, es käme von den offenen Fenstern her; aber heut', aber jetzt; ich öffne die Schublade am Waschtisch des jüngeren Herrn, um rein zu machen, da springt ein lebendiger Frosch heraus. Ich öffne die andere, mir krabbeln lebendige Spinnen entgegen, hu, eine ganze Schar! Ich schlage mit dem Wischer zu, sie fahren in alle Ecken mit ihren langen Beinen. Ich sehe, daß am Schreibtisch der Schlüssel steckt, denke, ob auch da solch greuliches Getier eingedrungen sein könnte. Ich öffne ein Fach, und wieder, eins nach dem anderen — oh, wie es da aussah! —, es ist nicht zu sagen! Schnecken, Käfer, Raupen, alles lebendig, aus jedem Fach kriecht's und krabbelt's heraus, eine Wirtschaft, ein Schmutz, ein Greuel, es ist unerhört! Ich habe ausgeleert, ausgewischt, weggestäubt, was ich konnte, aber dieser Schmutz überall, diese Flecken und all das klebrige Zeug! Was wird bloß Frau Stanhope sagen. Und zu denken, daß nun in allen Ecken solche Tiere umherkriechen und einem an die Kleider kommen können und ins Haar und sich überall anhängen! Und das ist nicht zufällig, das hat dieser junge, unnütze Herr alles absichtlich zusammengerafft, um die zu erschrecken, die da aufmachen."

„Nein, nein, Lina, das ist nicht so", konnte hier Klarissa endlich einsetzen. „Kommen Sie mit mir, wir wollen in das Zimmer hinauf und sehen, was da zu machen ist. Erschrecken hat der Junge jedenfalls keinen Menschen wollen; ich fürchte nur, er hat sich etwas aufbewahren wollen, wo es nicht hingehört, wir werden nachsehen."

Wirklich traf Klarissa auf einen erschreckenden Anblick in Freds Zimmer. Alle Schubladen und Fächer waren herausgerissen und überall bemalt von größeren und kleineren Flecken, welche die verschiedenen Tierchen, die da logiert, hinterlassen hatten. Am Boden herum lagen noch die zerfetzten, schaurigen Reste von den zerquetschten Käfern, Spinnen und Raupen. An den Fensterscheiben klebte da und dort noch das abgerissene Flügelchen eines Schmetterlings oder das Beinchen eines Käfers, der sich in dem großen Vernichtungskampf dorthin geflüchtet hatte.

Klarissa schaute mit Kopfschütteln auf die Zerstörung. „Rufen Sie den Jungen herauf", sagte sie, „aber machen Sie weiter keinen Lärm über die Sache! Verstehen Sie mich, Lina, wir können alles wieder in Ordnung bringen, ohne daß wir Frau Stanhope damit beunruhigen."

Lina murmelte noch etwas vor sich hin und ging dann, Fred heraufzuholen.

Als dieser in sein Zimmer trat und von einem leeren Fach zum anderen schaute, von den zerquetschten Tierchen am Boden zu den Fetzen und Resten an den Fensterscheiben, da wurde er kreideweiß und stand regungslos.

„Mein lieber Junge", sagte Klarissa freundlich, „du mußt nicht erschrecken! Ich wollte dir nur sagen, daß du lebende Tierchen nicht mehr in die Fächer bringen darfst; sieh, einmal besudeln sie hier alles, und dann müssen sie ja hier drinnen umkommen. Du solltest sie lieber draußen recht betrachten."

„Oh, meine Sammlung, meine ganze Sammlung!" keuchte Fred.

„Ja, siehst du, so kann man nicht verfahren, um eine Sammlung anzulegen. Aber laß dich's nicht betrüben, wir wollen nachher darüber sprechen", tröstete Klarissa, „es wird ja noch mehr Tierchen geben. Für diesmal muß nun hier gründlich sauber gemacht werden, wie du sehen kannst; solche Mühe wirst du uns nicht mehr verursachen wollen."

Fred warf einen letzten Blick auf jenes Fach hin, das den köstlichsten Schatz enthielt, den er besaß, den so seltenen Oleanderschwärmer, dann noch auf das andere mit den zwei großen Prachtkäfern. Es war alles leer, tot, vernichtet. Er ging hinaus. Gleich zu den anderen zurückzukehren und ihre Fragen beantworten zu müssen, das konnte er nicht ertragen. Er lief in den Garten hinaus, bis zu den Linden hinunter. Dort hatte er ja so viele Erinnerungen an herrliche Exemplare, die man bei ihm oben am Boden, an den Fensterscheiben — es würgte ihn fast, daran zu denken. Er warf sich auf den Rasen und stöhnte sein Leid in den Erdboden hinein.

Am Nachmittag, als die anderen in den Sonnenschein hinausstürzten, setzte er sich in eine Ecke, nahm eine Mappe hervor und schrieb folgenden Brief:

„Liebe Tante!

Du mußt weinen, wenn Du liest, was ich Dir jetzt zu sagen habe. Es ist alles aus, die ganze Sammlung hin, mit einem Wischer zu Tode geschlagen, zerquetscht, zerfetzt, zum Fenster hinausgetrieben und in die Löcher hinein, und alles von einer Stubenmagd! Weil ich keine Schachteln hatte, habe ich natürlich meine Exemplare irgendwo sicher unterbringen müssen. Im Schreibtisch sind eine Menge kleine Ausziehfächer, gerade wie geschaffen für die verschiedenen Arten. Da kommt die Magd und weiß natürlich nichts von seltenen Exemplaren und fährt mit einem Besen in die ganze unersetzliche Sammlung hinein. Das ist eine Barbarin!

Ich habe Dir gewiß gefolgt, nicht ein einziges kleines Fröschlein oder Käferchen habe ich je in der Tasche umhergetragen, und nun ist es so gegangen. Ich will Dir erst gar nicht schreiben, was ich für Exemplare hatte, ich kann es nicht aushalten. Oh, die zwei Prachtkäfer! Hochrote Flügel und der Leib violett, blau und glänzend, wie die herrlichsten Edelsteine. Und einen Oleanderschwärmer! Ein ganz seltenes Exemplar! Und meine prachtvolle Weinschnurrer-Raupe! Du weißt doch, Tante, braun mit gelben Bändern und blauen Augenflecken — völlig zusammengequetscht auf dem Boden. Ich kann nichts mehr sagen; je länger man darüber nachdenkt, desto trauriger wird das alles.

Aber das muß ich noch sagen, man kann einen Menschen wohl Tante nennen, aber deswegen ist er noch lange keine Tante von Natur. Ich habe gleich von Anfang an bei allem, was man brauchte, dem Fani immer den Rat gegeben: ‚Geh nur und bitte Tante Klarissa darum.' Aber mehr als zwölfmal hat er mir geantwortet: ‚Das darf man nicht tun.' Ich habe es bald begriffen und habe ihn nicht anstiften wollen und habe geschwiegen. Aber da siehst Du nun den Unterschied zwischen einer gemachten Tante und einer Tante von Natur. Es gibt doch gar nichts auf der ganzen Welt, um das man Dich nicht bitten könnte, und kannst Du's dann nicht tun, so sagst Du nein, und dann weiß man's. Aber das Bitten muß deswegen nicht aufhören, es kommt ja auch immer wieder etwas Neues, und das weißt Du selbst alles so gut und hast gewiß nie gedacht, es könnte aufhören.

Nur darum ist das ganze Unglück über mich gekommen, weil ich dem Fani gesagt habe, er solle Tante Klarissa bitten, mir zehn oder lieber gleich zwanzig alte Schachteln zu geben, damit ich meine Sammlung unterbringen könne. Aber er meinte, man dürfe nicht um so viel Dinge auf einmal bitten, und überhaupt dürfe man nicht immer wieder um etwas bitten, ich solle nur alles in ein Stück Papier wickeln. Nun denke Dir einmal so etwas! Lebendige Tiere in Papier einpacken! Aber Fani versteht eben davon gar nichts.

Nun wünsche ich nur, liebe Tante, daß Du im nächsten Brief

schreibst, wir müßten nun heimkommen. Wir sind jetzt vier Wochen von daheim fort, und das ist gewiß genug; denn daheim ist es doch am schönsten. Da hat man doch seine Schachteln und was man sonst braucht, und alles so schön an seinem Ort und nicht in allem eine solche Unsicherheit. Da kann man doch gleich zu Dir mit allen Sorgen, und es kommt alles wieder in Ordnung. Oh, wenn Du nur schreiben würdest, daß wir schon am Samstag von hier fort müssen; dann wären wir am Sonntag schon daheim! Das wäre eine Freude!

Lebe wohl, liebe Tante! Dein ewig treuer Neffe
Fred."

Es war ein stiller, sonniger Abend. Wie verabredet, hatten sich unter den drei Eschen hinter der Rosenhalde die Brüder Fink, der Bäckerjunge aus Luzern, der Schusterjunge aus Uri, der Gasthofbursche aus Schwyz und zuletzt auch Feklitus eingefunden. Oskar stand in der Mitte mit seiner Fahne und schaute mit forschenden Blicken dahin und dorthin, denn gleich war es sechs Uhr, und noch fehlten Fred und Fani. Es schlug sechs Uhr; man stand noch fünf, noch zehn Minuten, die beiden kamen nicht.

Oskar sah ein, daß es keinen Zweck hatte, länger zu warten. Fred wollte nicht kommen, das hatte er schon am Morgen gemerkt; aber Fani, wo blieb der? Bei diesem Gedanken ballte Oskar drohend die Faust und sagte ingrimmig: „Oh, diese Emmi!"

Ursprünglich hatte er mit Trommeln, Pfeifen, Flöten und Harmonika unter einer lauten, prächtigen Festmusik ausziehen wollen. Jetzt hatte Oskar darauf verzichtet. Einmal, weil er eingedenk der Ermahnungen seines Vaters im fremden Land doch lieber keinen Lärm machen wollte, und dann auch, weil er keine Trommel gefunden hatte und Feklitus nicht flöten wollte.

Nun war es aber Zeit. Der Zug setzte sich in Bewegung. Voran der Luzerner, der mit der Handharmonika umgehen konnte und ganz sanfte Melodien spielte. Dann die anderen, je zwei und zwei, in der Mitte Oskar allein, die Fahne hoch in die Luft hebend. Auf dem Windmühlenhügel wurde sie schnell festgemacht, es war ja alles vorbereitet. Nun flatterte sie festlich in das Land hinaus. Oskar stellte sich darunter. Die anderen lagerten sich am Abhange im Kreise.

Mit lauter, feierlicher Stimme begann nun der Festredner: „Freunde und Brüder!"

„Was soll das heißen! Was sind das für Wühlereien!" donnerte es plötzlich hinter ihm.

Die Jungen schossen vom Boden auf. Oskar blickte sich um. Zwei große, bärtige Männer in Uniform standen unmittelbar hinter ihm und warfen ihm drohende Blicke zu. Blitzschnell hatte Oskar sich umgewandt, sprang mit einem riesigen Satz den Hügel hinunter und rannte querfeldein wie ein Rasender. Hinter ihm her die Brüder Fink, kaum den Boden berührend. Nach der anderen Seite lief der Luzerner, ihm auf der Ferse der Schwyzer. Dieser stürzte über den Freund, und beide verschwanden in einem Graben. Nur Feklitus hatte standgehalten. Er wußte, wer er war, und das plötzliche Erscheinen der Polizei war ihm doch ein wenig in die Beine gefahren. Allein wollte er auch nicht bleiben; er hatte den Urner am Kragen gepackt und hielt ihn krampfhaft fest.

Einer der Polizisten kam jetzt zu den beiden heran und sagte barsch: „Ihr kommt mit auf die Wache; da könnt ihr erklären, was ihr da unternehmen wolltet und was das alles bedeutet."

Der Urner duckte sich, so sehr er konnte. Halb vor Schreck, halb im Grimm antwortete Feklitus: „Wir haben nichts gemacht. Wir sind nicht schuld. Der Oskar hat alles angestiftet."

„Das geht uns nichts an", herrschte ihn der Bärtige an, „bei uns heißt's: ‚Mitgefangen, mitgehangen'." Dann wandte er sich zu seinem Kameraden um, und die beiden flüsterten miteinander.

Feklitus war kreideweiß geworden. „Hast du's gehört? Sie wollen uns hängen", sagte er, den Urner vor Angst immer fester packend.

„Wir wollen fort", keuchte dieser mit erstickter Stimme.

Feklitus schaute nach den Polizisten; sie standen abgewandt, mit dem Windmüller in eine Unterhaltung vertieft. Er sprang vom Boden auf, die furchtbare Angst gab ihm ungewöhnliche Kräfte. Wie von Sinnen, mit vor Schreck gesträubten Haaren, stürzte er davon, der Urner ihm nach. Keiner schaute sich auch nur ein einziges Mal nach den Verfolgern um, die sie fortwährend hinter sich zu hören glaubten. Fort ging's, fort, zuletzt einer dahin, der andere dorthin, dann waren sie verschwunden. Sie waren nicht verfolgt worden. —

Oskar kam atemlos an der Rosenhalde an. Er stürzte die Treppe hinauf in sein Zimmer, riß seine Schreibmappe aus dem Schrank, warf sich auf den Sessel am Tisch und schrieb, immer noch schwer keuchend, mit zitternder Hand:

„Liebe Tante!

Ich muß Dich um Deinen Beistand bitten. Es hat sich etwas ereignet, das sehr unangenehme Folgen haben könnte, und da kannst nur Du allein mir helfen, Du weißt gewiß einen Weg. Ich wollte Papa wirklich gehorchen und nichts Auffallendes tun, besonders keinen Lärm machen. Auch, daß ich doch den schönen Vers für die Fahne wählte, findest Du gewiß nicht unrecht, denn Du meintest doch nur, wir hätten ja keine Tyrannen, aber wo welche wären, da wäre der Spruch schön.

Ich kann Dir nun nicht eingehend alles so erzählen, wie es sich zugetragen hat; aber bei einer ganz rechtlichen und unschuldigen Versammlung wurden wir überfallen. Wir konnten fliehen. Aber ich denke, man könnte uns verfolgen, und wenn mein Name herauskommt, so könnte man vom hiesigen Gericht aus an Papa schreiben, und das gäbe eine schreckliche Geschichte.

Nicht wahr, liebe Tante, Du stehst mir bei, und wenn ein solcher Brief kommt, so nimmst Du ihn gleich, Du siehst ja den Briefboten immer zuerst, und dann liest nur Du den Brief und beantwortest ihn, nicht wahr, liebe Tante? Du weißt am allerbesten, wie man den Herren erklären kann, daß wir ja gar nichts Unrechtes tun wollten, wenn wir nur ganz unter uns Schweizern ein Fest feiern. Ich bitte Dich recht herzlich, hilf mir doch, liebe Tante, daß nicht eine furchtbare Geschichte daraus wird!

Am liebsten wäre mir auch überhaupt, wenn Du gleich morgen schreiben würdest, wir müssen nun heimkommen, der Aufenthalt sei lang genug. Papa und Mama wollten das gewiß auch gern, denn hier kann man doch die Schulaufgaben nie so recht machen wie daheim. Und alles andere geht auch daheim besser, man hat ganz andere Sicherheit bei allem, was man tut, und auch bei den Spielen. Ich bitte dich noch einmal, schreibe uns bald, daß wir abreisen müssen.

Und noch einmal bitte ich Dich, liebe Tante, mich aus dieser großen Angst zu befreien. Herzliche Grüße von

Deinem Neffen Oskar."

Eilig faltete der Schreiber seinen Brief zusammen, schrieb die Adresse darauf und stürmte damit zum Postamt, das in ziemlicher Entfernung von der Rosenhalde lag. Er mußte sich beeilen, denn bald würde es Abendessen geben. Als er zurückkam und gerade in den Hof der Rosenhalde einbiegen wollte, sah er zu seinem Entsetzen, daß an der Tür einer der beiden Polizisten stand, die zurückgelassene Fahne im Arm. Jetzt wurde ihm aufgemacht, und er trat ein.

Oskar zog sich mit Herzklopfen hinter den großen Eichbaum zurück. Was mochte nun drinnen geschehen? Jetzt kam alles vor Frau Stanhope. Wie würde sie ihn nachher ansehen? Vielleicht würde sie gleich alle drei heimschicken und einen Brief an den Papa mitgeben, der böse Folgen haben könnte. Oskars Herz klopfte immer lauter. Wenn ihn der Mann holen wollte, um ihn zu bestrafen, um ihn einzustecken! War es etwa nicht erlaubt, auf dem Grundstück des Müllers ein Loch zu graben, wenn es nur Grasboden war? Hätte er doch dem Papa gefolgt und auf dem fremden Boden nichts unternommen! So jagten sich Oskars Gedanken, und immer heftiger wurde seine Angst, je länger der Gefürchtete drinnen verweilte.

Klarissa hatte eben mit vieler Mühe und Geduld, von der murrenden Lina sehr widerwillig unterstützt, die Spuren der Verheerung in Freds Stube getilgt und alles wieder in Ordnung gebracht, als ein gewaltiges Schellen der Hausglocke sie hinunterrief. Es war der Polizist mit der Fahne. Wieder etwas ganz Neues für das Haus. Was konnte nun wieder geschehen sein? Mit Schrecken erkannte sie Oskars Fahne und las den deutlich geschriebenen Spruch darauf. Klarissa schaute ein wenig beklommen um sich, ob auch Frau Stanhope nicht etwa gerade aus der Tür trete. Dann fragte sie den Fahnenträger, was er wünsche.

Er sagte, man habe entdeckt, daß die Fahne in dieses Haus gehöre, und auch, daß alles, was damit geschehen sei, auf ein Knabenspiel hinauslaufe. Um des Spruches auf der Fahne willen sei der Müller auf andere Vermutungen gebracht worden, weshalb er der Polizei von einer Zusammenkunft von Unruhestiftern Anzeige gemacht habe: Man ersuche Frau Stanhope, ihre Jugend solche Art von Spielen in ihrem eigenen Garten abhalten zu lassen.

Klarissa schaute von neuem erschrocken nach den Türen. Dann versicherte sie dem Mann, das werde künftig geschehen, drückte ihm eine klingende Anerkennung für seine Mühe in die Hand und trug die Fahne eilig die Treppe hinauf, das Tuch um die Stange gewickelt, damit nicht etwa Frau Stanhope, wenn sie heraustreten sollte, gleich der Spruch in die Augen falle; sie hatte kein Verständnis für so gewaltsame Sprüche.

Jetzt ertönte die Tischglocke. Klarissa atmete auf, daß die Fahne noch glücklich weggebracht und alles unbeachtet vorübergegangen war. Sie wünschte nicht, daß die ruhestörenden Ereignisse, die heute eines nach dem andern hereingebrochen waren, vor Frau Stanhope kämen, denn diese war an solche Dinge nicht gewöhnt, und sie konnte dergleichen vielleicht nicht gut ertragen. Doch war nun ja alles Unheil glücklich beseitigt, und Klarissa ging erleichtert ins Eßzimmer hinunter.

So zahm und leise wie noch nie traten jetzt nacheinander auch Oskar und Fred ins Zimmer, setzten sich auf ihre Plätze und ließen beide die Köpfe hängen wie zwei Hyazinthen nach einem Nachtfrost. Elsli saß mit hochroten Wangen neben Fred: es hatte heute sehr laufen müssen, um zur Zeit da zu sein. Es beugte sich ebenfalls tief über den Teller, damit sein erhitztes Gesicht nicht bemerkt werde. Emmi und Fani waren nicht da.

Frau Stanhope schaute eine Weile schweigend bald auf die leeren Plätze, bald auf die anwesenden Kinder.

Klarissa lauschte nach der Tür, es kam niemand.

„Ich gönne den Kindern alle Freiheit, aber die Hausordnung soll innegehalten werden“, sagte Frau Stanhope jetzt in strengem Ton. „Bis jetzt hat Fani sich nie solche Ausschreitungen erlaubt; ich möchte wissen, wie er dazu kommt.“ Frau Stanhope schaute bedeutungsvoll von einem der Brüder zum anderen. Sie traf aber auf zwei so zerknirschte Gesichter, daß sie kein Wort weiter sagte, denn sie mußte annehmen, das unerklärliche Ausbleiben der Geschwister habe den kummervollen Ausdruck auf den zwei Gesichtern hervorgerufen.

Das Essen begann nun und nahm seinen Verlauf. Emmi und Fani erschienen nicht. Schließlich erhob sich Frau Stanhope und trat wie gewöhnlich auf den Balkon hinaus; schweigend folgten die anderen. Es fing an zu dämmern. Bis jetzt hatte Klarissa noch immer gedacht, die Kinder hätten sich aus Leichtsinn verspätet; nun aber stieg eine große Angst in ihr auf. Wenn den beiden etwas zugestoßen war! Es wurde ja schon dunkel, und sie kamen nicht!

Jetzt stand Klarissa auf. „Liebe Frau Stanhope", sagte sie bittend, „Sie erlauben mir gewiß, daß ich hingehe und Leute ausschicke, um nach den Kindern zu suchen; die Angst läßt mir keine Ruhe mehr, es könnte etwas passiert sein."

„Wohin soll man denn die Leute schicken, wenn man gar keinen Anhaltspunkt hat", entgegnete Frau Stanhope verstimmt. „Es ist wirklich eine ärgerliche Geschichte. So etwas hat mir Fani noch nicht angetan. Ich gehe mit!" Sie erhob sich und schritt voran durch den langen Korridor. Klarissa und die drei Kinder folgten ihr.

Draußen standen die anderen Bewohner des Hauses versammelt, der Diener, der Kutscher, das Stubenmädchen und die Köchin. Sie besprachen das Ausbleiben der Kinder, dessen mögliche Gründe und die Folgen.

Als Frau Stanhope unversehens herankam, wollten die Versammelten auseinanderstieben; sie ließ es aber nicht zu, sondern befahl, daß Diener und Kutscher sich gleich auf den Weg machen sollten, um überall zu fragen, ob man die Verlorenen gesehen habe, da man ja nicht einmal wisse, nach welcher Seite sie sich gewandt hätten.

Da trat Lina heran und sagte, die Köchin könne darüber Auskunft geben; das junge Fräulein sei wahrscheinlich zum Fischfang ausgezogen. Die Kinder hätten es ja auf alle Tiere abgesehen, sie mögen noch so scheußlich sein. Hier warf Lina einen grimmigen Seitenblick auf Fred, dem sie noch nicht vergessen hatte, welche Mühe er ihr heute bereitete.

„Um Himmels willen", rief Klarissa erschrocken aus, „wenn die Kinder zum Rhein gelaufen sind, kann ja etwas Entsetzliches geschehen sein. Wenn man doch eine Ahnung hätte, nach welcher Seite sie gegangen sind!"

Hier trat die Köchin vor und berichtete, daß sie dem jungen Fräulein den Weg zu dem Fischer, der die Fische ins Haus bringe, habe beschreiben müssen; man habe sicher dortherum zu suchen.

Klarissa machte sich auf den Weg und befahl, daß Diener und Kutscher, die den Weg wußten, sie begleiteten.

Jetzt befiel ein Schrecken, größer als der aller anderen, das arme Elsli. Es dachte, wenn nun die Tante Klarissa bei den Leuten im Fischerhäuschen erscheine, so komme alles an den Tag, was es schon lange hätte sagen sollen. Durch die täglichen Besuche und die immer nähere Bekanntschaft mit den Fischersleuten, mit all ihrer Not, hatte Elslis Tätigkeit in deren Haushalt so zugenommen, daß es nun fast alle Arbeit tat, die dort verrichtet werden mußte. Nach und nach war es dem Kind aber immer klarer geworden, daß das Frau Stanhope nicht recht sein würde.

In größter Angst stürzte das Kind darum jetzt über den Hof, den Wegeilenden nach, und bat dringend: „Oh, lassen Sie mich auch mitkommen, Tante Klarissa! Ich möchte Ihnen so gern erzählen, was ich schon lange sagen wollte, und auf dem Weg kann ich es gut tun."

„Liebes Kind, was fällt dir denn ein, wer sollte jetzt zum Erzählen und zum Zuhören Zeit haben!" gab die Forteilende abwehrend zurück. „Kehr schnell um, Kind! Was soll Frau Stanhope sagen, wenn du so wegläufst?"

Frau Stanhope machte keine Bemerkung, als Elsli ganz niedergeschlagen zurückkam: sie dachte, die Angst um den Fani habe das Kind fortgetrieben; doch fand sie es nun am sichersten, die Kinder sofort ins Bett zu schicken, damit nicht auch von diesen sich noch eines irgendwie verliere, während sie mit ihnen allein war. Wo auch Fani und Emmi sein mochten, jedenfalls konnten die drei nichts zu ihrer Auffindung beitragen.

Ganz still gingen die Kinder auseinander, und jedes trug seinen eigenen großen Kummer mit in sein Zimmer. Während aber Oskar und Fred, sobald sie sich hingelegt hatten, der Schlaf überkam und allen Sorgen ein Ende machte, saß Elsli mit weitoffenen Augen auf seinem Bett, denn der Kummer in seinem Herzen wurde immer größer und verscheuchte allen Schlaf. Es hatte ja von Anfang an nichts Böses tun wollen, aber es war doch weiterhin ohne Erlaubnis in ein Haus gegangen und hatte getan, was Frau Stanhope vielleicht gar nicht haben wollte. Das war nicht recht gehandelt gegen die Wohltäterin. Aber es konnte die armen Leute auch nicht verlassen, da die Mutter doch gerade heute zum erstenmal aufgestanden war und ihm gesagt hatte, es sei ihr einziger Trost und sie wüßte nicht, wie sie ohne seine Hilfe auskommen sollte, bis sie einmal wieder bei Kräften sei. Und heute noch konnte alles an den Tag kommen und Frau Stanhope verbieten, daß es je wieder zu den Leuten gehe, und dazu konnte sie noch sehr böse werden, daß es so lange dort hingegangen war ohne ihr Wissen. Vielleicht wollte sie es nicht mehr im Hause behalten und dann auch den Fani nicht, und es war an allem schuld.

Immer größer wurde die Angst in Elslis Herz, je länger es nachdachte, und zuletzt schluchzte es leise: „Oh, ich weiß mir gar nicht mehr zu helfen; wenn ich nur wüßte, was ich machen soll!"

Jetzt erinnerte sich Elsli daran, wie Tante Klarissa ihm erklärt hatte, daß alle Menschen das, was sie bedrückte, vor den lieben Gott bringen dürften und daß er ihnen in allem helfen könne, wenn sie selbst auch keinen Ausweg mehr wüßten; sie durften nur nicht aufhören, ihn darum zu bitten.

Elsli faltete schnell noch einmal die Hände, denn sein Abendgebet hatte es schon gesprochen; aber nun betete es ganz inbrünstig zum lieben Gott, daß er ihm doch aus seiner Not helfen möge, damit nicht durch seine Schuld auch noch der Fani unglücklich werde und damit es auch kein Unrecht mehr tun müsse und doch die armen Fischersleute nicht noch tiefer ins Elend kämen.

Nun konnte sich Elsli beruhigt zum Schlafen niederlegen, denn es hatte dem lieben Gott alles übergeben.

SIEBENTES KAPITEL

Ein unerwarteter Reiseschluß

Gleich nach Tisch, so schnell, daß die anderen Kinder sie gar nicht mehr erblickt hatten, waren Emmi und Fani am Mittag davongerannt, wie sie verabredet hatten, damit keine Zeit verlorengehe; denn Fani wollte sein Wort halten und an Oskars Fest teilnehmen. In viel kürzerer Zeit als das erstemal waren sie bei den Weiden am Rhein angelangt; denn nun kannten sie den Weg.

Das Boot lag bereit, die Kette war nur leicht angebunden.

Fröhlich sprangen die beiden in den Kahn, und mit Gewandtheit erfaßte Emmi die Ruder und stieß vom Lande ab. Sie wußte sehr gut, wie das Boot nach rechts oder links, vorwärts und rückwärts zu lenken sei, denn wie viele Male war sie schon allein mit ihrer Freundin auf dem See herumgefahren, selbst im Wind durch die bewegten Wellen; das war sogar am allerlustigsten.

Fani setzte sich bequem hin und sagte: „Wenn ich dir helfen soll, so sag es nur; rudern kann ich freilich nicht."

„Das ist auch nicht nötig", entgegnete Emmi zuversichtlich und arbeitete tapfer weiter. Nun hatte sie aber zwei Dinge übersehen: einmal war der Fischerkahn sehr viel schwerer als die kleinen Boote, die sie zu regieren gewohnt war, und dann zogen die Flußwellen den Kahn mit einer solchen Gewalt abwärts, wie es die Wellen des Sees niemals getan hatten, auch wenn dort an einigen Stellen leichte Strömungen vorgekommen waren. Emmi kämpfte aus allen Kräften gegen das reißende Wasser an, sie wollte nun einmal den Kahn so weit hinausrudern, daß die Burgruine gut zu sehen war. Wie sie sich draußen festankern wollte, hatte sie sich schon ausgedacht.

„Nimm die Stange, Fani", rief sie jetzt, ein wenig bedrängt durch die stürmischen Wellen, die mit zunehmendem Abstand vom Land immer mächtiger wurden.

„Sieh, so, Fani, fest in den Boden stecken mußt du sie und auf diese Weise das Schiff weiterdrängen", und Emmi zeigte, wie es sein mußte, und bot ihrerseits alle Kraft auf, um den Kahn in derselben Richtung vorwärts zu bringen. Es gelang eine Strecke weit. „Noch mehr, Fani, noch mehr", rief Emmi wieder.

Er strengte sich an, so sehr er konnte.

„Wir kommen zu weit nach Norden, stoß die Stange so ein, daß wir nicht abgetrieben werden, ich will schon der Mitte zurudern. Sieh, dort ist die Ruine, Fani! Nur noch ein klein wenig weiter hinaus, dann kannst du gleich zu zeichnen anfangen."

Fani hielt mit aller Macht seine Stange fest, steckte sie dann wieder neu ein; man war wieder einen Ruck weitergekommen.

„Oh! Es reißt uns fort!" schrie Fani plötzlich auf, dem der Strom jetzt die Stange mit fortnahm wie eine Rute. Fani konnte sie nicht mehr festhalten.

„Komm, nimm ein Ruder, ich nehme das andere, wir wollen zum Ufer zurück", rief Emmi ängstlich, „komm schnell!"

Aber schon hatte es ihr die Ruder aus der Hand gerissen, der Strom trieb sie mit fort. „Was sollen wir tun! Was sollen wir tun!" schrie Emmi entsetzt. „Kein Mensch sieht uns, oh, wenn das Boot umschlägt!"

Immer schneller schoß dieses davon, wie eine Nußschale rissen die hohen Wellen es dahin. Totenbleich saßen die beiden da. Fani hatte kein Wort mehr gesagt, die furchtbare Angst schnürte ihm die Kehle zu.

„O Fani, wir sind verloren! Wer kann uns helfen?" schrie Emmi aufs neue. „Wir wollen beten! Ach, ich habe nie gebetet, seit ich auf der Rosenhalde bin, ich habe es immer vergessen. Mama kam nicht an mein Bett wie daheim; aber sie hat es mir doch extra gesagt, daß ich's tun soll, und ich hab' es nie getan. Wenn mich der liebe Gott nun auch nicht anhört! Fani, bete doch, betest du auch alle Tage?"

Mit zugeschnürter Kehle sagte Fani: „Nein, ich habe immer gedacht, Elsli tut's schon für uns beide."

„Das gilt nicht, das gilt nicht, wenn du es nicht auch tust", stöhnte Emmi, „du selbst mußt es auch tun, sonst sagt der liebe Gott: ‚Den kenne ich nicht!', wenn Elsli für dich beten will! Gewiß, ich weiß es, Mama hat mir's erklärt. Hätt' ich doch hier nicht alle Tage den lieben Gott vergessen! Wenn er mich nun strafen will!"

Emmi wurde auf einmal still und schaute in äußerster Angst zum Himmel auf, und leise flehte sie aus tiefstem Herzen, der liebe Gott solle ihr doch verzeihen und nicht so handeln, wie sie es getan, und sie jetzt vergessen. Er solle doch auf sie niedersehen und sie aus dem furchtbaren Wasser erretten.

„Ein Dampfschiff! Ein Dampfschiff! Es überfährt uns!" rief Fani jetzt in neuem Schrecken aus, und dieser war nicht unbegründet.

Mit grauenhafter Schnelligkeit rauschte der große Dampfer heran; nur wenige Minuten noch, und das kleine Fahrzeug war von den aufgewühlten Wellen umgeworfen und unter dem Dampfer verschwunden.

In dieser höchsten Angst fing Emmi aus allen Kräften zu schreien an, so laut, wie sie in ihrem ganzen Leben noch niemals geschrien hatte.

Auch Fani fand jetzt seine Stimme wieder und brüllte mit. Da war der fürchterliche Dampfer — ganz nahe — der Kahn schlug um.

In diesem Augenblick wurde Emmi von einem starken Arm erfaßt und hochgeschleudert. Jetzt stand sie auf ihren Füßen, auf dem Schiff. Eben kam auch Fani heraufgeflogen, wurde von einem kräftigen Schiffsmann in Empfang genommen und auf die Füße gestellt.

Da standen nun die beiden, schlotternd vor Frost und Schrecken, triefend von oben bis unten, bis auf die Haut durchnäßt. Alle Passagiere kamen herangelaufen und betrachteten die Triefenden neugierig von vorn, von hinten und von allen Seiten.

Plötzlich trat ein großer, schwarzbärtiger Herr mit zornfunkelnden Augen vor sie hin; es war der Kapitän. „Was ist das für ein Wahnsinn!" donnerte er sie an. „Hat der Dampfer achtzugeben, daß er keinem lumpigen Fischerboot zu nahe komme? Wessen Schuld würde es sein, wenn das ganze Zeug zugrunde gegangen wäre?" Aber als er jetzt die beiden kläglichen Gestalten recht anblickte, was er vor Zorn und Aufregung noch nicht getan hatte, und sah, wie sie zitterten und bebten und aussahen, als sei der letzte Blutstropfen aus ihren Körpern gewichen, wurde seine Stimme milder.

„Bring sie hinunter und gib ihnen einen warmen Schluck auf den Schreck!" sagte er zu einem der Angestellten, die dastanden und mit gucken halfen.

Emmi und Fani waren unsäglich froh, all den Blicken zu entkommen, die von allen Seiten auf sie gerichtet waren. Unten in der Kajüte schluckten sie den dampfenden Inhalt des dargebotenen Glases gehorsam hinunter, obschon er erstaunlich in ihren Kehlen brannte. Niedersetzen durften sie sich nicht, sie waren zu naß.

Nach einer Weile kam der Kapitän auch herunter und wollte nun wissen, woher sie kämen und wohin sie wollten mit dem alten Fischerkasten, wie er das Boot nannte.

Fani erstattete der Wahrheit gemäß Bericht, welches ihre Absicht bei der Fahrt gewesen und wie diese gegen ihren Willen verlaufen war.

Dem Kapitän zuckte es während der Erzählung ein paarmal lustig über das Gesicht, und wie er nun alles wußte, sagte er freundlich, sie müßten nun eben wieder trocknen, so schnell sie könnten. In Köln werde er anlegen, da könnten sie gleich einen Zug nehmen und zurückkehren. Zum Dank für seine Mühe könne Frau Stanhope ihn zur nächsten Weinlese auf ihr Gut einladen.

Nun kamen sie also zum zweitenmal nach Köln, aber anders als das erstemal.

Zum Abschied gab ihnen der Kapitän noch den Rat mit auf den Weg, ihre Kunstfahrten ein andermal lieber zu Lande als zu Wasser auszuführen: der Boden sei sicherer.

Es wurde schon dunkel, als die beiden immer noch von einer Straße in die andere liefen; trotz allem Fragen konnten sie den Bahnhof nicht finden. Sie kamen von hellen in dunkle und von den dunklen wieder in die hellen Straßen, und nach einer langen Zeit standen sie auf einmal wieder an der Stelle, wo sie vom Schiff ans Land gestiegen waren. Sie wußten sich nicht mehr zu helfen, es wurde immer später. Wenn sie nun zu spät zum letzten Zug kämen, was sollten sie dann tun? Den Weg zu Fuß machen konnten sie nicht, mitten in dunkler Nacht und so schrecklich weit, sie waren ja bei ihrem Ausflug beinahe zwei Stunden lang mit dem Dampfer von der Rosenhalde bis nach Köln hinuntergefahren. Was sollte aber aus ihnen werden in der fremden Stadt?

Eine neue Angst bemächtigte sich der Herumirrenden und trieb sie zu immer fieberhafterem Lauf an. Eben waren sie in eine schmale, finstere Straße geraten, da stießen sie auf einen Schutzmann, der sie fragte, was sie da zu suchen hätten. Sie klagten ihm ihre trostlose Lage. Die zwei angstvollen Gesichter mußten das Erbarmen des Mannes geweckt haben, er machte sich mit ihnen auf den Weg und führte sie durch Straßen und Sträßchen einen langen, weiten Weg zum Stationsgebäude. Hier hörten sie, eben sei ein Zug weg, in zwei Stunden werde wieder einer durchkommen. Zwei volle Stunden noch, und jetzt war es finstere Nacht geworden!

Die Kinder setzten sich auf die Bank vor dem Gebäude. Es war nicht behaglich, in den feuchten Kleidern zu sitzen, aber sie beklagten sich nicht, sie hatten es mit noch viel schwereren Dingen zu tun.

„Ich habe schreckliche Angst, Emmi", sagte Fani jetzt, tief aufseufzend.

„Ich auch, ich weiß nur nicht so recht, warum", entgegnete Emmi.

„Ich schon", stöhnte Fani. „Ich bin ganz sicher, jetzt schickt uns Frau Stanhope wieder heim. Das arme Elsli muß auch noch darunter leiden; denn allein kann es bestimmt nicht dableiben. Du wirst schon sehen, sie schickt uns fort!"

„Wie schrecklich", jammerte Emmi, und es wurde ihr nun klarer, was ihr so angst machte. Sie hatte ein recht schlechtes Gewissen in der ganzen Sache, die schon jetzt Unheil herbeigeführt hatte und noch viel traurigere Folgen haben konnte.

„Aber Frau Stanhope ist doch so gut, vielleicht nimmt sie's nicht so übel, wie du meinst", setzte sie hoffnungsvoller hinzu.

Fani schüttelte den Kopf; er sah sehr verzagt aus. „Du weißt nicht, wie das ist, Emmi", versicherte er mit vor Angst gepreßter Stimme. „Siehst du, Frau Stanhope ist gewiß die größte Wohltäterin, die es gibt. Aber sie duldet nicht, daß wir ihre Gebote übertreten, und es ist ein Hauptgebot, daß wir nie die Hausordnung stören. Nun ist sie doch gestört, wie es schlimmer nicht sein kann! Wir kommen nicht vor zwölf Uhr auf die Rosenhalde, denk doch nur, mitten in der Nacht! Wenn wir wieder heim müssen, dann gibt es fürs ganze Leben kein Zeichnen und kein Malen mehr, dann ist alles aus!" Fani war so verzagt wie noch nie.

Emmi mußte denken, er kenne Frau Stanhope besser als sie, und auch sie verlor jetzt den Mut. Sie konnte kein Wort mehr sagen, und so saßen die beiden schweigend auf ihrer Bank, bis die Zeit um war und der späte Zug heranbrauste, der sie aufnahm, um sie endlich wieder zur Rosenhalde zu bringen. Von der Station hatten sie noch eine gute Strecke bis dorthin zu gehen. Ohne ein Wort zu reden, wanderten sie durch die dunkle Nacht. Je näher sie dem Haus kamen, desto stärker klopfte ihnen das Herz in ängstlicher Erwartung. Jetzt traten sie in den Hof. Der große Kettenhund, der vor dem Haus Wache hielt, fing laut zu bellen an; aber er schwieg gleich wieder, er erkannte Fanis Stimme, der ihn beim Namen gerufen hatte.

Jetzt ging die große Haustür auf, und Tante Klarissa trat heraus.

„Seid ihr's? Gott sei Lob und Dank!" rief sie und stürzte auf die Kinder zu.

Auch Frau Stanhope war nicht zur Ruhe gegangen, sie stand drinnen im Korridor. „Ja, so können und sollen wir jetzt alle sagen, ihr zwei aber besonders", sagte sie, die Kinder ernst anblickend. „Also doch aus dem Wasser! Wo sind die Männer?"

Fani und Emmi stammelten durcheinander, daß sie keine Männer getroffen hätten und daß sie eben von der Bahnstation herkämen. Frau Stanhope schüttelte den Kopf.

„Es muß also noch einmal jemand zum Fischer, damit die Männer das Suchen einstellen", sagte sie kurz. „Für die Kinder sorgst du wohl, Klarissa." Damit zog Frau Stanhope sich zurück.

Tante Klarissa ordnete an, daß die Kinder augenblicklich ins Bett gehen sollten. Dann kam sie mit einer großen Kanne, die bis obenhin mit heißem Tee angefüllt war, und eines nach dem andern mußte immer noch eine Tasse ganz dampfend hinuntertrinken, bis sie beide wie zwei eingeheizte Dampfkesselchen glühten.

Dann setzte sich die sorgliche Pflegerin erst an Emmis, dann an Fanis Bett, um von beiden noch zu hören, was denn eigentlich mit ihnen geschehen sei und ob auch keines sich krank fühle, so daß man etwa noch den Arzt holen müßte.

Sie erzählten ihre schrecklichen Erlebnisse, versicherten dann aber beide, nun sei es ihnen ganz wohl, und da über alledem beiden die Augen zufielen, ging Tante Klarissa endlich dankbaren Herzens zur Ruhe, denn sie hatte große Angst um die Kinder ausgestanden.

Am anderen Morgen wollte Fani, trotz der Müdigkeit in seinen Gliedern, keine Minute zu spät beim Frühstück erscheinen. Er sprang daher beim ersten Erwachen gleich auf und machte sich fertig. Es war erst sieben Uhr, also eine ganze Stunde zu früh. Er ging in den Garten hinunter, die Vögel sangen so schön! Die haben leichtere

Herzen als ich, dachte Fani, vielleicht können sie mir Trost zusingen. Er ging hin und her unter den Bäumen. Jetzt sah er einen Mann auf den Hof kommen; der kam gewiß, sein Geld für die Fahrt zu holen, sie hatten ihm ja nichts bezahlt.

Der Fischer blieb am Tor stehen, als er Fani auf sich zukommen sah, und nahm höflich seine Mütze vom Kopf.

„Ich weiß schon, warum Ihr kommt", sagte Fani und zog sein Beutelchen heraus, „sagt nur, was es kostet."

Der Fischer drehte seine Mütze um und um in seinen Händen, als ob er seine Gedanken so hin und her zu bewegen habe, und endlich sagte er zögernd: „Ich möchte nur nicht unverschämt erscheinen. Ich weiß eben nicht, ob der junge Herr weiß, was so ein Fahrzeug mit allem wert ist; unter hundert Mark kann ich es nicht machen, ich verliere gewiß noch dabei, aber mehr will ich nicht sagen."

Fani stand da, als habe ihn der Schlag getroffen. Es war ja richtig, das Boot war verlorengegangen, es mußte ersetzt werden. Hundert Mark! Eine solche Summe hatte Fani in seinem ganzen Leben noch nicht beisammen gesehen. Er war sprachlos.

Der Fischer schaute ihn nachdenklich an. Nach einer Weile sagte er bescheiden: „Ja, ich kann's schon begreifen, der junge Herr hat's nicht gleich bereit und muß auch erst mit der Frau Mama reden. Ich will morgen wieder vorbeikommen."

„Nein, nein", erwiderte Fani schnell, „ich werde zu Euch kommen, sobald ich das Geld habe. Gewiß, ich komme ganz sicher", fügte er hinzu, als er sah, wie niedergeschlagen der Fischer ihn anblickte; „ich halte mein Versprechen, ich kann nur nicht bestimmt sagen, wann."

Es war, als ob der Fischer gern noch etwas sagen wollte, er schluckte es aber hinunter und ging. Nur leise seufzte er: „Ach Gott, kein Boot mehr — und kein Geld, wieder eins zu bekommen!"

Fani lief ins Haus zurück. Er horchte an Emmis Tür. Da er ein Geräusch zu hören glaubte, sagte er halblaut: „Kommst du noch nicht heraus, Emmi? Ich muß dir dringend etwas sagen."

Sie kam auf der Stelle und war bereits fertig angezogen; auch sie war von allerlei Ängsten aufgeweckt worden.

„Was hast du, Fani? Hat Frau Stanhope schon etwas gesagt?" fragte sie erschrocken.

Fani verneinte die Frage, zog aber Emmi gleich voller Aufregung mit sich in den Garten hinunter, bis zu der entlegenen Laube. Hier sagte er ihr die Unglücksbotschaft von dem verlorenen Kahn und den hundert Mark als Ersatz.

„Hundert Mark!" stieß Emmi, vom Schreck überwältigt, aus, denn auch sie hatte in ihrem Leben noch nie so viel in Händen gehabt. „Oh, das ist eine furchtbare Geschichte, und immer kommt noch etwas neues Schreckliches dazu, es hört ja gar nicht wieder auf! Was sollen wir nur machen?" jammerte sie angstvoll.

„Ja, und zuletzt kommt dann noch das Schrecklichste von allem", stöhnte Fani; „aber was sollen wir jetzt tun? Wir dürfen auf keinen Fall Frau Stanhope um so viel Geld bitten nach allem, was wir gemacht haben, das siehst du doch ein. Aber wo kann man sonst so viel Geld hernehmen? Weißt du nicht einen Rat? Oh, wenn ich nur auf der ganzen Welt einen Menschen wüßte, der uns hundert Mark gäbe; der Fischer muß das Geld gewiß bald haben, er braucht sein Boot natürlich, aber er darf es nicht erst Frau Stanhope sagen, sie darf nichts wissen. Was sollen wir nur machen, Emmi?"

Emmi hatte sich auf die Bank gesetzt, und es war, als ob ihre Augen aus dem Kopf springen wollten vor innerer Anstrengung; denn aus dieser qualvollen Lage mußte ein Ausweg gefunden werden.

In diesem Augenblick kam Fred angerannt. Er wollte wissen, was die beiden gestern erlebt hatten, und bevor seine Fragen alle beantwortet waren, wurde zum Frühstück gerufen.

Es war kein lustiges Mahl, dieses Frühstück, die Kinder guckten alle vor sich hin, keines durfte den Kopf recht in die Höhe heben, sie wußten wohl, warum. Nicht eines von ihnen hatte mehr ein gutes Gewissen seiner Wohltäterin gegenüber.

Diese schaute prüfend bald auf das eine, bald auf das andere der Kinder, sprach aber kein Wort.

Tante Klarissa strich geschäftig ein Butterbrot nach dem anderen, obgleich auf den Tellern noch ganze Haufen lagen, denn keiner biß mit dem gewohnten Appetit hinein. Gewiß waren auch die Gedanken der guten Klarissa mit anderen Dingen beschäftigt, als sie so fort und fort die Vorräte vermehrte.

Als Frau Stanhope sich vom Tisch erhob, sagte sie, zu Fani gewendet: „Geh ins Bibliothekszimmer und warte da; ich komme gleich herunter, ich habe mit dir zu reden."

Fani wurde schneeweiß, Emmi purpurrot. „Jetzt kommt's", sagte jeder bei sich.

Als Frau Stanhope aus der Tür treten wollte, stieß sie auf das Zimmermädchen, das eben hatte hereinstürzen wollen. Frau Stanhope trat zurück.

„Entschuldigen Sie, gnädige Frau", sagte Lina, „ich war so eilig, weil wieder etwas passiert ist. Draußen ist ein Bedienter aus dem ‚Kronprinzen'; sein Herr schickt ihn, um Ihnen zu melden, daß der junge Fremde, für den der junge Herr unseres Hauses ein Zimmer bestellt hatte, die ganze Nacht nicht ins Hotel gekommen sei, und heute morgen habe der Schusterjunge im Hotel ausgesagt, er sei gestern abend mit dem jungen Fremden zusammengewesen und habe nachher gesehen, daß dieser wie ein Rasender davon- und dem Rhein zugelaufen sei."

Nun war das Erschrecken an Oskar. Er wurde weiß und rot und wieder weiß, und seine Augen rollten ganz unstet im Kopf herum.

Tante Klarissa bedeutete dem Mädchen, zu gehen; sie wollte selbst gleich dem Bedienten Bescheid sagen, denn sie befürchtete, Lina könnte irgendwie die Geschichte mit den Tieren im Schreibtisch auch noch gleich einflechten.

Frau Stanhopes Gesicht wurde immer ernster. „Was das alles heißen soll, verstehe ich nicht", sagte sie, zu Klarissa gewendet. „Wenn der junge Mensch mit Oskar zusammenhängt, so soll man die Polizei verständigen." Damit verließ sie das Zimmer.

Jetzt stürzte Emmi nach der Arbeitsstube, riß ihre Mappe hervor, setzte sich und schrieb so eilig, wie sie noch nie einen Brief geschrieben hatte:

„Liebe Tante!

Ich bitte Dich um alles in der Welt, hilf mir! Es ist etwas Furchtbares geschehen! Ich will gewiß nie, nie mehr in meinem Leben etwas anstiften, und wenn es noch so gut gehen könnte. Aber ich wollte gewiß von Anfang an der Mama folgen und dem Fani zu gar nichts zureden, ich hatte ihm noch nicht einmal das Buch von den berühmten Künstlern zu lesen gegeben, und das wollte ich auch nur tun, um ihn zu ermuntern. Aber schon gleich, eh' er's nur angesehen hatte, sagte er mir, er wolle am allerliebsten Maler werden. Er wußte auch, was er tun könnte, damit Frau Stanhope es ihm mit Freuden erlauben würde. Aber er wußte nicht, wie er es anfangen sollte. Da fand ich ein Mittel. Ich habe gewiß daran gedacht, daß ich der Mama versprochen hatte, ich wollte nichts anstiften, aber ich dachte: Das ist ja nicht angestiftet. Fani wußte ja schon, was er wollte, nur den Weg fand er nicht recht, und so wollte ich ihm beistehen.

Das gab eine furchtbare Geschichte, aber die ist so lang, die muß ich Dir dann mündlich erzählen. Aber zuletzt haben wir einen Kahn auf dem Rhein verloren, der gehörte einem armen Fischer, und nun müssen wir ihn ersetzen. Du begreifst wohl, daß wir es Frau Stanhope nicht sagen dürfen. Das schrecklich viele Geld noch von ihr erbitten, das ginge ja nicht; Fani sagt, er wolle lieber sogleich fort und in die Fabrik. Aber Du hilfst uns gewiß, liebe Tante, oh, ich bitte Dich tausend-, tausendmal; Du wirst uns gewiß nicht in einer so schrecklichen Not verlassen. Das Boot kostet hundert Mark. Das ist furchtbar viel. Aber das war es gewiß wert mit zwei Rudern und einer Stange. Aber ich meine nicht schenken, nur leihen. Ich will jetzt Tag und Nacht nur noch ausdenken, wie ich etwas verdienen kann, damit ich Dir dann die hundert Mark wieder zurückgeben kann. Etwas habe ich schon, weißt Du, die Geburtstagsgeschenke der Paten. In meiner Abteilung im Schreibtisch, wo jeder sein Fach hat, da findest Du sechs silberne Löffel und ein prächtiges Nadelkissen. Und dann sind auch noch zwei alte Ostereier da mit prachtvoll ausgeschnittenen Bildern darauf, feuerspeiende Drachen und Blumen und Sonne, Mond und Sterne. Das kannst Du gewiß gut verkaufen, und alles, was ich von jetzt an bekomme, will ich auf der Stelle verkaufen, und wenn ich dann noch ausgedacht habe, wie ich Geld verdienen kann, dann kann ich Dir gewiß bald die hundert Mark wiedergeben.

Ach, liebe Tante, Du hilfst uns gewiß, denn Du kannst nicht

anders, Du weißt ja schon, daß alle unglücklichen Menschen zu Dir kommen. Schreibe doch recht bald, ich bitte Dich, und dann schreibe auch, wir sollen heimkommen; wir sind nun schon so lange fort. Wie will ich mich freuen, wenn ich einmal wieder daheim bin, wo man so sicher ist und Dir gleich alles sagen kann, wenn man sich nicht mehr zu helfen weiß! Oh, wenn wir doch morgen abreisen könnten und schon am Abend wieder bei Dir und der Mama wären! Schreibe doch gleich morgen, liebe Tante! Ich grüße Dich tausend-, tausendmal.

Deine Dich innig liebende Nichte Emmi.

Nachschrift: Liebe Tante, es kommt mir noch etwas in den Sinn: In Köln habe ich ein Mädchen gesehen, das ging in den Straßen herum mit einem Körbchen voll Rosen, die bot es zum Verkauf an. Nun denke ich, wenn Frau Stanhope mir nur aus jedem Beet zwei Rosen zu nehmen erlaubte, so hätte ich schon ein Körbchen voll, und dann könnte ich ein wenig auf der großen Landstraße hin und her gehen und die Rosen verkaufen, so würde ich gewiß schon ziemlich viel verdienen. Meinst Du nicht auch?

Noch einmal tausend Grüße
von Deiner Nichte Emmi.

Nachschrift: Liebe Tante, jetzt in diesem Augenblick kommt mir noch das Beste in den Sinn: Hier stellen sie in den Weinbergen fürchterliche Gestalten auf, mit roten Bärten und ausgestreckten Armen, um die Vögel zu verscheuchen. Wenn Du mir nun ein großes Stück feuerroten und auch ein Stück schwefelgelben Stoff schicken wolltest, so würde ich noch viel ärgere Figuren erfinden und sie dann sehr teuer verkaufen. So könnte ich Dir vielleicht schon bei meinem Heimkommen mehr als die Hälfte zurückgeben, und dann finde ich gewiß unterdessen noch einen Weg, um weiter etwas zu erwerben!

Noch einmal grüßt Dich herzlich
Deine Nichte Emmi."

Fani hatte schon einige Zeit im Bibliothekszimmer gesessen und mit Herzklopfen das Eintreten von Frau Stanhope erwartet. Jetzt machte sie die Tür auf. Augenblicklich sprang Fani von seinem Sitze hoch, denn er wußte nun schon, wie man sich zu benehmen hat. Frau Stanhope setzte sich auf das Sofa und winkte Fani, er solle sich einen Sessel nehmen und sich zu ihr setzen.

„Nun erzählst du mir alles, Fani", begann sie, „ganz der Wahrheit gemäß, was sich gestern zugetragen hat! Wie ihr aufs Wasser gekommen seid und was euch dazu gebracht hat; auch von wem der erste Gedanke ausgegangen ist. Sag mir alles und verschweige nichts! Ich würde es merken, wenn du mir etwas verbergen wolltest, und ich will klarsehen in dieser Sache."

Nun fing Fani ganz von vorn an und erzählte alles genau: wie gern er schon daheim gezeichnet und welche Pläne er mit Emmi für die Zukunft geschmiedet habe; wie er dann so glücklich geworden sei, als Frau Stanhope ihn im Zeichnen so gut unterrichten ließ und er davon immer mehr verstanden und immer mehr Lust bekommen hätte; wie er das Emmi mitgeteilt und welche Freude sie daran gehabt und wie sie ihn ermuntert habe, es Frau Stanhope zu sagen. Dann kam der Hauptpunkt, und Fani beschrieb ihn ganz deutlich: Er hatte die Zeichnung machen wollen in der Hoffnung, einen Preis zu gewinnen und Frau Stanhope für seine Wünsche einzunehmen, und Emmi hatte den Weg gefunden, wie es zu machen wäre, weil sie so gut rudern konnte. Dann sei aber das Ganze mißlungen, weil Emmi nicht daran gedacht habe, daß die Wellen hier soviel stärker fortzögen als auf einem See, wo sie oft ganz ohne Unfall herumgerudert sei.

Frau Stanhope hatte schweigend zugehört. Als Fani geendet hatte, sagte sie nur ganz kurz: „Es ist gut, du kannst gehen, Fani."

Er ging.

In der Halle hinter der großen Säule wartete Emmi auf ihn. Sie wußte ja, daß er dort drinnen über die Unglücksfahrt berichten mußte. „Und jetzt? Und jetzt?" fragte sie mit angehaltenem Atem, als Fani nun neben ihr stand.

„Jetzt ist es noch gerade wie vorher", antwortete Fani, „ich weiß noch kein bißchen mehr."

„Hat sie dich sehr gescholten? Hat sie auch etwas von mir gesagt, weil ich doch schuld war am Hinausfahren?" forschte Emmi.

„Nein, nein, Frau Stanhope schilt nie; aber sie ist schon recht böse auf mich, denn sie sagte gar nichts zu mir, und sonst redet sie so freundlich mit mir über alles, auch wenn ich etwas getan habe, was ihr nicht recht ist. Oh, es ist alles aus, ich weiß es", stöhnte Fani kläglich.

Emmi seufzte tief auf. Sie war sich wohl bewußt, wieviel sie zu dieser unglücklichen Veränderung der Dinge beigetragen hatte.

So vergingen drei Tage. Es war stiller im Haus als je zuvor, seit die Gäste eingerückt waren. Auf allen lag es wie ein Bann; keiner konnte mehr recht sprechen, keiner lachte, keiner verlangte mehr nach irgendeinem Vergnügen. Es war, als sähen alle einer Entscheidung entgegen, die jedem bringen konnte, was er fürchtete.

Am frühen Morgen des vierten Tages kam ein dicker Brief an Frau Stanhope mit einer Einlage an die Kinder. Der Brief war von der Mutter. Sie sprach Frau Stanhope ihren warmen, herzlichen Dank aus für alle Freuden und Genüsse, die sie den Kindern auf ihrem schönen Gut geboten habe. Dann folgten in dem Brief viele tief empfundene Bitten um Verzeihung für alle Unruhe und ungewohnten Aufregungen, welche die Anwesenheit der Kinder in ihrem Haus verursacht habe. Zum Schluß schrieb die Mutter, Frau Stanhopes Güte sei nun von den Kindern lange genug in Anspruch genommen worden, sie möchte nur so freundlich sein und bestimmen, welche Zeit ihr für die Abreise der Kinder am passendsten wäre.

Die Einlage enthielt drei Briefe, für jedes der Kinder einen; sie waren alle von der Tante geschrieben. Emmi hatte den ihren zuerst aufgerissen — es lag ein Geldschein darin.

Sie stürzte zum Zimmer hinaus und rief nach Fani. „Sie hat uns gerettet! Sie hat uns gerettet!" schrie sie ihm entgegen. „Oh, die Tante! Die Tante! Eine Tante ist doch ein himmlischer Engel!"

Fani strahlte vor freudiger Überraschung. „Nimm's und lauf zum Fischer, ich muß meinen Brief lesen", rief Emmi nun, hielt dem Fani ihr Papier hin und lief dann in den Garten. In der Laube las sie ihren Brief. Nach den liebevollsten Begrüßungen hieß es da:

„Es ist doch jammerschade, liebes Kind, daß ihr euch den herrlichen Aufenthalt, diese vielleicht nie wiederkehrenden schönen Tage, so verderben mußtet, alle drei, und alle drei darum, weil ihr nicht recht gehorchen konntet. Oskar und Du besonders. Papa und Mama hatten euch ganz deutlich gesagt, was ihr unterlassen sollt; da habt ihr keine Ruhe gehabt, bis ihr euch ausgedacht und zurechtgelegt hattet, wie ihr zum allerkleinsten Teilchen gehorchen könntet, um dann recht im großen daneben euren Willen und Wunsch auszuführen. Das könnt ihr beide recht gut verstehen, und was euch aus eurem Umgehen des Gehorsams erwachsen ist, alle Schrecken und Kümmernisse, habt ihr beide wirklich reichlich verdient. Ich hoffe, das wird euch eine nachhaltige Lehre sein. Wenn Du, liebe Emmi, auch nicht deutlich sagst, was geschehen ist, so können Mama und ich, die Dich kennen, wohl herauslesen, daß Du mit dem verlorenen Boot etwas angestellt hast, das recht unglücklich hätte enden können, wenn der liebe Gott Dich nicht besonders beschützt hätte.

Das wirst Du hoffentlich nicht so rasch wieder vergessen, sondern täglich dafür danken und den lieben Gott immer neu bitten, daß er Dich beschützen möge in allen Gefahren, in die Du immer wieder hineingerätst. Das Geld, das Dir so nötig ist, sende ich Dir vor allem darum, daß nicht Frau Stanhope noch für eure unheilvollen Streiche einstehe. Da hat Fani ein feines Gefühl gezeigt, daß er lieber alles verlieren wollte, ehe er das geschehen ließ. Da ich aber sicher bin, daß Du den Fani in das Mißgeschick hineingezogen hast, so soll er nicht dafür büßen. Geldanleihen mache ich aber nicht an Dich, sondern ich schenke Dir die hundert Mark; aber nun bitte ich Dich herzlich: Laß Dir eine so teure Geschichte nicht so bald wieder einfallen! Einmal kann ich Dir aus der Not helfen, aber ein zweites Mal könnte ich Dir vielleicht mit dem besten Willen nicht gleich beistehen. Auch wünsche ich, daß Du sofort Dein Aussinnen und Erdenken von Erwerbszweigen einstellst; sonst erfindest Du Dinge, die noch viel schrecklicher sind als das Übel, das Du gutmachen wolltest.

Auch Mama und ich freuen uns herzlich und verlangen sehr danach, euch alle drei wieder bei uns zu haben."

In dem Brief an Oskar meinte die Tante nach der ebenso liebevollen Einleitung, daß er für seine Weise, des Vaters Worte zu deuten, und für seinen Eigensinn mit dem Fahnenspruch eigentlich noch mehr Schrecken und heimliche Besorgnis verdient hätte.

„Ein Schreiben von der Polizei oder von Gerichtsbehörden", fuhr die Tante fort, „ist nie an den Papa gelangt, dagegen liegt eine andere Anklage gegen Dich vor:

Am dritten Tag nach seiner Abreise ist Feklitus plötzlich ohne Hab und Gut als entblößter Flüchtling wieder daheim erschienen. Er erzählte eine grauenhafte Geschichte, in welche Du ihn verwickelt hättest und aus der er sich nur durch schleunigste Flucht habe retten können. Er war an dem Unglücksabend drauflosgelaufen, bis er eine Bahnstation erreichte und sich gleich in einen Nachtzug setzen konnte. Dann fuhr er durch bis nach Hause.

Du siehst, lieber Oskar, daß Du da etwas gutzumachen hast, denn wenn dem Feklitus auch das grauenhafte Schicksal, das er erwartete, nicht bevorstand, so ist doch soviel sicher, daß Du ihn in eine verunglückte Unternehmung hineingezogen und dadurch seine Eltern sehr gegen Dich aufgebracht hast. Das kannst Du nun gutmachen, indem Du sofort Frau Bickel von einer schweren Sorge befreist. Sie sagte mir nämlich gestern, sie habe allen Schlaf und Appetit verloren, denn immerfort habe sie vor Augen, wie die Kellner im ‚Kronprinzen' die sechs neuen Anzüge ihres Sohnes unter sich verteilen und um den neuen, teuren Lederkoffer losen. Natürlich müsse man das alles zurücklassen, wenn der Sohn habe flüchten müssen. Nun gehst Du gleich nach dem ‚Kronprinzen', packst sorgfältig die neuen Anzüge in den Koffer, schließt ihn gut zu und schickst ihn ab. Die Schlüssel sendest Du gesondert, so kommt alles unversehrt an seinen Ort, und Du hast den nicht unverdienten Zorn der Eltern Bickel gegen Dich etwas besänftigt."

An Fred schrieb die Tante nach Worten des herzlichsten Bedauerns über den Verlust der schönen Sammlung: „Aber siehst Du, lieber Fred, ohne Schuld bist Du denn doch an dem Unheil auch nicht. Ich habe Dich bestimmt gewarnt, Deine Tierchen nicht an diesen oder jenen Ort zu bringen, da Frau Stanhope sie gewiß nirgends haben wollte. Ich konnte sie ja nicht alle nennen; aber so vernünftig solltest Du doch sein, zu wissen, daß Käfer und Raupen nicht in Schreibtischfächer gehören. Siehst Du, Deine Unersättlichkeit im Sammeln hat Dich dazu gebracht. Du mußt auch lernen, Maß zu halten. Hättest du nur die ganz besonderen Exemplare aufbewahren wollen, so hättest Du um einige wenige Schachteln bitten dürfen. Aber darin hatte Fani recht, und es gefällt mir an ihm, daß es ihm widerstrebte, in dem Hause, wo ihm täglich so viele Wohltaten zuteil werden, auch noch massenhaft Dinge zu erbitten wie zwanzig Schachteln auf einmal. Vielleicht findest Du nun doch noch das eine oder andere seltene Exemplar, und wir können uns miteinander daran freuen, wenn wir wieder zusammen sind."

Die Briefe brachten eine große Erleichterung in die Herzen. Dennoch blieb bei jedem der Kinder etwas in der Tiefe sitzen, das da und dort einen Seufzer hervorrief.

„Wie ist es denn mit dem Heimgehen?" fragten Oskar, Emmi und Fred, eines wie das andere mit der gleichen Sehnsucht im Herzen.

„Wie wird es mit mir kommen, wenn Frau Stanhope wieder zu reden anfängt?" fragte sich Fani ängstlich im stillen. „Werde ich fortmüssen, heim, in die Fabrik?"

Noch hatte Frau Stanhope nicht wieder so mit ihm geredet, wie sie es sonst zu tun pflegte. Sie schaute ihn nur manchmal nachdenklich an.

Auch in Elslis Herz stieg die Sorge wieder auf, nicht nur für sich, auch für den Fani; denn nun mußte es fürchten, wenn Frau Stanhope gegen ihn erzürnt sei und die Sache herauskäme, die doch herauskommen müßte, so könnte ja Frau Stanhope vor Mißbilligung von allen beiden nichts mehr wissen wollen.

ACHTES KAPITEL

Die Entscheidung

Elslis Schlafzimmer war durch eine Tür mit dem von Tante Klarissa verbunden. In dieser Zeit, da jeder Tag so vieles und so Ungewohntes mit sich brachte, kam Klarissa, die treue Haushälterin, immer sehr spät zur Ruhe; denn nachdem die Kinder schlafen gegangen waren, hatte sie sich jeden Abend in Frau Stanhopes Zimmer einzufinden, wo diese die Ereignisse des Tages mit ihr besprechen und allerlei Anordnungen treffen wollte. Anschließend mußte Klarissa selbst noch manches bedenken und einteilen und darüber hinaus hundert kleine Dinge wieder ins Geleis bringen, die im Lauf des Tages durcheinander geraten waren.

Heute war besonders viel zu ordnen gewesen; es war sehr spät und schon still ringsum, als Klarissa endlich in ihr Zimmer trat. Klarissa setzte sich noch hin, um ihr Abendlied zu lesen. Plötzlich hörte sie im Nebenzimmer so beängstigende Töne, daß sie erschrocken aufsprang und zu Elsli hinüberlief.

Das Kind saß mit totenblassem Gesicht im Bett: vor ihm rann ein ganzer Blutbach von der Decke nieder.

Als Klarissa eintrat, sagte Elsli voller Angst: „Es tut mir so leid, ich konnte nicht mehr aus dem Bett springen, es kam auf einmal."

„Um Himmels willen, was ist das?" rief Klarissa in höchstem Schrecken aus und trat zu Elsli ans Bett.

„Es ist nichts Wichtiges", meinte Elsli beruhigend, „schon daheim habe ich manchmal Blut gespien und auch hier schon oft, nur nicht so viel, aber es hat mir nicht weh getan. Jetzt tut es mir auch nicht sehr weh, aber es tut mir so leid um das Bett."

„Daran denk jetzt nicht, Kind", sagte Klarissa bewegt, indem sie ihren Arm um Elsli legte, um es zu stützen. „Du bist sehr krank."

Elsli war überrascht. Es schwieg eine Weile, dann sagte es ein wenig zaghaft: „Ich möchte Ihnen jetzt so gern erzählen, was ich schon lange hätte sagen sollen. Es war vielleicht nicht recht, daß ich es fortgesetzt getan habe und Sie nichts davon wußten, und es könnte sein, daß Frau Stanhope es mir nie erlaubt hätte, und darum war es wohl nicht recht."

In großem Staunen schaute Klarissa auf das Mädchen. War es denn möglich, daß dieses Kind heimlich ein Unrecht getan hatte, mit dem Bewußtsein, daß es eines war?

„Sag mir alles aufrichtig, das wird dich erleichtern", sagte sie freundlich, „aber sprich nur leise und ganz langsam."

Elsli erzählte nun von seiner Bekanntschaft mit den Fischersleuten, wie es täglich stundenlang dort verweilt und in Stube und Küche gearbeitet habe und so mit den Leuten umgegangen sei, wie Frau Stanhope es wohl nicht erlaubt hätte.

Als Elsli geendet hatte, schaute es flehentlich zu Klarissa auf und fragte: „War es ein großes Unrecht?"

Klarissa nahm des Kindes Hand in die ihre und sagte liebevoll: „Du mußt nicht bekümmert sein: du wolltest ja nichts Böses tun, und was du tatest, war auch nicht böse. Freilich hättest du es mir sagen müssen, und ich hätte dir raten können. Aber ich habe dich selbst daran gehindert. Ich werde Frau Stanhope alles erklären, dann wird's gut sein."

„Aber glauben Sie, daß ich wieder hingehen und den Leuten helfen darf?" fragte Elsli ängstlich.

„Du bist jetzt so krank, daß du lange nicht wirst hingehen können. Aber ängstige dich nicht mehr, ich will mich der Sache annehmen", sagte Klarissa beruhigend. „Ich wußte nicht, daß die Leute so bedürftig sind; der Mann hat nie geklagt, wenn er seine Fische brachte. Ich werde hingehen und sehen, was für die kranke Frau zu tun ist. Das beruhigt dich doch, nicht wahr?"

„Ja", sagte Elsli zögernd, „aber da ist so viel zu tun, was niemand weiß und was ich nicht sagen darf. In der kurzen Zeit konnte ich auch so wenig flicken, und es ist alles zerrissen, die Kinder haben nichts mehr anzuziehen, und die Mutter kann noch nicht aufbleiben, und der Vater verdient nicht genug, um seine Familie und das Haus zu erhalten. Wenn ich nicht mehr komme, so wissen sie nicht, was sie machen sollen. Betteln wollen sie nicht; es ist wie daheim."

Elsli schluchzte laut auf. Die traurigen Eindrücke, die es in der frühesten Kindheit empfangen, und die erneute Berührung mit der bitteren Not schienen es erdrücken zu wollen.

Klarissa nahm das schluchzende Kind in ihre Arme und hob es empor, so daß das helle Sternenlicht auf sein Gesicht fiel.

„Schau nicht mehr zurück, Elsli", sagte sie freundlich, „wir wollen hinüberschauen, dorthin, wo unsere Nora ist und dir zuwinkt. Weißt du, wie es von denen drüben heißt:

‚Die kennen keine Tränen mehr,
die kennen lauter Freude!'"

Elsli hob seine Augen zu dem lichten Sternenhimmel auf und wurde nach und nach wieder ruhig. Nach einer Weile fragte es zaghaft: „Kann ich doch dahin gehen, wo Nora ist? Lassen sie mich auch hinein? Der alte Großvater hat gesagt, nur die Guten kommen in den Himmel."

„Liebes Kind, du weißt doch, daß der liebe Gott mit denen, die recht an ihn glauben, Erbarmen hat. Denke nur daran, was Jesus zu dem bösen Mann am Kreuz gesagt hat."

„Ja, ich weiß –", sagte Elsli ganz deutlich. Dann legte das Kind seinen Kopf auf Klarissas Schulter, und die alte Amme hörte, wie es leise etwas vor sich hin sprach. Sie konnte nur die letzten Worte verstehen:

„So wird die Tür mir aufgetan
zum Paradies noch heute."

Dann war alles still. Elsli hatte aufgehört zu atmen.

Früh am anderen Morgen trat Klarissa mit den Kindern ein und sagte ihnen, daß Elsli in der Nacht in den Himmel gegangen sei. Sie konnten es zuerst nicht fassen, wollten es nicht glauben. Noch gestern hatte Elsli ja mit ihnen im Garten gespielt und hatte gar nicht über Schmerzen geklagt.

Als sie in seine Kammer traten, lag es im schneeweißen Kleidchen auf seinem Bett. Auf dem friedlichen Gesichtchen lag ein glückliches Lächeln, wie man es an dem lebenden Kind nur selten gesehen hatte.

Es war ein trauriger Tag für die Kinder. Jedes saß in einem anderen Winkel und weinte vor sich hin, denn alle hatten ja das sanfte, liebevolle, immer hilfsbereite Elsli liebgehabt. Fani konnte es vor Schmerz nirgends aushalten. Er schlich wieder in Elslis Kammer hinauf, kniete an ihrem Bett nieder und schluchzte herzzerreißend.

Jetzt wurde ihm deutlich, was das gute Elsli von frühester Kindheit an so schwer bedrückt hatte: wie oft es noch auf sich genommen, was er hätte tragen müssen, wie es lieber eine Strafe hingenommen hatte, als daß es ihn verriet. Jetzt erkannte Fani auch, wie lieb Elsli ihn gehabt hatte und wie kein Mensch mehr auf Erden war, der sich so um ihn kümmerte und sein Leben mit ihm teilte, wie Elsli es getan hatte. Nie hatte Fani größeres Herzeleid empfunden.

Klarissa ging gleich am nächsten Tag zu den Fischersleuten, das glaubte sie Elsli schuldig zu sein. Sie teilte ihnen den Tod des Kindes mit und sagte, sie werde vor allem der kranken Mutter stärkende Speisen schicken, damit sie wieder zu Kräften komme. Aber auch in Zukunft wollte sie Elslis Freunde nicht vergessen.

Erst als sie wieder fort war, ließen die Leute ihrem Kummer freien Lauf, denn den Großen wie den Kleinen war es, als könnten sie nun nie mehr froh werden. Elsli hatte den ganzen Haushalt verändert, und alle hatten sich unter ihrer Obhut wohl gefühlt. Daß dieses Kind aber, das so für alle gesorgt und gearbeitet hatte, aus dem schönen Haus an der Rosenhalde gekommen war, das konnte keiner begreifen. Der Vater aber sagte: „Das war ein Engel vom Himmel, ich habe es von Anfang an gesagt", und dabei blieb er.

Als das Elsli zu Grabe getragen war, rief Frau Stanhope die Kinder zu sich und sagte, sie könne wohl begreifen, daß das betrübende Ereignis sie alle sehr traurig gestimmt habe und sie nun wohl am liebsten in die Heimat zurückkehren möchten. Sie hoffe aber, später würden die Freunde alle einmal wieder glücklich zusammentreffen.

Sie bat dann Tante Klarissa, für die Kinder alles bereitzumachen, damit sie gleich am folgenden Tag gegen Abend abreisen könnten und bereits am darauffolgenden Tag daheim wären.

So nahmen denn am folgenden Abend die Kinder von den guten Damen, Freund Fani und der ganzen schönen Rosenhalde Abschied. Es geschah viel stiller, als es sonst ihre Art war. Fani mußte sich abwenden, als sich der Wagen in Bewegung setzte, um die Gespielen fortzutragen.

Wie leer mußte es nun auf der Rosenhalde werden, da die Freunde fort waren und Elsli nie und nirgends zu finden sein würde.

Die Kinder konnten es kaum noch erwarten, ihre Heimat wiederzusehen; viel zu lange dauerte ihnen die Reise. Aber dann war es soweit. Am Bahnhof stand schon der Wagen des Vaters, um sie nach Hause zu fahren. Sie rannten darauf zu. Ein lautes Schreien tönte ihnen daraus entgegen: das war Riklis Freudengeschrei. Es war ihm erlaubt worden, die Geschwister mit dem Wagen abzuholen. Als dieser aber nach einer kurzen Fahrt vor dem Haus anhielt, als Mutter und Tante herausgelaufen kamen und mit ihrer unvergleichlichen Liebe die Kinder begrüßten, da lachten und weinten alle durcheinander vor Freude über das Wiedersehen, und an diesem Abend war es fast unmöglich, die Kinder zur Ruhe zu bringen. Das Glück, wieder daheim zu sein, die Berichte über ihre Erlebnisse, welche die Kinder am liebsten gleich alle auf einmal losgeworden wären, die tausend Fragen, die sie selbst zu stellen hatten, das alles hatte sie zu einer so überströmenden Lebendigkeit gebracht, daß man hätte denken können, sie würde sich nie mehr legen.

Endlich aber lagen sie alle wieder in ihren heimischen Betten und schliefen nach den ungeheuren Aufregungen um so fester. Die Mutter aber ging leise von einem Bett zum andern. Bei jedem stand sie still und sandte ein Dankgebet zum lieben Gott empor, der ihr das Kind vor allem Unglück bewahrt und wohlbehalten wieder in ihre Arme zurückgeführt hatte.

Frau Stanhope hatte einen so unruhigen Sommer gehabt wie noch nie in ihrem Leben. Die Erfahrungen dieser Tage ließen sie leichter dazu kommen, den Entschluß, den sie ursprünglich gefaßt hatte, wieder zu ändern, als es vielleicht sonst geschehen wäre. Sie hatte fest im Sinn gehabt, dem Fani eine Erziehung zu geben, die ihn befähigen würde, dereinst ihrem Gut als Verwalter vorzustehen.

Wenige Tage nach der Abreise der Freunde, als Fani wie verloren im Garten umherirrte, wurde er zu Frau Stanhope gerufen.

„Setz dich zu mir, Fani“, sagte sie zu dem Eintretenden, „wir haben noch einmal miteinander zu sprechen. Ich habe aus deiner

Schilderung der verunglückten Rheinfahrt verstanden, daß es der größte Wunsch deines Herzens ist, Maler zu werden. Ist das nicht nur ein vorübergehender Einfall, sondern hast du ernsthaft und lange darüber nachgedacht?"

Fani wurde dunkelrot. Er zögerte ein wenig, dann antwortete er: „Ja, es war schon lange mein größter Wunsch, und er wurde immer stärker, je weiter ich im Zeichnen kam. Aber ich will gewiß nicht mehr daran denken und will mit Freuden tun, was Ihnen recht ist."

„Ich habe mit deinem Lehrer gesprochen", fuhr Frau Stanhope fort; „er sagt, wenn dein Fleiß deinem Talent entspreche, würdest du ein tüchtiger Künstler werden. Ist dein Verlangen so groß, wirst du auch fleißig sein. Ich habe beschlossen, dich nach Düsseldorf zu bringen, wo du allen Unterricht bekommst, den du brauchst. Zunächst bleibst du einige Jahre dort, dann wollen wir sehen, was mit dem jungen Maler weiter geschehen soll."

Fani stand vor Überraschung und Entzücken völlig stumm da. Als er endlich zu danken anfangen wollte, stürzten ihm die Tränen aus den Augen vor großer innerer Bewegung; er konnte nichts sagen.

Aber es gefiel Frau Stanhope, daß der sonst so redegewandte Fani vor Ergriffenheit kein Wort herausbrachte und so regungslos dastand. Sie sagte sich: Diesmal ist's ernst bei ihm.

Die Nachricht von Fanis Ausbildung zum Maler hat in Buchberg ungeheuren Jubel hervorgerufen. Schon sehen Oskar und Fred, vor allem aber die triumphierende Emmi, mit Zuversicht dem Augenblick entgegen, da auf der Kunstausstellung der nahen Stadt wundervolle Landschaftsbilder erscheinen werden, unter denen der Name „Fani von Buchberg" zu lesen ist.

Oskar steht mit den Brüdern Fink in unausgesetztem Briefwechsel. Wenn die drei einmal erwachsen sind, wird man von Bündnissen in der Schweiz hören, über die alle Welt staunen wird.

Feklitus erzählt nie von seiner Rheinreise, so oft ihn auch die Kameraden befragen wollen. Wird in der Schule die Geographie der Rheinlande durchgenommen, so wendet er den Kopf ab und hört absichtlich nicht zu; denn von einem Land, wo man so mit den Unschuldigen umgeht, will er nichts mehr hören.